新绿

安徽省作协
2022年新入会会员作品选

李云 主编

团结出版社
UNITY PRESS

图书在版编目（CIP）数据

新绿：安徽省作协 2022 年新入会会员作品选 / 李云主编.
-- 北京：团结出版社，2023.10
ISBN 978-7-5234-0356-3

Ⅰ．①新… Ⅱ．①李… Ⅲ．①散文集-中国-当代
②诗集-中国-当代 Ⅳ．①I217.1

中国国家版本馆 CIP 数据核字（2023）第 156971 号

出　　版：团结出版社
　　　　　（北京市东城区东皇城根南街 84 号　邮编：100006）
电　　话：（010）65228880　65244790
网　　址：www.tjpress.com
E－mail：65244790@163.com
经　　销：全国新华书店
印　　刷：四川科德彩色数码科技有限公司

开　　本：150mm×230mm　1/16
印　　张：20.75
字　　数：276 千字
版　　次：2023 年 10 月第 1 版
印　　次：2023 年 10 月第 1 次印刷

书　　号：ISBN 978-7-5234-0356-3
定　　价：88.00 元
　　　　　（版权所属，盗版必究）

新　绿

春天的标志是新绿。

新绿跋山涉水而来，流经有形的河流、无形的风，流经沧桑的根须，流经疼痛而狂欢的经脉。如果你理解每一个芽苞都是一个伤口，或许你就能明白，每一个新绿的源头，都曾经是一次心痛。

如果你能凝神谛视，你一定会认同我关于新绿的神性远大于物质性的判断。它们一定来自生生不息的生命渴望：对于爱，对于真，对于美。它们最初只是一念，刹那间的，电光火石，白驹过隙，稍纵即逝的火焰。捕捉它，锁定它，以天赋的痴情，和深夜的寂寞，把它们从意念的虚无之地引领到心上，予其色彩，以心力为它画像，让它拱破暗黑的树皮，看见光，也被光看见，经受犹自凛冽的春寒，逐渐茁壮，笑对春风。

新绿是一声啼哭。所有的芽蕾，必着经宿不干的露水。

新绿是一盏烛火。所有的芽蕾，必赋摇曳不定的灯形。

新绿是一只飞鸟。所有的芽蕾，必作临高欲飞的姿态。

新绿终将绽开，如心，如扇，如羽。终将舒展，在风中摇曳生命的欢愉。终将昂扬，摩挲辽远的天空和路过的云朵。予时间以鲜活，予空间以气息，予人间以生生不息的希望、祝福和祈盼。

书名《新绿》，因为理解，因为懂得，因为惺惺相惜，因为骄傲。每一篇文章都是一朵新绿，都是一声啼哭，都是一盏烛火，都是一只飞鸟。每一朵新绿，都带着生命的温度，都藏着万水千山，都是以心为滤器，重塑的更真更无遮蔽的小小世界，都是从内部打开铺平能看得见心灵褶皱的自己。它们可能稚嫩，但却真诚；它们可能平凡，但已竭尽全力；它们可能拙朴，但却是真实的自己。我们是世上最幸福最骄傲的枝丫，因为它们是世上最美好的新绿。

书分散文、诗歌二辑。本书延续了以往的传统，依然以散文为主。在散文中，"乡土"依然是最主要的题材。无论是写人还是叙事，无论是写景还是抒情，乡土依然是书写的土壤和记忆的渊薮。在轰轰烈烈的城镇化中，在不可逆转的工业化数字化的进程里，在资讯海量喷薄里，在宏大叙事中，这样的回眸尤有意义。它们才是石山里的土壤和花香，是大树上的枝叶和鸟鸣，是宏阔天宇中的云彩和风筝，是长河大海里的逆流顺流的鱼类和帆影，是恐龙骨架外的皮肉毛发。它们具体鲜活了历史，它们让那些故人故地故事，不被世俗的空气氧化，沧海桑田之后，依然言笑晏晏，依然春去春来，人来人往。

写作是梳理回忆。在这里，曾照元对栽油菜娓娓道来；程志红笑谈曾为牧童的往事；汪志良细说童年的游戏；石晓龙的银池地惝恍迷离；高方明悲痛回忆早已消失在云水间的水上铙钹，将那悠远的回响洒在我们的心上；在《路灯光里的小村庄》里，李应登淡淡写道："老奶奶走了之后，土坯房塌了，土坯子经过日晒雨淋，又变成了泥土，种上了蔬菜和庄稼，仿佛这里从来没有人住过。走过去，看着路灯的灯光无声无息地照着这一小片土地。蔬菜和庄稼在这里无声无息地生长着，又无声无息地被人收割，离开这个世界。一切在这里无声无息地发生着，让人不知不觉。"有多少无声无息的人、事、物在无声无息中离开？书写是以心为灯，将往事照彻。

写作是深度审美。孔静细数春天里的清欢：种花、做菜、和亲人在一起，因而感觉"春天里，有色，有味，有爱，又有情，处处都是清欢，都有小小而确定的幸福，让人感觉欢喜，满足"。王玲细数《花事》：或暗香之梅，或欲燃榴火，或茉莉栀子，清丽的语言，深沉的怀念，以我观物，故物皆着我之色彩，信然。张昕闭目聆听，在寻常鸟鸣间，听见往事，听见自然，并采撷成篇，告诉我们："香樟树的树冠随风翻动，像鼓起的巨大风帆。黝黑的树干上，几只鸟张开翅膀，又不知去向了。雪落，鸟不惊，无人在意一声鸟鸣"，你听见了吗？而闫琳则以最细腻的心思，最烂漫的情怀，为我们讲述箪食之乐。

且先看雁菇之汤："肉脂之香混合着山野泥土林叶之香，碗里的汤醇厚天成，如同一个狂野的少年驯服了的一匹烈马，喷射着腾腾的汗气，温顺地立在眼前，幻化成眼前的这碗汤。"再看火腿之汤："喝酒的人喝到好酒，会说，一线喉！酒到哪烧到哪。此刻我也想说，好的汤，也是一线喉啊。烈酒以烈出击，醇汤以醇醉人，各有各的摄魂法术。"就是那么简单的食物啊，审美的到处，便有美，便有"道"，因此她说："若能于一箪食一瓢饮中享受静气，便可在万千压力的现代化进程机器中，持有一份不紧不慢的超然，徐徐而行，踏歌而行。"因此她悟："对食物的怠慢会让我们的味觉退化，丧失对美味的感知。如同对真挚情感的亵渎会让我们失去所爱，丧失对爱与被爱的感知。对山水花朵云雾冰雪的忽略，会在我们的疾行和抱怨中，让我们的心变得坚硬而无趣，失去了生命的感悟和对自然美妙的感知……"

写作是载道抒情。徐赟在《山高水长怀斯人》，载尊师重教之道；许格巧在《父亲》中，抒追远怀念之情；杨晓培怀念那年那月那些事时，载人间沧桑之道；张春生注目天桥那棵老槐树，抒感恩不忘之情；赵俊超写包河清风，载清廉不染之道；牟国栋遥望远山，天空澄澈如洗，有卷卷白云从远方逶迤而来，而老去的母亲，正倚窗遥遥挥手。

有人说，写作便是记录时代。戴星告诉你霍山石斛的"前世今生"；黄发科为你解读南水北调的大叙事如何连接孩子的美育；听余韵炫耀"轻轨至我家"，看沈筱琴霸气喝问："喜欢无为需要理由吗？"魏海霞告诉你大学生就业有芬芳的方式；潘艺以细腻深情的笔触，由小及大，由表象到审美，由个人到社会，由物质到精神，由文化到时代，写尽梅城，尽染梅香。

写作是去蔽存真。生命是什么？九五后的夏元璋为我们拨开芜杂，剥去层层包裹，告诉我们："没过脚踝的泥土不愿放弃每一次/翻新的机会，雪或者水的覆盖在季节/更迭的时候生长/那些随风飘荡的稻谷同我的头发一样/都是一个个脚踝里生长的孩子/又在某一刻静静地回到土中。"对于时间的流逝、虚妄或真实，陈国荣用一帧帧画面呈现它令人心动的美和忧伤："遥遥地望着，一条归心绕不开的红旗南路/每踏近一步，就能听到那一把钥匙转动一次//当母亲喊一声我的乳名传入耳中/向着无限，在想象之外//一转身，'一匹马在我长长的影子里吃草'"。如此，焉能不善待生命里的遇见？

　　时值初夏，树头新绿已成荫，葳蕤深秀，片片都折射阳光如镜。枝头上的新绿会长大，会枯萎，会进入轮回；文字的新绿出自心，初心不改，山高水长。绿的新，绿的嫩，绿的敏感，永远敏感于风，敏感于阳光，敏感于风吹草动里的光影和万物的悲喜欢欣，永远感动，永远感恩，永远爱生命，爱生活，永远饱含泪水。

　　永远做一个小小的新绿。

目录
CONTENTS

散文

新绿

散文

——安徽省作协 2022 年新入会会员作品选

栽 油 菜

曾照元

　　小时候，我对油菜一直很陌生，甚至不知道烧菜的油是从油菜的果实里榨出来的。直到那年我高中毕业了，父亲看我在场院里看闲书，便叫上我去搭把手。

　　我随父亲经过金小湾穿至观音堂，再从大枫树旁下到桥东，总算到了我家的田地。近前一看，发现满满的一田油菜，不知什么时候被父亲一樸一樸匀称地放在田间和田埂。这时，我方知道父亲头年冬月栽下去的油菜，临了却长成了这个样子。父亲告诉我，今年的油菜收成还不错，搞得好能打一两百斤油呢！

　　结婚成家后，我也开始了勤俭持家的日子。我和妻子也开始起沟、整田、打窝、栽油菜。已经开始从教的我，每次下田栽油菜，其过程总有点职业味儿。我把每一块田垄都当作讲台，把每一棵油菜都看成学生……如此经历了两三次，妻子在一旁实在看不下去了，气呼呼地数落着我，不止一次嫌我做活太讲究太慢了。

　　看到邻居们栽油菜，简直粗糙得已经不能再粗糙了。我们这里还有这样一种说法——毛搞毛搞吃不了，过细过细吃个屁。这样的话，妻子也曾对我说过。可是我就是毛不下手，比如打窝我总是打了再推两下，碰到磕锄头响的小石子就弯腰捡起扔出去，遇到难以磕碎的泥坨子就用手捏碎，总想着要为幼小的油菜尽力营造适宜生长的土壤。

　　栽油菜时，我最担心油菜根部外露，也看不惯落窝的苗棵不正。于是，见到有根须裸露的就再抓一把土覆盖上拍拍紧，看到不正的油菜便扶正，并拢来一些土围着护着。施肥时生怕离油菜根部太近，担心被烧死了。总而言之,我谨慎着每一棵油菜的栽种,小心地呵护着它们,像呵护我的学生那样尽心尽力。

家里就我一人有田,还是别人退让出来的"差田"。所谓差田就是原来的种田户把水源灌溉不好、用牛赶不到边角、离家比较偏远的田拿出来给我。这样的孬田不规则,整出来的田垄也有长有短。我把每一块地按照长短大小分别标上"几几届学生",再将每一棵油菜都插上写有学生姓名的小牌子,像这样子栽种油菜的,可能这方圆数十里再也找不到第二个了。没过几天,我的油菜田便成了邻居前来观赏的"奇景"。这些来看的人说什么的都有,但也不乏知我懂我的村上老者,他还跟有孩子读书的年轻人说:"你们谁要是把孩子放到他班上,等于放一百个心!"

在之后的时间里,我一有空就到油菜田去看看,看它们的长势,渴了给浇水,虫了就治虫,被草欺住的,多了锄,少了拔。然后坐下来,感叹属于我的满满绿绿的油菜,回想起那一个个学生身上曾经发生的故事。从教三十几年了,我有好多好多学生都成家立业,想见一面是那么不容易,他们中绝大多数人不知在哪,家不知在哪,做什么也不知道,但他们的过往始终在我的心底贮存。每到春天,每到油菜花开时,我就会想起他们,想起他们曾经如油菜花一样的笑脸,不由也轻笑出声来。

作者简介:

曾照元,1963 年出生,男,教师,大专,高级职称,中共党员。系广德市作协理事,宣城市散文协会、作家协会会员,安徽省散文随笔学会会员,安徽省作家协会会员。先后在纸媒网媒发表作品近四百篇,有诗歌、散文、小品和小戏获奖。

三月的约定

陈玉兴

又是人间三月。

草植芽色，葱嫩清郁，绿星点点……不经意间，那个叫"春"的孩子，从酣睡的枯草与落叶间探出了一个个青色的小脑袋，还顶着一颗颗亮晶晶的小珠子，在芽尖上滚而不落——是不是激动，把泪花儿都给憋出来了？

三月最不甘寂寞的就是花了。挤挤挨挨：茶花、迎春、红梅、桃李、玫瑰、映山红、海棠——尤其是，院子里那株海棠和两棵映山红，在三月的门初开时，它们就映红了人的脸。

门口两棵红豆杉一雄一雌。雌树枝头还挂着零星的豆子，深红色，似是欲言又止，提醒着我回乡的行程。三年前，也算是与花有约，搬到敬亭山茶场一角。虽然离市区远了些，但却是难得一静，何况还有个院落，毗邻茶香小镇不远。

院子不大，对门不远处就是茶园。大片的，顺着山角递延。站在二楼阳台上望去，那种走一走、看一看的冲动，瞬时间说有就有，何况到了三月三呢？

三月悄然，春已长大。雨水，惊蛰，万物复苏，虫醒蛙鸣。枝条夜露受孕，哪一根不是胀鼓着腹部，忽地冒出了一星星半粒米大的小脑袋。春江水暖鸭先知，它们昂起脖颈，冷不丁钻进水里，屁股朝天不住颤动着。夜风软了，暖了，灯下的一对对人影，洒落一串串银铃笑声。

雨后，柳树早已悄悄地剪出了一绺绺细弯的枝条，它们垂身照水，临风梳发，惹得水里的红鲤来来往往，哗哗摆动着花束般的尾

新绿

巴，那一张张开合的红唇，轻吻戏啜着那绿带轻柔般的秀发……

桃红李白梨花雪，周末闲暇，邀三五好友结伴前行，置身其中，恍兮惚兮，宛若仙境。风细叶喧，夜深人静，侧耳细听，琴声有无间。常听有窸窣的声响，是小草在悄悄拔节，还是枝芽在静静地鼓胀？或是夜鸟在梦呓？

去看油菜花吧！风说。

一场真正的更大规模的花事，在我们的身边已悄然隆重地拉开了启动模式。皖南山区，沿江岸边，千亩万顷的油菜花递次竞放；万花同盛，如同一片片金黄色的海洋。置身其间，恍若隔世，我不由想起了三年前的那个约定。那时，我们几个阔别中学校园近四十年的同学，忽地豪情勃发，相约回故乡看看央视镜头下故乡望江三十万亩油菜花的盛景，与梦境中的沧海桑田又有几多吻合？

那是一个暖得让人心醉的下午。艳阳高照，天空里溢满歌声和花香。我们站在江堤上。看菜花如海，记忆逆流而上，回到青葱年华。就这么不约而同，一声呼哨，如风席卷般，一个个从江堤直冲向埂下，扑入蜂舞蝶醉的油菜花海，任那万顷金波荡漾一泻千里，任那金黄蔓延到心里。头上明日艳丽，白云朵朵偎依。蜂蝶扇动着轻盈透明的翼翅，轻飞曼舞。不远处，一群置身花海的村嫂，不时嬉闹，不时欢笑，不时欢歌，不时有人曳起了粉色的纱巾，迎风舞动……

疫情三年，一个又一个三月，在我们望眼欲穿的期待中落寞失望。尽管，三月的风依然和煦，却怎么也吹不开我们紧锁的眉头。网上说，有人滞留屋子里无以排解，隔空敲盆，以宣示存在和孤独；有的对着窗外伸进的一枝桃花，竟喜极泪泣。近在咫尺的茶园和空濛苍绿的敬亭诗山，我也只能独自以远眺而慰及自心。好在，院落里的春天，从没有迟到和缺席过。三个年头，细数一个个日子，唯有微信，遥想着杨树湾，想着那个一再滞延的约定。

终于到了2023年。当它尚在襁褓之中，隆冬孕育春色的当儿，故乡望江的老同学，已一个个早早地发出了春的邀请：

——三月三，相聚杨树湾；

——油菜花海处，一别诉衷肠！

——我们一个都不能少！

必须的。

一句句承诺，早就拜托春风洒满了大地。可不是嘛，与三月呢喃，与春天耳边厮磨。万水千山总是情，春风十里不如你——这个已经蹉跎了三年的杨树湾之约，一天天近在眼前，分分秒秒地向我们扑来。

哦，我要告诉你们，老同学，敬亭山下的那座小院里，今年又添一抹新色了。去年新栽的一棵红木香，已悄然爬过栅栏，孕出了一粒粒红艳的苞蕾。

不信，你们来看；要不，我带着她去？

作者简介：

陈玉兴，男，安徽望江人，安徽省作协会员，有作品在《飞天》《诗歌月刊》《安徽文学》《宣城日报》等报刊发表。现住安徽省宣城市，从事纪检监察工作。

曾为牧童

程志红

牧童是一个很有诗意的名词，但放牛本身并没有多少诗意。村里与我差不多大的，几乎都做过牧童：天不亮就得起床，揉着蒙眬的睡眼去牵牛，择一处水草丰茂之地去放牧。对于孩子而言，凌晨五点半的睡眠最为香甜，在睡梦中被大人喊起来放牛，无疑是一种残忍。如果再碰上刮风下雨，就更惨无人道了。

1981 年，我还是一个学龄前儿童，但已经开始为大人分忧，成为一个小牧童。"毛岭""方祠背""小牛栏""菜洼""方冲"是我们经常放牧之地，其中最让我心悸的是"方冲"。在那里，我差点遭遇"灭顶之灾"。

那个夏日的午后，我和小伙伴们将牛赶上"大洼佬"，然后跑到山脚下的方冲水库去洗澡。大孩子们都会水，游到深水区里打水仗；我和小兵不会游泳，只能在浅水区嬉戏。浅水玩得很不尽兴，我用脚试探着向更深的区域迈进。还没试几步，我就踩到一个"土方坑"，陡然滑了下去。看到我在水中挣扎，小兵吓得一溜烟地跑上岸，光着屁股站在那里大声呼救。

水不断地呛进鼻子，我只得捏住鼻孔，屏住呼吸。小兵的叫喊声我清晰可闻，可那些大孩子们戏水正酣，没人听到险情。水中的我，异常冷静却又无比绝望。在一沉一浮中，我的肚子很快被水灌饱。仿佛过了一个世纪，就在意识有些模糊之际，我在水下看到一条红裤衩由远而近，夏立根的那条内裤成为我生命中最激动的一抹红！夏立根、"胡狗子""铁桶"、团兵等人纷纷围过来，几双手共同托举起我的"新生"。

第二年，父亲与才庭、书友、云生等几家合伙买了一条小水牛。买牛的价格我至今还记得：1050元。在我们老家，公水牛称之为"水牯"，母水牛称之为"水沙"。那是一条年轻的"水沙"，乳门牙还没有完全脱落，应该是两岁多一点。父亲对牛很有研究，他告诉我，水牛3岁左右第1对乳门牙脱落，长出第1对恒牙，称之为"对牙"，以后每年脱落更新1对，逐渐由"四牙""六牙"长到"八齿"，"八齿"也叫"齐口"，一般水牛在6岁左右"齐口"。

小"水沙"在我们四家轮流放养，周而复始。轮到我家时，要连放九天。下雨天，父亲心疼我，早上不喊我起床，他亲自去放。但天气晴好时，我责无旁贷。一般来说，早晨要放近三个小时，牛吃饱后我才能回家吃早饭，然后上学；遇到节假日，下午再牵牛上山，一直放到夜幕降临才赶回牛栏。其实放牛就是耗费时间，并没有多少技术含量，你只需留神三点：一不要让牛偷吃田里或地里的庄稼；二不要让它撞倒山上亡人的厝基；三不要让公牛相互斗殴。如此而已。

漫长的放牛时间如何打发？读一本武侠小说是最佳选择。除此之外，牧童们还喜欢上山采野果、下塘摸鱼虾、下地挖山芋，举行野炊活动。

最无聊的时候，我们会在毛岭的沙地上寻找小"漩涡"，那是一种小虫子的巢穴。我们用一根茅草在小穴里不停地旋转，口中念念有词："洋蛾子，快开门！你家来着人。来着哪一个？来着你家婆！"几乎每个"漩涡"里都藏着一只胖胖的"洋蛾子"。这种小虫长得很像虱子，能挤出酱油一般的体液，具体学名叫什么，我至今不知。

放牛，也提供了一个相互学习的好场所。那次溺水让我痛下决心要学会游泳。利用放牛的机会，我跟在程民强后面扑腾，最终在山塘里学会了"狗刨""仰排"和"踩水"。泳技提高后，村里所有的池塘我都能一口气游个来回。

凤英小姑喜欢和我一起放牛。她每次都带上纸笔，让我把学校里新学的歌曲抄到纸上，然后一句一句地教她。《在那桃花盛开的地方》《我的祖国》《送别》……我当过她很长一段时间的音乐老师。

放牛的人群中，除了小孩、妇女，还有老人。小伟的爷爷，外号叫"老鬼子",特别喜欢打牌。与他一起放牛,我学会了"争上游""三打一""5、10、K",牌技提升飞快。村里还有一位长辈,外号叫"活见鬼"。这个绰号证明他说话不太靠谱,但是他的棋艺却很靠谱!放牛时与他切磋中国象棋,也是一个上佳的选择。

现在回想起来,给我印象最深的还是程新友。他早晨放牛时会带一条干毛巾,收集山中各种植物叶面上的露珠,用来洗脸。他不容置疑地告诉我,这种方法可以让皮肤变得白嫩。我将信将疑,尝试过两次就嫌太麻烦,果断放弃。后来发现,放弃很明智,因为最讲究美容的程新友,长大后却成为程老屋最黑的男人。

小"水沙"在我们四家精心放养下,从"对牙"逐渐长到"齐口",后来还做了母亲,生下一条小牛犊。小牛犊一天天变高,比我小5岁的妹妹也慢慢长大。初中毕业后,我把缰绳郑重地交到妹妹手里,从此告别牧童生涯。

几十年光阴,弹指一挥间。合久必分,分久必合。程老屋当年分到各家的土地,如今又全汇聚到种田大户杨善武一家,他家种田全部采用机械化操作。曾经作为乡下主要劳动力的耕牛,在故乡的山上已然绝迹。放牛的往事,只留在我这样既离开故乡、又离它不远的中年人的记忆里,成为挥之不去的乡土情结。

乡村留不住我这样的儿郎,自然也留不住那样的儿郎。曾经的牧童,相继走出生生不息的家园,在繁华的都市里放牧着另外一种生活。他们本是种植庄稼的能手,如今依然在各大城市种植庄稼的衍生品:水饺、馄饨、刀削面、包子、馒头、蛋炒饭……"牧童"一词,在程老屋早已成为历史,只留下满村的空宅,让日暮的老人长住。

作者简介:

程志红,安徽省作家协会会员、安徽省散文随笔协会会员、合肥市作家协会会员,新安晚报社政务宣传部主任。

黄山廿六分钟

戴骅骅

　　客居江北，祖籍徽州，自然对皖南那一方水土情有独钟。特别是黄山，对央视网熊猫频道《直播中国》中黄山风景区的那几个24小时实景摄像头的持久关注中总结一个规律：但凡云海只在连续阴雨后忽然放晴的那一刹那，方能一睹芳容。但冬夏居多，春秋鲜见，所以每每网页一现，恨不能肋生双翅，立刻南飞。

　　是年整个三月，倒春寒弥漫长江中下游，冷雨涟涟，春暖难觅。3月24日下午，天气预报告知明日将全省晴暖，立马决议行动，驱车跨过长江一路向南一头冲进了皖南的凄风冷雨中，167公里的高速雨中居然开了三个小时，天全黑后，漫无目标地投宿在黄山北大门内约500米"云霞农庄"。一夜无语，只是不断观察窗外有无星星。

　　3月25日5时10分梦醒。匆匆早餐后，婉谢农庄老板娘派车，仅凭三年驾龄冒险自驾将车开上芙蓉岭盘山路，忐忑中为半山腰云蒸霞蔚风景熏染，数次涉险停车拍照并收获颇丰。辗转近一小时到达松谷庵停车场，再转摆渡车、缆车约8时许终至丹霞站。一头雾水中被告知西海大峡谷4月1日才对外开放，无奈只得左行取道飞来石，及至气喘吁吁爬到巨石下陶行知纪念亭时，老天仍未开眼，漫天无云白蒙蒙，举目四望意凉凉。

　　忽听石顶隐约有人在喊：东边起雾啦……于是三步并作两步跳上飞来石，沿着狭窄的半边栏杆，钻过摩肩接踵的拍客。此时薄雾渐起，可怜连步道上都挤满了手机、相机，站立都困难了。灵机一动，一屁股坐到平台西南角地上，两腿大字伸开左右脚各抵住一根栏杆根部，在胸前和两腿包围区域石面上摊开两部相机三个镜头

新绿

——总算"圈"了块宝地：脚尖外 5 厘米就是几十米深的悬崖峭壁，低头就是刀砍斧削的西海大峡谷，左右则是大于 180 度的无障碍视角，后背则站立着一溜手机相机快门声。开拍啦！山风吹过，云雾蒸腾，春季云海升腾极快，从坳口，从怪石背后，从松的缝隙中追风赶月般涌上来，一缕缕、一团团、一拨拨、一丝丝、一层层，让你手忙脚乱。

26 分钟，仅仅 26 分钟时间里，佳能 7DmarkMarkII 按动了 1003 次快门，佳能 70D88 次快门——何等过瘾！自言自语大呼小叫中，脚凉手发抖、面赤心亦狂热，光圈速度变化中，镜头装卸间，不问何时日光起，不知何故鸟不飞，任凭湿风乱滚，哪管浮云托仙。

从 9 时 55 分至 10 时 21 分，飞来石脚下 26 分钟已让咱羽化成仙。突然，宣泄的快门戛然而止——7DmarkMarkII 卡满了……

这，就是廿六分钟的黄山，黄山的廿六分钟，令我魂飞梦牵。黄山将亿万年的光阴慷慨分给了我廿六分钟，我又何止廿六分钟的感慨万千。我见黄山多妩媚，料黄山见我亦如是。

随后的几小时，游兴倦怠，日过正午烟消云散，阳光直射，已是见山是山见石是石矣。

作者简介：

戴骅骅，中国文艺评论家协会理事、安徽省文艺评论家协会理事、中国摄影家协会会员无为市哈哈影像社自营业主。

霍山石斛的"前世今生"

戴　星

　　我叫霍山石斛，又名米斛、"皇帝草"和"龙头凤尾草"，"本在悬崖峭壁藏，石缝树干就是床。承恩雨露阅风霜，天赐仙草保健康"，诗里所提的"仙草"就是我。人类道家经典《道藏》曾把石斛列为中华"九大仙草"之首，我们霍山石斛则是石斛家族里的优秀成员。据人类史料记载和历代医家药家的宣传推介，我们是古代皇帝可遇不可求的长寿不老的秘方之一。人类的《神农本草经》将我们奉为"滋阴养精，平衡阴阳"之上品，我们名列中国十大皖药之首，已被认定为"一级保护植物""国家地理标志产品"和"最具影响力的道地药材"之一。

　　人类为什么如此青睐我们、给我们这么高的地位呢？这还得从我们的原生态生长环境说起。我的家乡是"'绿水青山就是金山银山'实践创新基地"的安徽省霍山县，享有"金山药岭名茶地、竹海桑园水电乡"和"中国天然氧吧"之美誉的霍山县地处中国南北地理分界线上，这里三面依傍高山，一面濒临淠水，在北纬31度以南的山区常年雾气袅绕，森林覆盖率达76%，有着适合我们生存的得天独厚的区域小气候。我的祖先一直在悬崖峭壁间和参天古树上安家，气生根附在岩石或松树皮上，通过吸收空气中的养分和水分来进行光合作用。吸天地之灵气、集日月之精华，我们小小身材里孕育着大大的宝藏。虽然喜阴凉湿润、通风多雾的小气候，但却经受过多次严寒酷暑的考验和雨打风吹的历练，我们既坚强勇敢又自信乐观，丰满的茎像人类挺起的胸膛，盛开的花朵像人类含笑的脸庞。

据人类多年的研究和实践发现，我们的身体里含有人类所需的多糖、石斛碱、氨基酸和多种微量元素，可抵抗疲劳，可排毒养颜，可补肾滋阴，可开胃健脾，可强筋健骨，可利胆解毒，可去脂降糖，可润肺护嗓，可明目清肝，可解躁除烦，能整体提升人类的细胞活性、守护人类的细胞健康，从而有效延缓人类的细胞衰老。我们又被人类尊称为药食同源的"健康软黄金"，虽然我们不能包治百病，但可提高人体免疫力。聪明的霍山人采摘我们的花朵烘干，将成熟的茎作为鲜条，或利用根茎的形状加工成龙头凤尾的模样，并融入药、酒、食、妆等各种养生产品，赢得多种发明专利，满足人类不同层次的消费需要。后来，《霍山石斛茎》让我们正式取得食品身份，《中国药典》让我们光明正大地成为中国药品。

正因为我们的全身都是宝，人类经常感慨"虫草易得、霍斛难求"，人见人爱的我们遭遇过毁灭性采摘，曾是濒临灭绝的珍稀药材。说起我们霍斛家族的生存繁衍，必须感谢"大别山药王"何云峙先生和他的后代对我们的关注痴迷和情有独钟。为了寻找我们的种苗，他带头多次冒着生命危险攀爬于悬崖峭壁之上，为了保护和繁衍我们的生命，他几十年如一日地潜心研究我们的生长习性，并将秘诀无私地传授给父老乡亲。在众多可亲可敬的大师们共同努力下，我们从人迹罕至的悬崖峭壁走进千家万户的田间地头。为感恩人类的厚爱和栽培，我们拼命地繁殖生长，认真地积蓄能量。走进霍山，近距离欣赏我们的风采，用心品尝我们的味道，便能不知不觉地感受到我们的真诚和友好。

春夏采香茶，农闲摘斛花，无论前往霍山哪个乡镇，都能见到我兄弟姐妹的娇小身影，因地制宜、深耕细作，人类依照我们的原生态生长环境纷纷建立了仿野生种植基地，特别是太平畈乡的1.5万人中，有七成的农民将我们作为产业增收的"钱袋子"，这里在成功申报为"安徽省省级特色小镇"和"中国中药（石斛）文化小镇"后，又以产业规模十亿多元身价入围中国乡村特色产业榜单，成了闻名中国的"石斛小镇"。霍山成立了石斛产业协会，建立了石斛文化博物馆，想方设法、千方百计地提升我们知名度。我们和霍山黄茶一样助推了霍山观光旅游、休闲度假、养生保健产业的发展，成为霍山人巩固拓展脱贫攻坚成果、全面推进乡村振兴的"致富密码"。

听过《米斛花开》这首美妙动听的歌曲吗？这可是霍山的才人佳人专门为我们"量身定做"的。"米斛花儿开，开在悬崖之北，花似星星，如雪点点洁白，天地之灵显神采，历经风雨，风骨长在。米斛花儿开，花开不衰，无言有爱，真花无香祛病灾……"天涯海角，知音难觅，我是百听不厌，百感交集。自从与人类结缘，我们便由一丛丛自生自灭、无人问津的"石头花"华丽转身为取之不尽、用之不竭的"黄金仙草""中华瑰宝"。人类将无私奉献作为衡量生命有没有意义的标准，我们的价值被人类发现、认可和需要，短暂的生命终于找到存在的意义，在一次次地轮回中尽情绽放属于我们自己的美丽和精彩。为人类的健康长寿尽我们的微薄之力，还有比这更充实更幸福的事吗？但愿人类皆无病，宁可架上"斛"生尘。

作者简介：

戴星，霍山县数据资源管理局党组成员、副局长，会计师和审计师，生于霍山，籍贯滁州。安徽省散文家协会会员、安徽省作家协会会员。

丹湖悠悠颂古今

董本良

安徽省天柱山属世界级地质公园，山上有一座炼丹湖，古称良药坪，相传是左慈、葛洪炼丹之所。

因为独特的地貌，天柱山被选为道家的十四洞天五十七福地。相传左慈炼丹从潜水吴塘开始，在今天茶庄桃园湖稍做停留，继续逆流而上寻访到良药坪才扎下根来。从煞有其事的记载来看，左慈的道术看起来颇似魔术，曹操要吃潜水鲈鱼，变了一条又一条，三条后左慈不玩了，曹操不允，左慈认为事不过三，过则冒犯天机。左慈的不为所用，使曹操动了杀机，然左慈何等机警，径自逃走，隐匿于潜山良药坪炼丹。所炼丹石难以果腹，种活命的黎稷才是紧要，所利用的土地就是那块"坪地"。

那天，和林场的技工一起巡视山林，他们不停指引我看珍稀药材：八角莲、苍术、白术、黄精等等。说到这里，良药坪为什么把左慈牵绊，为什么要舍近求远，生活野林深山，答案就不难得出。良药坪能种粮食，提供炼丹的物质材料，而后就书写了天柱山许多动人的诗篇，不能不感叹良药坪的基础作用。

潜山文化有吴楚文化的烙印，民间仇视曹魏政权已成惯常，流行的击鼓说书以曹操为奸雄的形象说事，诸多戏剧曹操皆是白脸，描绘他的阴险狡诈，乃明显例证，甚至屋头盖瓦有"水不落槽（曹）"之要求，就是这种心理烙印的表现之一，所以左慈正面的传说甚广，不排除通过传说达到戏谑曹魏统治的目的。刘源抗元，更是汉民族抵御外侮的典型形象，深得民心，以至于刘源抗元失败被砍去头颅，百姓暗地里做木制头颅安葬，偷偷修一座"大王坟"，长久祭拜。然而左慈也好，刘源也罢，他们都得益于良药坪的滋养，所以良药坪被称颂是一种文化的渊薮，良药坪也从一个侧面，歌颂了潜山人民不屈不挠反抗外敌入侵、传送厚重历史风貌的人文情愫。

1998年潜山县委政府为做强做大天柱山旅游，修建了人工湖，改良药坪为炼丹湖，原先小块"坪地"上孕育的历史文化，就淹没在今天的湖光山色中了，其精髓却沉淀在古皖大地，从未走远。

炼丹湖海拔1089米，是国内第三大高山人工湖，面积34亩，蓄水八万方，正因为有水的作用，蒸腾不息，带来了万千气象，而今每立方米的负氧离子高达六万多个，湖面有时烟云袅袅，有时平如明镜，蓝天群峰倒影湖底。观西关群峰，飞来如坠，宝月如锡；天柱在望于其北。登仙打鼓诸峰在于东。麟角、覆盆、迎真诸峰峙其南，于此湖坝远瞻近瞩，尽览天柱一山之胜。

因事滞留炼丹湖的夜晚，半夜醒来，阒无声息，时光似静止，我不知身在何处，一缕蛙鸣清幽飘来，方忆栖于湖畔。早起时，见山绿树绿影折叠铺在湖里，融为一体，我始知湖绿为何物。晨湖周遭，异于白天日暖时夏风午起、薄雾绕身、如影随形之境，那会请朋友照相，多次难以清晰，而晨间的炼丹湖敦厚稳重，像阅历深厚的父亲，敞开胸怀静候四面八方归来的游子。

迈步湖前黄山松林间，鹃叫雀鸣，不绝于耳；富氧空气，洗涤肺腑。忽觉一物落项间，我急切中按住，臭不可闻，是一只"红足壮异蝽"受惊，泄气自保。我甩落时，它振翅飞，翅膀内甲壳有点状的红黑色，像某刻流行的短裙。同行后来笑说："花裙子"兜住了颈脖子，今晚打牌，你手气准好！——这个小插曲足以说明炼丹湖生态美好多样。

六时，我遇到几个挑侠，他们将焊接好的钢筋构件挑到东关，为天柱山风景区即将建设的东关索道、公厕做准备，这都得经过炼丹湖坝顶，否则要绕道很远。此时，月亮的清辉在他们的身后助力，散射的霞光在他们的前面迎领，突然就想起白居易"天柱一峰擎日月"的句子，一千三百多年前，醉吟先生很可能就是这个时节来到天柱山巅，观察到日月并行的天空，才有此传世的名句。我觉得，让霞光和月光普照的此刻，是幸福的时刻；受霞光和月光普照的人，是最幸福的人——挑夫们步伐矫健有力，他们似有所悟，甩落的汗珠也沉醉在对未来的憧憬里！

我沿着挑夫的路径，走东关的步道，东关没有开放，当然没有游客的遗踪，可踏上东关亭上的观景台，心就被结结实实地震撼！太阳早升起几丈高，日光被灰白云霭遮蔽，光芒下射苍翠竹海，可以从容欣赏蔚蓝天际下罕见的射光，转身向西，覆盆、天狮、麟角峰在眼前五十米耸立，打鼓石在右边两百米处昂首，我心里涌起对山峰的敬仰，尤其是静候着的"打鼓石"，形态酷似一面战鼓，此时它等着谁的敲动？我耳边似乎传来伟人"站起来""富起来""强起来"的号角，是的，一定是的，世纪的鼓槌曾经就在上面奏出最强的声音，潜山人民就在这种声音的号召下，撤县建市，脱贫摘帽，走向振兴。

回到炼丹湖，朝阳耀眼，湖水金光四射，荡漾吟唱，仿佛在歌颂潜阳大地的古往今来。

作者简介：

董本良，男，安徽省潜山市林业局公务员，曾供职于乡镇中学、乡镇政府，中国自然资源作协、安徽省作协会员，作品刊发于《微型小说选刊》《火花》《生态文化》《中国绿色时报》《安徽日报》，小说《棉匠家事》获第四届张恨水文学奖。

红草情思

方传江

　　红草好像是天长特有的物种，天长人对红草怀有特殊的感情，至少百十年以来，她慢慢地植根在了天长人的血脉里。说起红草，它本没有多大的用途，最早是用来烧锅煮饭的，后来才打草帘子，卖钱补贴家用。

　　天长红草好像只生长在县城周边的湿地，其他地方没见过红草的身影。我出生在天长北乡，离县城有五十里路远，不知红草为何物。三十五年前，我住到了县城，听说城西一带生长红草，到我去寻时，仍然没看到红草。再后来，读到本土知名作家钱玉亮先生写的《红草湖的秋天》，一下子把我吸引住了，他把天长城西红草湖的市井风情写得妙趣横生，让人过目难忘，读着，读着，红草湖里那种风吹草浪、人割肩挑的壮美秋收场景在脑海中清晰显现，还有家家户户堆草垛、打草帘的浓浓生活气息如在眼前。

　　随着世事变迁，红草的实用价值越来越低，红草湖也慢慢地向城边收缩，面积越来越小，原本红草地逐渐变成了农田、林地、工厂。我住进城里时，城西的红草湖只剩下一大片杂乱无章的水旱林地，已经找不到一块红草地。红草湖徒留下一处称作"红草"却没有"湖"的地名。

　　据历史记载，红草湖位于天长西门城外，原先有好几十平方公里，茫茫苍苍，十分辽阔，大风吹起，红草如海浪一般高低起伏、忽明忽暗，在夕阳的映照下，煞是好看。红草湖看似苍茫一大片，其实分为多个部分，有多个地名，如苏家大圩、大汪庄、小汪庄、黄雀圩、三角湖、跑马湖、大洼子等等。新中国成立前，红草湖是私有的，分属一些殷实的私家大户。新中国成立后，不论是谁家的圩呀、湖呀、庄的，统统收归国有，镇上成立一个叫"草仓库"的专门管理机构，设在县城西门，紧靠砖井巷、甘桥口。红草曾经惠泽过多少代人，天长人（尤其是西门人）怎么能忘记她？

红草是一年生草本植物，粗如竹，细若苇，又非竹非苇，中空有节，能长六七尺高，地下盘根错节，地上蔓延滋生。红草湖一年四季景色各不同，特别是过了霜降，草叶由青绿转枯黄，再呈红褐色，草秆也随着草叶慢慢变得光亮且渐着褐红，远远望去，整个湖面像是着了火，故名"红草湖"。

最有动感的红草湖是在深秋开镰收割的时候。草叶枯黄、草秆红褐，红草成熟了。草仓库的领导研究后，在四门贴出告示，某天某刻正式开湖。接下来的几天，准备参加收割大战的男男女女不干别的，男人备好光滑且有弹性的扁担、结实的麻绳和软弱的布坎肩。女人把刀把子装紧，刀磨得照得见人脸，还要改善点伙食，增加营养。开湖当天，天还没有亮，所有人集中在草仓库大院里，黑压压的一大片。女人不仅割草，还要捆成标准草把子，有人现场统计。男人负责挑草，送到草仓库，按每趟挑来的草把子各数领牌。虽然都归公家所有，但要分别按照一家人男女割草、挑草的数量进行分配，这不仅仅关系家庭的收益，更关乎每户人家的脸面。

后来，修建的天滁公路从红草湖穿过，将湖分成南北两片，红草湖更加没有了"湖"的样子。二十年多前，政府动员植树造林，铲除杂树茅草，种上了速生的意杨树，成了城西林场，命名为"天长市森林公园"。又过十年左右，政府按照景区游园的标准大力改造红草湖，植树补绿，整治环境，完善设施，发挥了城市的"肺"功能，成了市民休闲的好去处，更名为"红草湖湿地公园"，了却了天长人一个久远的心愿。现在，只要提起"红草湖"，天长人的脸上无不显现出自豪感、幸福感，若是外地来了客人，总想自告奋勇地当导游，陪同客人去看看咱们的红草湖公园。

红草湖湿地公园由北到南分为三个园，最先建成的是中园，面积最大，树木茂盛，品种也最多，在园中心建起了一个巨型雕塑"飘动的红绸带"，名曰"红韵广场"，最难的是在广场东边的树林边栽了一块红草，面积不大，让人很不过瘾，这却是我最早见到的红草。再建南园，南园水面较大，荷花、蒲草、野菱角成了水中植物的主角，水边有长廊水榭，陆地中央孝亭耸立，红色高架栈道在林间穿梭，放鹤亭突兀而起，让人登高望远，身心放松。最后建的是北园，既保留了原先的多样树种，又在水边、滩地上种植了大片大片的红草，弥补了红草湖湿地公园难见红草的缺憾，这才让红草湖实至名归。

在天长依然难见红草，城东北的白塔河南岸的水边有一两段连片的红草。我上次回老家，无意间在老铜龙河边看到一处红草，应该是在此生长好多年了，不过是我们不认识或没注意罢了。城区新成立的炳辉小学校园里特意栽了一小片红草。天长人对红草富有感情，我相信红草会逐渐多起来的。

去年一个深秋的早晨，我独自来到红草湖北园散步，最爱去的是曾经到访过的汪姓小庄。为了建设北园，一个世居在此有几户汪姓人家的小庄子被拆除了，留下地势较高的庄基地和一口老井、几十株古树名木。庄基上建起了几间木窗草盖的房子，名曰"红草湖风物馆"，里面的布展讲述着红草的前世今生和湖里丰富的物种、久远的故事。馆舍前面，一架青藤下，一口古井还在，新修了井栏，青石井圈上有"吉祥如意"四个阳刻大字，大树下的一块石头上刻着几行文字，记录着汪氏族人让出老宅基地、捐赠古物名木的善举。

此处南望，即是成片成片的红草，挨挨挤挤，各自挺立着，草叶、草秆由枯黄渐泛褐红，草叶之上竖立着一杆杆如棉花糖一样的白色花絮。一阵微风吹来，草丛中发出轻微的沙沙声，吹散开来的花絮空中飞舞，在阳光映照下，如丝丝白烟，又似片片雪花。如果说红草像健硕的男人，南边空地上一大片粉黛子则好似妩媚的女子，隔水相望，郎有情，妾有意，来一场秋日私语，再续冬春故事。

红草熟了，人却散了。霜降已过，"开湖"的壮观景象哪儿去了？当年参与收割红草大战的西门女人"走"得差不多了，没"走"的，也老得不成样子了。甘桥口已改，砖井巷还在，草仓库早不见了踪影，西门小街还顽强地挺立着，青砖小院被修缮成了大花脸，半掩半开的门堂里，只有一两位静坐无语的老妪，看起来已经没有力气谈论往事，仅有一只猫狗、几株凤仙花陪着，享受着最后的时光。此时，本该热闹非凡的西门街，还有那一眼望不到边的红草湖，已淹没在了历史的风尘中。

早早晚晚，铺着青石板的西门小街上，依然会传来橐橐橐的脚步声，总有那么一群不愿忘却、执着寻觅红草的人们，还想着走进红草湖的深处……

作者简介：

方传江，男，1965年出生，一位教育工作者，从事教育教学及教育行政管理的近40年，现任天长市教体局总督学。业余时间喜欢读书、写作，尤喜散文随笔，先后在《安徽日报》《安徽青年报》等多家媒体发表散文60余篇，计十二多万字，2021年8月，出版个人散文集《一树槐花》。是安徽省作家协会会员、安徽省散文随笔学会会员、安徽省散文家协会会员。

苏轼《枯木怪石图》名画赏析

冯 亚

苏轼绘画存世仅三件，即中国美术馆藏《潇湘竹石图卷》，上海博物馆藏《苏轼枯木竹石》《文同墨竹合卷》，前二件争议较大，至今未做定论。2018年香港佳士得展拍一幅苏轼的《枯木竹石图》以4.636亿港元成交，引起轰动。

《枯木怪石图》，又名《木石图》，画心无款，钤苏轼"思无邪斋"印。后有题跋四首，分别为宋代刘良佐、米芾，元代的俞希鲁和明代学者郭淐。整卷钤41枚鉴藏印，分别来自南宋、元朝至明朝的收藏家。该图曾著录现代书画鉴定大师张珩《木雁斋书画鉴赏笔记·绘画一》，又著录于浙江人民美术出版社《中国绘画全集第二卷·五代宋金辽1》。

《枯木怪石图》的创作背景，据《苏东坡年谱》中记载："守徐州时，尝经萧县，画枯木于泉山。"据《苏轼书画艺术活动系年》记载苏轼在萧县泉山绘画时间为元丰二年（1079）。苏轼在"苏门四学士"之晁补之和"苏门六君子"之陈师道的陪同下，来到萧县"承恩堂"，观怪石，居文堂，赏老木，品泉茗，随兴为窦师道研墨挥毫画了一幅《枯木怪石图》，被窦家珍藏。窦师道卒后，其子窦明远（墩礼）扩建为"拱翠堂"。后请晁补之作《拱翠堂记》也有记载。

从《枯木怪石图》画面内容看苏轼是以枯木、怪石、竹及小草作画，十分简单，但却蕴含着道家哲学中"大道至简，道法自然"的核心思想。苏轼八岁即以道士张易简为师，一生与众多道士友好往来，深受道家思想的影响。在许多诗文、书画中均可领略苏轼道家思想的精神内涵。苏轼于绘画方面曾说："余亦善画古木丛竹，竹寒而秀，木瘠而寿，石丑而文，是为三益之友。"

苏轼以"枯木"自喻，认为"木瘠而寿"，枯木有着"再生"的希望，枯木逢春又可生，这也正如白居易"一岁一枯荣，春风吹又生"对自然现象更迭的认识如出一辙。可见，苏轼对枯木的认识充满着辩证的、乐观向上的积极心态。苏轼将枯木作为超然思想的表现形式，是一种"居庙堂之远"的淡远，是其追求"超然物外，萧散简远"艺术情趣的体现。

苏轼爱竹。宁可食无肉，不可居无竹。苏轼曾十次到达宿州，元丰八年正月在宿州扶疏园石氏画苑为其表兄、亲家、书画收藏家石幼安所绘的《墨竹图》刚劲挺拔，栩栩如生。为长久保存，石康伯之子石坦夫就请人将此图勒于石上建"扶疏亭"珍护之，苏轼之子苏迈专此写《咏宿州扶疏亭》诗以记之，后成为宿州八景之一。

苏轼称谓"三益之友"的怪石"石丑而文"，即石头越是怪丑，就越具有文雅之趣。盖因石越丑越能保留着山的坚毅和刚挺，蕴含着山的峭拔和奇崛。这也是苏轼自己精神追求的人格化。苏轼一生酷好怪石，尤对灵璧石情有独钟。苏轼与灵璧石园张硕结为好友，在元丰二年三月为之写下《灵璧张氏园亭记》，提出"园无石不秀，室无石不雅"的观点。苏轼在《咏怪石》一诗中歌颂了怪石的高贵品质，认为怪石不但不丑，而且文的"节概"高不可攀。清代文学家刘熙载在《艺概·书概》中云："怪石以丑为美，丑到极处便是美到极处……"可见，苏轼的"丑石观"得以延展。

苏轼笔下的枯木、怪石图蕴含着老庄哲学辩证的反向思维方式。有枯就有生，有丑就有美，枯中含着生，丑中含着美。今天之丑，未必是明天之丑；你认为之丑，他人不一定认为丑。能从"丑"中能看到"美"，从"墨"中看出"色"，从"无"看到"有"。展现了苏轼美学思想追求的是一种"萧散简远，妙在笔墨之外"的艺术境界，暗合了老庄哲学的思想。苏轼与米芾亦师亦友，书法、绘画同辉，文学、诗赋同妙，饮酒、赏石同好。米芾在《画史》里回忆说："子瞻作枯木，枝干虬屈无端，石皴硬。亦怪怪奇奇无端，如其胸中盘郁也。"苏轼的"四学士"之黄庭坚尝观其书画，在《题子瞻枯木》诗曰："折冲儒墨阵堂堂，书入颜杨鸿雁行。胸中原自有丘壑，故作老木蟠风霜。"可见，宋代文人大家米芾、黄庭坚对苏轼以枯木、怪石作画给予敬仰与赞赏。

《枯木怪石图》，从构图上看，怪石如卷曲的卧虎盘踞于左下角，左大右小，左重右轻，有一种势左之感。枯木如即将腾飞的苍龙从石根而出，曲中见挺，右倾向上，盘旋360度后似扇形状的"龙爪沟"微微左向回望并分发向上展开，有一种势右之感，枯木与怪石就形成了张弛起伏、大开大合、顾盼生姿、疏而不散之美。怪石后的数枝幼竹以及枯木根下的几棵枯草恰到好处，活泼了画面，体现了生命的活力，给人以生生不息的希望之感。整体上品味，此构图有一种龙腾虎踞之势，吻合着萧城龙腾虎踞的特点，也吻合着道家"大巧若拙，大直若曲"的辩证思想和艺术审美。

苏轼作画以书入画，全画大都用淡墨乾笔写出，用笔率简，飘逸灵动，不求形似，颇具神韵。怪石近乎用草书的线条，快速旋转，形成画面的运动感和立体感，尽可能显示出此怪石顽强的生存力和静中寓动的美感。枯木似瘦劲挺拔的篆书笔法而写，多中锋用笔，朴茂多姿。竹叶则如缓缓写出的隶书。作为艺术大家，苏轼在绘画上不落前人之窠臼，不拘古人之绳墨，强调表现自我。苏轼批"院体画"太匠气，倡导"士夫画"（文人画），主张不求形似，追求"萧散简远"的艺术风格，表现对象的精神风貌与深邃的内涵，平中见奇，凡中见新，也就是能够"重神写意"。这是典型的文人画风格，因此苏轼被书画史界定论为"文人画"之鼻祖。苏轼"文人画"思想的创立，得到文人们的推崇，他以枯木、怪石、竹作画被元朝文人画家追捧为一种绘画谱系，到明代倪瓒、董其昌也热衷画枯木怪石图。

苏轼《枯木怪石图》展拍后引起学术界多有论辩，特别认为此图后面的题跋和钤印部分存在疑点较多。无论作品是否真迹，或认为是一件明代之前的临摹本，但就苏轼的这件绘画作品而言也如同王羲之的书法《兰亭序》摹本一样，能流传下来实则是极具历史价值和文化价值的传世珍品。

作者简介：

冯亚，男，中共党员，安徽萧县人。省作协会员，安徽华夏集团党委书记、宿州市作协副主席。

诗城往事

傅太华

近些日子，爸妈给我寄来了家乡的特产——采石矶茶干，看到满满一大包的特产，内心喜悦。晚上做饭的时候，特意做了一道茶干青椒炒肉丝，盛出来，淡淡的香气让回忆渐渐泛起了涟漪。

我出生于诗城马鞍山。早在六朝时期，许多名公巨卿、贤达雅士曾流连驻足马鞍山，留下众多古迹和文化遗存，"诗仙"李白也曾多次到访马鞍山，留下"醉酒捉月，骑鲸升天"的传说。相传，马鞍山当涂县是李白的终老之地。对于李白之死，历来众说纷纭，但李白给马鞍山留下了许多诗篇是不争的事实。当然，马鞍山还有另外一个别称——钢城，马鞍山钢铁股份有限公司在这里诞生，所以经常有人称马鞍山为钢城，先天的"钢铁基因"，后天的成长"习得"，赋予了这座年轻的城市坚实的工业基础，也为这座城市留下了深刻的工业烙印。

我记忆中的20世纪90年代的马鞍山，可谓真的是"一马当先"，那个时候汽车、摩托车、空调都是很昂贵的，但在马鞍山的普及率是很高的，随着中国经济的飞速发展，钢铁的供不应求，马鞍山依靠得天独厚的矿产资源，经济效应年年攀升。我记得在我很小的时候，爷爷奶奶家买了村里第一台彩色电视，每当傍晚时分，村里周围的邻居都会兴高采烈地朝爷爷奶奶家走来，有的端着饭菜边吃边看，有的拿着小板凳端坐在电视机旁。那时候电视机里播放的是83版的《射雕英雄传》，我还依稀记得。爷爷奶奶也非常热情地去准备单独的一间房供周围邻居观看，等到了夜深人静的时候，大家才渐渐离开，爷爷奶奶这才收拾收拾屋子准备休息。这样的日子持续了很久，也渐渐成了周边邻居的一个习惯，直到各家各户很多小孩逐渐要去上学，过来看电视的人也就慢慢少了，最后那彩色电视成了我和表哥的游戏设备。

那时候爸妈工作繁忙，寒暑假我基本上都是在乡下。微暖的午后，当奶奶午休的时候，我就会偷偷地插上游戏手柄，一个人在房间里玩，那个时候，没有繁重的作业，没有长大的烦恼，只有一心想通关的心思。屋前是一片稻场，没有树的遮挡，一眼就能看到村口的路，那条路也是爷爷回来的必经之路。每当夕阳西下，我便会时不时从窗户探出头看看那条路上有没有一个熟悉的身影出现，那样我会以最快的速度关掉电视机，收好手柄和游戏卡，坐等着那个严厉的老头回来。那样的时光也仿佛过了很久，久到村里家家都有了彩色电视，久到游戏机已经不流行了，所有人的生活水平不知不觉中提高了很多。

第一次去马鞍山市区的时候，映在我眼帘的是街道商铺林立，商铺门前杂乱无章地摆放着各种物品，迎面走来的是成群结队的叔叔阿姨，男的英俊潇洒，女的楚楚动人，小孩们胸前挂着一个叫"手机"的玩意。这是我第一次见到翻盖式的手机，听说那样的手机很贵，后来我打听了一下，要几千块钱。那个年代，几千块钱可是普通老百姓几个月的工资呀，于是我对手机有了深深的向往。不知什么时候，手机在我们当地也流行了起来，我也拥有了一部属于自己的手机。越来越多的人开始重视教育，街坊邻居家的小孩都开始了在外的求学路，我也在父母的鞭策支持下，在求学的路上越走越远。

城市变化很大。曾经的工人电影院成了地标性建筑，大商场里都配有电影院；小时候去过的儿童公园里面的游玩设备也不开放了，换成了新的花样；马鞍山的"大转盘"也不见了，变成了一条条柏油路。马鞍山长江大桥通车了，我当年去上海，坐了六个小时火车，现在去往上海只要两个半小时。回望过去的二十多年，街坊邻居的生活质量显著提高，这得益于祖国的繁荣昌盛，得益于安徽良好的经济发展，得益于马鞍山人艰苦奋斗，继往开来的精神。"聚山纳川，一马当先"是马鞍山的城市精神，这些年，马鞍山已然建设成为一座既充满生机和活力，又富有历史底蕴，集现代文明与历史文化于一体的城市，它拥有着基础雄厚的制造业，拥有区位优越的地理环境，吸引着海内外各地的优秀人才。

我时常回到家乡，都会选择在马鞍山市区的红旗路上漫步，看川流不息的车辆和匆匆忙忙的行人，这些都能让我想起关于马鞍山这些年巨变。马鞍山因钢设市、因钢兴市，同时过去无数的文人墨客在此驻足停留，留下千古诗篇。马鞍山人经过了一代又一代的艰苦奋斗，不懈努力，传承着马钢精神，伴着一簇簇熊熊燃烧的炉火，从火红的岁月中走出来。

当时间慢下来，我希望能静坐在马鞍山采石矶的蛾眉亭中，品一茗清茶，和几位老友，看大江东去，奔流浩荡。赏千古人文，一城山水，忆时间煮雨，岁月缝花。

作者简介：

傅太华，笔名：花与初桐，安徽马鞍山人。安徽省作协会员，蜻蜓 FM "知名人物专访"节目总监制，两次担任全国文学竞赛评委，著有文集《不荒不老，岁月刚刚好》，代表作有随笔集《觅香》《独家记忆》等，作品散见于省内外报纸杂志，多次荣获全国文学大赛奖项。

水上铙钹

高方明

日月刻板如常，河流昼夜不息，蜿蜒如带，潋滟如梦。这是我们家底那条苦涩的小河留给我的不灭印象。这么多年，走南闯北都没能走出这条河。疲惫的时候，慢慢地伸出筷子，那河两岸的野芹菜、灰灰菜、马齿苋就上了馋劲，人就益发迷糊了。也不知什么起，人们把这条河叫护岗河。向南汇入女山湖，淮河。这里的村庄酷似一个个鸟窝，散落在西岸约二百米以外的丘岗上，二百米以内是平平坦坦的圩田。这圩田十年就有八年涝。人们丧气地抱怨，哎哟喂，癞嘞鼓子（癞蛤蟆）尿泡尿，就淹屁了。所有的付出都打水漂了。

庄子上的故事似乎也皆与这条河流有关。一条多灾多难的母亲河。祖祖辈辈的庄稼人，心里梦里，深深浅浅，流淌的也全是这条河里的缓与湍，爱和恨。

那水上的铙钹声声，那红褂子长辫子的渔家姑娘，就是从这条河上来的，也是从这条河上、从大哥的眼睛里逶迤而去的。

淮河水位一高，或大暴雨连天的下，圩田就淹了，一直淹到庄前的丘岗，披溜披溜的，一浪浪打到人们的眼皮底下。

这会就有很多的船，咯吱吱挂起灰色的长帆，很壮观地从女山湖驶过来。一船一船的人。他们大都是来赶潘村集的。潘村集是方圆四五十里最大的集镇，逢三、五、八、十，十天四个集。那时我还小，会跟着大人站到丘岗上看热闹。

那一年我不知是十一岁还是十二岁，大哥比我大六岁。有一天光脑袋吴老头突然摸着我的头，侉腔侉调地说，你大哥给你找嫂子啦。他笑，我也笑，我知道嫂子是干什么的。吴老头用烟袋一指，那小船上下网的姑娘就是你嫂子，望见么？那姑娘长什么样，太远了看不清楚。那时我就相信，小孩子的眼睛没有大人看得远。穿红褂子的姑娘，细挑的个，长辫子，倒像是电影里的人儿。

我就不相信了。大概是感觉离我们岸上的生活很遥远，我们天天住着不动，而他们是飘摇着的，像鱼一样，恍惚他们跟鱼群是一样活着的人。他们下的有丝网，有一捆捆竹条围起来的迷魂阵，但也都是网的意思。

那尖尖的小船上，红衣姑娘打着铙钹，一声一声，伴着日出与黄昏，在倒扣的桨声里，就徐徐地来了，跟梦似的。

大哥和我常站在丘岗上，一棵老香椿树的阴影下。我翘起头问大哥，那姑娘打铙钹干吗？鱼能听懂吗？大哥说他们快起网了，是把外围的鱼朝网里赶哩。我笑了，我听懂了，我说她是像你给生产队人放猪，嘟呜嘟呜嘟嘟呜，吹牛角号是一样的吗？我用手在嘴上模仿着他的声势。大哥咧嘴笑了，是很自豪的那种。我喜欢大哥吹牛角号雄壮有力的气势。特别是放猪回来的时候，只要他把背着的牛角号握在手里，竖起来，对着庄子上，嘟呜嘟呜嘟嘟呜——一赶劲地吹起来。也不管猪们是正在争权夺利，或谈情说爱，肥的瘦的老的少的，都挺起尾巴，撒起欢朝家跑。庄子上的人听到号声，就知道该放下手里的活，站到门外，用眼瞭着，等候把猪引到圈里去。那激动人心的场面，仿佛烟尘浩荡一鼓作气的古战场。那个粗制滥造的水牛角，沉沉地背在大哥的身上，倒是他的骄傲。

一个赶猪，一个赶鱼。当时我也没能想到把他俩赖以生存的活计，竟如此地给美妙了。

跟雄浑的牛角号比，水面上的铙钹就不同了。当……当……当……有时也变换成叮当……叮当……叮当……那声音有时感觉像天上毛茸茸的月亮，软和和的；有时又像一根红丝带，拴着一串铜铃铛。那声音贴着水面的涟漪，浸淫过日色染红的水气，还有一只两只白色的水鸟、轻轻划过的羽翼。再到你的面前，那声音里的画面就融入你心里去了。大哥美得梦里梦外都是哩。

那时候我们家底停的船，大都在正河深水区。红衣姑娘家的船，停在南边老水渠边上，大概在圩区的中部。那里有一溜河堤上浮出的半截葱翠的杨树，迎着阳光闪闪烁烁。大哥中午或者晚上洗澡，鱼儿一样常游到那里去。有一天晚上我睡意蒙眬，感觉到了红衣姑娘来到了我们的房间里，虽然我懵懵懂懂，一时还搞不清他们故事里的事，但那种亲切，那种美好，凭感觉我就能确定是她来了。

女方的条件，是他们家能在此地入户。我父亲就开始翻跟头了。八月节前两天，父亲就逮了两只当年的大公鸡，去送人。人家回了一包月饼，是五块装，老是掉皮的那种。那时我们农村人，都是自家做的芝麻馅发面糖饼。吃不起那洋玩意儿，所以很稀罕。到家我就急吼吼地，弟弟也跟着我要，要把油纸打开。不要动！父亲正颜厉色，眼睛凶巴巴地瞪着我说。又重新把月饼放到家堂柜里面去，又拧着头瞪着我和弟弟，还不放心，又找个干瓢卡起来。妈妈跟过来，怀着柔情，说不能动，你想啊，我们求人办事，人家回了礼，我们怎么忍心呢？所以呀，还得送还人家的。

送还人家是三天以后的事。那三天里，我偷偷地搭起小板凳，把几块月饼的皮子，一片一片剥吃完了，不敢咬，有时只好伸舌头舔一下，两下；再把油纸小心地包好，放成原来无辜的样子。

后来圩田里的水渐渐地退了，父母的希望也退得彻底。父亲把烟袋头磕掉了，也没把跟头翻好。记不清什么时候，大哥跟红衣姑娘，跟他们家的船一起没了。也许是因为父母有四个儿子的缘故，看不出他们有怪罪大哥的意思。有了没了的时候，他们会顺着护岗河，眯起眼睛向南看。我想，他们会把大哥的故事想满两岸，想满女山湖，甚至想到女儿山上那美丽的传说中去。一个孩子的经验，奇奇怪怪地想到大哥和红衣姑娘就躲在山洞里，他们会拔茅草，剥茅草的胚胎充饥，还有灯笼果，还有马泡泡……

大约过了很长一阵子，大哥突然就回来了。像一块砖砸到眼前，惊得我们目瞪口呆。回来的大哥瘦了一圈。这一圈是怎么瘦的，是守在红衣姑娘家的船上拼命干活，还是守在姑娘家船的外围，凄风苦雨？没人能知道。大哥整天睡觉不干活。大哥好像忘记了人类还有语言可用。母亲出来进去也只用眼泪，不言语。后来知道，红衣姑娘家在南边哪个庄子上入了户。

人不能两次踏进同一条河流，可人人都在重复，都在寻找，寻找那条属于自己的河。

随着乡村振兴举措的深度推进，这些癞蛤蟆撒泡尿就淹了的河西圩田，早已变成了星罗棋布的鱼塘，荷塘。曲折的栈道上布满了垂钓的人；荷花开遍，更是游人如织。家乡的变化日新月异。去年回家一趟，漫步其间，颇多感慨。一个身着红 T 恤的年轻女人，从简易的板房里出来，很突兀，像一团火焰。我下意识地回头看看，似乎大哥就在我的身后。倘若大哥在的话，那水上红衣姑娘的饶钹声，怕真的会从他的痛处裂开来呢。

作者简介：

高方明，男，安徽明光人。有中短篇小说发《厦门文学》《宝安文学》《醉翁亭文学》等。

走访老友养蜂通

何松涛

　　李顺是我初中同学，60 年前，我与他一同读初中，三年后，我继续学习读高中，他选择了回乡参加农业生产。20 世纪 70 年代末，他乘改革开放的东风，走上了养蜂之路，成了养蜂专业户。他现在是个养蜂通，为了发展养蜂事业，22 年前，他迁居山区。一个周六早晨，他忽然来电话，要我去他那儿一趟。翌日，我便乘上了去铜锣寨的私家车。

　　小车驶进了山地，左弯右拐，越岭翻坡，颠颠簸簸，着实令人胆怯。不过，一路上虫鸣鸟唱，风景倒是迷人：碧玉般的粼粼溪水，冲洗着鹅卵般大小的白石，辉映着两岸的绿草红花，只觉得吸一口新鲜空气，就好像换了五脏六腑。进了聚仙坪，小峰群起，如屏似障，堆奇叠彩，斗艳争妍，更令人有飘然欲仙之感。我不由吟起了《随园诗话》中的诗句："轻舟一路绕烟霞，最爱山前满涧花。不为行君也留住，哪知花里是君家。"正沉醉着，果树林中闪出一座楼房，楼下有个人面带纱罩，手拿蜂帚，正聚精会神在蜂箱旁检查什么。那不是老李么？我急忙下车，走近一看，果然是他。养蜂通，真的名不虚传，楼上楼下，屋后房前，墙旁园角，果林中，菜地旁，到处都等距离地放置着一只只蜂箱，成千上万的蜜蜂飞上飞下，飞来飞去，沸沸扬扬，热闹极了。

　　老李见我来了，取下面罩，上前与我握手，领进客厅，滔滔不绝起来："你还记得读初三时，我俩争着在老师那里背杨朔的《荔枝蜜》吗？"我说："记得，记得，你还背得比我好呢！"接着，他又高兴地说："自我开始养蜂起,你不是向我提过许多问题吗?我们先从认识入手吧。"他告诉我,蜂群在蜂王的领导下分工极为精细:有的侦察,有的把关,有的采花汁,有的敛花粉,有的乐当厨师,有的甘做保姆,有的打扫清洁卫生,各负其责,各做其事,有着严密的组织性和纪律性。

他指着养蜂箱口左右的两只小蜜蜂说:"你看这是守卫的!"真有味道,两只小家伙全神贯注,紧伏两旁,不断地摆动着灵敏的触角,严密地检查飞进的每一只蜜蜂,酷似两个威严的哨兵。

他又指着从蜂箱里飞出来手脚不空的蜜蜂说:"这是清洁工!"我仔细地看着,只见它们有的拖着先辈的尸体,有的抱着箱中的渣屑,飞向天空,抛向地面,不停地做着保持蜂箱清洁的工作。

他又指着穿梭般来往的蜜蜂说:"这是采集蜂!每当东方泛起鱼肚般白色的时候,就匆匆忙忙出工了。一队队,一群群,飞向各处,不辞劳苦地工作起来。一只蜜蜂出外采集一次,至少要拜访上百朵花。人们在花外观赏闲聊之际,正是它们在花丛不知疲倦的忙碌之时。如果天公不作美,突然下起雨来,它们也只是趴在花朵里暂避。待到风息雨停,拍拍透明的翅膀,振掉身上的雨水,又重新工作起来。蜜蜂白天采集,晚上酿制,几乎没有休息的时间。正因为这样,它们的生命极其短暂。就是冬闲季节,一只工蜂也不过活六十天左右,至于产蜜旺盛的大忙时期,那就只有二十七八天的寿命了。苍老的蜂子采到了花汁,运载困难,千歇万歇,也要成果入箱,方才闭目。"我听到这里,禁不住热泪夺眶而出。蜜蜂的敬业精神如此,真是难能可贵啊!

这时,好友似乎看出了我的心思,放高声音强调说:"蜜蜂的可贵精神还不止如此。"说着,他又重新戴上面罩和手套,搬来摇蜜桶,顺手从身边的蜂箱里取出一片片已经灌满蜂蜜的巢脾,削去蜂盖,放入桶中,呼噜呼噜地摇将起来,并说:"追花夺蜜,蜜就是这么夺的!你夺得它们巢里空空,它们采花酿蜜就越有干劲。你看,它们围着我嗡嗡叫,翩翩舞,是在说,'我们的产品,你们需要,我们高兴!'"这又使我想起了罗隐的诗《蝉》:"不论平地与山尖,无限风光尽被占，采得百花成蜜后，为谁辛苦为谁甜？"罗隐为蜂惋惜，认为它们一生所有，只是"为他人做嫁衣裳"而已。日出而作，日入而息，一生劳苦，全为给予，这是什么精神？这是无私奉献精神。这种精神如日月经天，江河行地，永远令人敬仰，永远值得提倡学习！

不断有采集蜂飞回。我仔细观察着，采集蜂有两种：一种回来，两手空空，肚子里却装满了亮晶晶的花汁；另一种是采花粉的蜂，采集和运载的工具都是它们那两条腿。我蹲在蜂箱一旁，只见这种蜂的双腿都粘有半粒米大小的有色物质，深红的、浅绿的、浅黄的，不一而足。它们接二连三地从空中飞下，又匆匆忙忙地爬进蜂箱里。李蜂通又告我，花粉采回来了，还要交给刚成年的蜂儿磨碎，加工制作，使其芬芳扑鼻，营养丰富，然后用来饲养幼虫。每天要依次喂养两百多次，要持续不断地喂十来个整天。不这样，以它们这样短暂的生命，就不能培养出青出于蓝与时俱进的后代，继承起为人类造福的事业。

看着蜜蜂的工作，听了老友的讲解，我脑海中问号，像飞进碧空的飞机，渐渐地消失得无影无踪了。我说："老李，你要给我解答的问题我已悟到了：是蜜蜂坚强的组织纪律性、拼命的工作态度、无私奉献的品格，以及培养'接班人'不断谋求发展的热情和干劲，才征服了杨朔，使他对这小精灵产生了强烈的敬仰之情。"

李蜂通点点头，说："应该是这样。但不仅如此，蜜蜂最根本的特点是三爱：爱自己的领导、爱自己的集体、爱自己的种族。只要是它们共同选择和大家公认的领导——蜂王，它们就永远跟着她走，在她的领导下团结奋斗，一往无前，百折不挠。平时，在鲜花盛开的广阔地带，蜂群队伍的种族之间，和平共处，相安无事。但是，如果一方受到另一方侵犯，它们就全部停工，全面出击，不计安危，不遗余力，直到把来犯之敌全部、彻底、干净地歼灭在自己的营地——蜂箱前，才鸣金收军，奏凯还朝。三爱，是蜜蜂的百优之母……"

啊，百优之母！一优生出百优来，这个"禅"，这个"道"，怎得参深悟透才好！

这天晚上，我也跟杨朔一样做了一个梦。不过，我梦见的不是自己变成一只小蜜蜂，而是我梦见所有中国人的脑袋瓜里都钻进了一只可爱的小蜜蜂。

作者简介：

何松涛，网名鸿鹄，安徽桐城人，中学高级语文教师退休。安徽省作家协会会员，中国楹联学会会员，中国散文学会会员，安徽省散文随笔学会会员，中华诗词文化研究所研究员，安徽省诗词协会会员。

在狮山，那些与水有关的故事

洪叶高

桐城，古称桐国，因北部山区盛产桐树而得名。吕亭是桐树广泛生长的地方。三国时期，大将吕蒙在此驻军，按五里一墩十里一堡三十里一驿设置，此地便成了吕亭驿，现今早已更名为吕亭镇了。吕亭西北众山环绕，其中有座小山形似卧狮，也便有了狮山村。

狮山村的标志是狮山小学。自建校之日算起，半个多世纪的坚守，狮山小学一直都在。身边的合安公路早已更名为 206 国道，双向两车道成了四车道。小学东侧不远的地方建起了狮山村部，村部的正南面是在建的德上高速狮山安置点。半边街的对面早已建起整齐楼房，还是叫作半边街；更远处的医药包装厂似乎已改作他用。这些都是近年来发生的事了。

狮山村部南边不远是康堰村，村前有一条清澈流淌的小溪，溪岸柳树尽是经风历霜、摹写出沧桑的模样。有人说，此地曾因康熙皇帝大驾光临而叫成康堰。在中国帝王中，康熙算得上一个励精图治的明君，没有他孙子乾隆那般风流成性，更少有南下游玩的记载。所以此康非彼康，巧遇而已。有人说，这个康堰可能是因为康堰古道而留名。康堰古道连接吕亭驿和梅兴驿，经大关老街直达北峡关。大关、小关三国时叫南北二峡，是东吴和曹魏两国的军事分界线。在未有合安路之前，康堰古道异常繁忙。第三种说是此古道为康熙年间所修，如果此说法还有点道理的话，那这个堰会在哪里呢？

康堰庄前原有一座土窑，七十年代末以土法烧制缸罐钵子团为主，后因传统陶制器皿逐渐退出现代家用，这座土窑最终倾颓以致废弃。康堰村后有堰。堰，形如水库，只是建筑位势较矮，它的功用是挡水，主要是为提高上游水位，便于灌溉。康堰因此得名，康堰康堰，一个"康"字道出了平常百姓的最高追求。康堰西边是田园，东边是村庄。一些陈年旧迹的房子与新建的二层或三层楼房混在一起，在竹林和树木掩映下，自成一趣，与不远处的喧嚣形成鲜明对比。此地尽管已少人居住，但仍有人在寻求改建老屋。他们的执念中，或许，这个家就是一根魂牵梦绕的无形线索，没了这根牵连的绳线，一切都会变得缥缈又虚无。

狮山村有个铁塘组，这村名就是一个古老的故事。某年风水先生耍山，发现此地形如乌龟，是一块不可多得的风水宝地——乌龟地。乌龟地有大户人家姑娘出嫁东边的大林庄，娘家陪嫁了几亩水田。由于娘婆二家共用同一水源，所在村落也每每因用水发生纠纷，直至械斗，于是婆家就说：纵然稻田能种稻，没水送我也不要。这话很快传到娘家人耳里，为避免日后女儿婆家受虐，老父亲决定嫁妆名录里再贴一口塘。贴塘村名由此叫开，久而久之讹成了铁塘。婆家想法很直白，既然娘家风水好，何不借新媳妇于归，把这好风水带进自己家门？这个水故事，虽有辛酸但结局很暖。

狮山北依木桥河，南牵双龙河，但历史上用水不均和汛期水患是困扰当地的大问题。因此又有了双龙水库老鹰掌舵及寄母山上飞马归槽的传说。双龙水库的故事很是精彩，读者可以参看相关资料，兹不赘述了。

寄母山也叫祭母山，出自三国东吴大都督鲁肃孝母的故事。鲁肃常年征战，便将老娘寄住在此，凯旋之际听闻老娘已作古多时。悲痛之余，便于此地厚葬老母，寄母山自此名传天下。在桐城，与鲁肃关联的典故还有很多，鲁肃指囷赠周瑜，鲁王河及鲁王墩的传说，鲁肃读书亭，投子寺，试剑岭与试剑石。狮山烟墩岗这个地名也是其中一个。吴魏之争，桐城境内曾是主战场。沿北峡往南，建有连串烽火台，烟墩岗的名字因此流传了下来。也有叫烟囱岗的，还有叫烟岗头的，多少都留有一股逝不去的烟火味。消失了的只是故事中的人物，而那些故事本身均已走进了历史沟廻。

卅铺河与木桥河在寄母山下交汇，然后并入流向长江的杨河。每年夏季，双河水流相激，常常冲破堤坝闯入田地村庄，严重威胁了一方平安。水利是农业的命脉，遵照伟人的指示精神，当地遵从引而不堵、疏而不阈的原则开始治理双河。二十世纪七十年代，当地政府斥巨资实施"切泉流"工程。即在双河相交的主河道最深处铺设粗大的管道，足足铺设了五公里长，虽然难度大成本高，但工程竣工，导流效果立竿见影。通过把最湍急的暗流引入涵道支开，河道表面水流冲击堤岸的压力就得以大大缓解。河水导入路边的水渠网络，应时浇灌，确保农业命脉有序把控。而关于贴塘故事里的纷争，在现代水利建设中，早已不见了踪影。

收割后的稻田静穆安详，越冬小麦葳蕤生光。不远处的稻床上，温软的冬阳之下，随处都是晾晒的腊肉香肠，肥硕的白鹅们正在草地里互相追逐并引颈歌唱。

或许，这就是诗画田原该有的样子。

作者简介：

洪叶高，安徽省桐城市人，二十世纪八十年代中期开始写作，期间曾因故搁笔。现为：安徽省作协会员，中国散文协会会员，安徽省报告文学家协会会员。著有小说集《不谈爱情》，多篇次小说和散文获奖，发表散文、小说、报告文学百万字。

故乡情深

胡晓延

父亲去世三周年那天，我再次回到了故乡那个小山村，感慨和杜甫仿佛。对于父辈，是"访旧皆已老，惊呼热中肠"。对于平辈，是"昔别君未婚，儿女忽成行"。子侄辈对我，是"怡然敬父执，问我来何方"。乡音犹在，物是人非。

小村东头的焦赛湖，是我童年的乐园。放下书包，三五成群，春日打猪草，夏天光着脊背，鸬鹚般戏水。直到村口呼声炊烟般飘来，才想起踏着夕晖回家。

焦赛湖，焦赛湖畔的高脚田，焦赛湖旁的风物，至今仍留在我的心里。

记得耕作的苦累。大姐二姐出嫁后，父母已年过花甲，我与大我三岁的哥哥尚在读书。耕种抢收的节点上，读书成了次要，下地才是主要功课。个中艰辛，不足为外人道。

记得运肥料的苦累。故乡多山冲，水网密布，没有平畴大道，通往村外的道路，多是沙石路面，天晴尘土飞扬，雨天泥泞不堪。通向田间地头的，更是羊肠小道，两个轮子的人力平板车运送一车农家肥去湖岸的高脚田里，爬坡过坎，费尽周折，还只能运送至自家田块较近的地方，找个空地儿卸在途中，剩下的路程就得靠肩挑了。

记得冬日的凛冽。那时，农家住的大多是低矮土坯小瓦屋，冬日的北风呼啸而来，裹挟着漫天飞雪，钻过屋顶瓦隙落进农家小屋。一夜之间，山川河流，农庄房舍，银装素裹。美则美矣，可农家屋里，也是一片皑皑白雪，令人心酸。

记得听书读书的乐。每日最大的快乐，便是午间雷打不动的评书，《岳飞传》《水浒传》《隋唐演义》等历史经典著作，一部接着一部，单田芳先生惟妙惟肖的为我演说。雨天躲在家里，品读借来的书籍，遇有好的章节或精美的语句，或摘抄，或诵读，不亦快哉！

记得品茶的香味。小村北头的几片山丘上，从朝鲜战场上归来的一名老军人带着几名"知青"，在山坡上深翻土壤，种茶栽杉。几年后，逢年过节，来人待客，泡上一杯清茶，那带着山野气息的茶香，在低矮的房舍间四溢，醉了客人的心头，甜了农家的心房。

爱故乡的树。故乡山岭相连，田冲自然分布，一棵棵根如蟠龙、枝丫曲虬苍劲的粗大古树，耸立在乡间小路旁，田间地头边，或农家房前屋后，多已数百年之久，共同见证着故乡的流年。大枫树、老檀树、六棵树、十八树、塘坝林……以古树名、或古树棵数、或成片林地命名的地理方位，在故乡百姓的眼里，已司空见惯。那些树，一直在我的心里枝繁叶茂，鸟鸣风萧萧。

爱故乡的田畴。每一块都自然天成，每一块都精耕细作。赖以耕作的水田和旱地，以古老的计量方式冠以名称，七升半、斗五升、三斗、六斗……约定俗成，且又妇孺皆知。假若哪家大人吩咐孩子送茶送饭去六棵树，孩子们绝不会跑去十八树；说去七升半，也绝不会跑到斗五升。这些稀奇古怪的名字，在外乡人看来，有些丈二和尚摸不着头脑，却已深深地植入了小山村男女老少的心田，时至今日仍不曾忘记。

爱故乡的炊烟。庄户人家烧的柴火，取自周边山林里的枯枝败叶，庄稼收割后的稻草、麦秸和棉花秆。柴草不济时，不得闲的大姑娘小媳妇、半大孩童，与看山的人时不时玩起了老鼠戏猫的把戏，偷偷潜入杉树林折上一捆带刺的枯枝，或去田坎边、松树林挖草皮，为日子添柴加薪。炊烟袅袅升起，缭绕在堂前屋几棵有些年头的老树上，与初升太阳融合成一幅自然流淌的乡村水墨图。那是孩子们眼中热气腾腾的饭菜和母亲的召唤，它承载着庄户人家的甜蜜与兴衰，被一同烙进了游子的心房，成就了一段永不消散的回忆。做饭烧过的柴火，积攒下来的草木灰，是优质农家肥，撒到庄稼地里，既杀虫，又能改良土壤促进庄稼生长。

爱故乡的晨昏，爱故乡的四季，爱每日清晨村口水塘边的捶衣声。农家女人们不停地抡起手中的棒槌"吧嗒、吧嗒"地捶打衣裳，于嬉笑怒骂间洗净了一家人头天换下的脏衣。那清脆、激扬而有力的捶衣声，像一首朴素的民谣，似有节奏有韵律的天籁之音，回响在故乡的上空，惹得叽叽喳喳的鸟儿和蝴蝶、蜻蜓翩翩趾起舞，前来凑个热闹。

爱那时的淳朴。虽然物质并不富余，但邻里和睦，相爱相亲。母亲是全村最早饲养老母猪的人家，母猪产仔了，待到断奶出窝时，东家一只，西家一头，大多数是村里人家赊了去养成了大肥猪，出售了或杀了年猪，这才迟迟把抓猪仔的本钱送给母亲。谁家盖新房了，只要招呼一声，故乡的人们都会自觉地放下手里的活，出工出力，无偿帮上几天忙都不在话下；哪家老人去世了，邻里之间都会主动伸出援助之手，解乡邻于困顿之时……你帮我，我帮你，这一帮，帮出了深厚的邻里情，大伙儿的心联系得更加密切。

几十年过去，弹指一挥间。如今的故乡，已大变了模样，土砖小瓦房不见了踪影，放眼望去，家家户户盖起了清一色的小楼房；农家烧的不再是柴火，而是与城里人一样的液化气，炊烟不再升起。平日里，故乡已人烟稀少，只有到了年关，外出营生的乡邻从他乡回到了故乡，这才又热闹了一阵，之后复归阗寂。

故乡是游子心中永远走不出的思念，那里的一草一木，一个场景，一个物件都附着着无尽的深情，收入了无数珍贵的记忆。"君自故乡来，应知故乡事，来日绮窗前，寒梅著花未？"已是深冬时节，不知老屋窗前的梅花开了没有？想家了，那就携带妻儿，回老家看看吧！

作者简介：

胡晓延，中国电力作家协会会员，安徽省作家协会会员。现供职于安徽安庆供电公司。作品散见于《人民日报》《安徽文学》《脊梁》《安徽日报》《国家电网报》等，曾荣立个人二等功一次。

"南水北调" 话美育

黄发科

春风和煦的校园，处处散发着花香。

课间，一阵清脆悦耳的笑声，穿越空荡荡的良师湖飞进办公室，将我的视线牵出窗外，聚焦远处嬉戏打闹着的学生们，那是几笔跳动着的色彩，几行飞翔着的音符，鲜活、亮丽又热烈。湖边的老柳树依然佝偻着身子，端着看惯春花秋月的"老江湖"姿态默默不语，只是它的披肩长发在微风中偶尔慵懒地摆动几下。

这让我想起上一次课上同样慵懒的幼教班的"女神"们。她们好像被春天的气息所迷醉，把充满活力的心神留在了户外，而把倦怠疲惫的身子摆到课桌前，任你扯着嗓子"呼唤"，捶着讲台"呐喊"，总是提不起精神来。那星眼迷离、心慵意懒的样儿恍若梦游之中，哪是听课该有的模样。玩是她们的天性，而学应该是她们的本分，如何用美术之美激活她们对于生活和生命的热情，把她们从春困的懈怠中唤醒，全神贯注、全力以赴地投入到学习中来呢？

在我一筹莫展之际，水心在朋友圈里发出的画稿让我眼前一亮，脑洞大开。

水心是我 10 年前在网易博客里相识的小博友，广东佛山人，普通的蓝领店员，却又是个不普通的青年女作家。她业余写散文、小说，也涉猎诗歌、剧本，才情绰绰，因此"水粉"多多，我算其一。

5 年前，她忽然爱上了摄影，买了部尼康 D90 相机四处捕光逐影，拍了一大堆照片，不厌其烦地晒：服装鞋帽、山水树木、花草动物、人物街景等等应有尽有，素材平凡却又处处闪动着与众不同的灵光，俗世万象经她的相机过滤后，变得优美典雅与超尘脱俗了，触动人心。她的朋友圈，小说一段一段地写，美图一批一批地发，散文、诗歌、剧本也时而不安分地插队而入，图文并茂，生鲜活泼，惹得"水粉"们天天围观点赞，圈子里煞是热闹。

3年前的冬季，她突然又喜欢画画了。一支签字笔，一盒水彩色，一个速写本，工具与材料十分简陋，但经她之手，竟然魔术般变出一幅幅精美雅致的图画来，一朵朵花，一片片叶，一根根枝条，一片片绿地，从容舒坦地呈现在纸上，安静闲适，让人看了着实滋心养肺——画着画着，她的那些花儿、草儿便悄悄地蔓延开来，不安分地从纸片伸进明信片，从明信片再游动到墙壁上，处处张扬着生命活力，散发着生活温馨。水心，美滋滋地做着红娘，牵手人与自然的恋情。

她的画，轻声召唤着行色匆匆的人们：请停下脚步，看蝴蝶翩翩起舞，闻花色淡淡馨香，听鸟儿婉转吟唱，享受身心回归自然的惬意舒坦，找回属于自己的灵魂。

我仿佛看到她把业余时间码成了文字，烙上了风景，绘成了图画，然后踩着轻盈的脚步，优雅地穿梭其间，播种着快乐，辐射着温情，诉说着对生活和生命的热爱。

水心之水是一股欢快清澈的清泉，假如流进我们的教室，是否能够洗涤尘垢，还学生们一双明亮的眼睛，去观察、去发现、去感悟生命的珍贵？水心之心是一颗满怀热忱的爱心，假如靠近我们的学生，会不会温暖她们的心灵，重启热爱生活之情，去思考、去创造、去享受劳动的快乐？

圈友便是资源。我何不"邀请"水心做主角，来给"女神"们上一堂"看图说话"课？

心动不如行动。我立即从水心的朋友圈里下载图片，做成PPT，要让她带着她的俏丽，她的时尚，她的文艺，从白板里翩然"走进"美术课堂，讲述她的生活故事。

这是一堂欣赏课。在我的旁白声中，水心精美的摄影图片次第展开——春花绽放的妩媚，雨后荷塘的清新，乡村小道的静谧，落叶满地的忧伤，霓虹闪烁的热闹；有皖南民居的古朴，青藏高原的辽阔，渔舟唱晚的孤寂，还有磨刀老人的满脸沧桑……短短的时间内，她用自己独特的视角，精美的影像，导游一般引领孩子们走入一个个熟悉而又陌生的世界，感知自然与生活之美，感悟生命与生存的意义。

在心与心的碰撞交流中，教室里出现了难得的寂静。欣赏摄影作品之后，我们接着走进水心的绘画里面，这是一个单纯明丽、春意盎然的世界。茂密的花，滴翠的叶，婀娜的枝，飞舞的蝶，柔美的发，俊秀的亭……在这里，点的集结疏散，线的屈曲游动，形的顾盼呼应，色的放声歌唱，一切都是那样的协调和谐，美轮美奂。绘画是件看起来简单、做起来复杂的工作，构思、立意、构图、起稿、定形、上色、勾线、调整等环环相扣，每个步骤都不能掉以轻心，水心就这么无师自通、得心应手，让学了半年多绘画的"女神"们叹为观止，她们像一颗颗钉子，被强磁所吸引，齐刷刷聚焦于白板，她们的眼神告诉我——这是遇着传说中的"真神"了。

对于学生来说，生活，走过路过，那样地平淡无奇，是因为很少用审美的目光凝视过；绘画，学过画过，那样地粗疏草率，是因为很少用心的感悟表达过。虽然PPT上的水心默然无语，但她的摄影，她的绘画，她的智慧，她的神采却无时不在和学生们倾心交谈，感动着她们，说服着她们：请跟我来！

新课，很快就结束了；味道，留给学生们慢慢去品。

我不敢奢望这一次"南水北调"就能让我的学生们刷新三观，脱胎换骨。但我相信：水心打开的一扇窗口，演绎的一种姿势，已经在她们的脑海里勾画出美丽的风景，让她们向往着迷，这或许已经够了。

作者简介：

黄发科，正高级讲师，安徽省特级教师，安徽省作家协会会员，中国美术家协会会员，合肥市第十三、十四届政协委员，安徽省中职专业带头人，合肥市教育名师工作室领衔名师、学科带头人，享受安徽省政府特殊津贴。30多篇散文、随笔发表于各类报刊，出版散文集《烛光夜话》《蹲下来教书》《善美求真》等。

异乡山川

黄赵涵

　　飞机微微倾斜，我朝舷窗望去，云层稀薄，大片崎岖的山地零星错落着，高楼矗立在大地上，乌兰木伦河如带，静静流向远方。

　　一晃神，到鄂尔多斯了，飞机开始俯冲，降落。

　　落地之后还得乘车四十公里，一路景致，颇与南方不同。枝叶不似南方那般宽阔，树叶间积满尘土。树后不是村庄，而是低矮的山丘，或是土色的草原。如果山会说话，那一定是一口秦腔，遒劲雄厚。看着窗外，我好像真听见了秦腔，原来是前座的司机师傅用陕西话问我："你来这达弄啥哩?"我突然发现周围的车辆都是陕K的牌照，便和师傅聊了起来。司机师傅告诉我，这里是鄂尔多斯的最南端，河对岸就是陕西神木，而这条河，就是乌兰木伦河。

　　神木市，古称麟州，据清代《神木县志》记载："因巽山有神树二株，相传麟州故城东有三柱古松为唐代所植，粗两三人合抱，枝柯相连，人称神奇，故名。"

　　如今已经找不到那两株神树了，但正所谓借其仁厚、通其灵秀，人们在这黄土下找到了煤炭，沿着静静流淌的乌兰木伦河，建起了大片的生活区。我们落脚的宾馆在一条有点坡度的路上，往上走，会看见一所中学、几个小区以及各色面馆。路边每隔一段距离就会种一棵树，偶有一些在建的工地，堆积着黄沙，四面围挡起来，但风还是在其中卷扬而上，将黄沙吹至道路两旁，以及树坑之中。往下走，是一处三岔路口，向北的一条是我来时的路，沿途经过一处煤矿，向西的公路沿着河的支流，路的另一侧是山丘，河水走着走着就停了，山丘的尽头还是山丘，以及另一处煤矿。

新绿

来这里的第二天就要到煤矿井下测数据。因为办公楼和矿井有些距离，所以我们起得很早，来到办公楼换衣服。换好一整套矿工的服装，戴好安全帽和矿灯，腰带上挂着自救器，和大家一起乘车来到矿上，一路上我都在心里复习自救器的使用方法。我们确认一遍仪器运行正常后，就跟着通风队的师傅驾车去到了井下。巷道里车辆往来经过时，扑鼻而来的是柴油的气味，即便戴了口罩也很难阻隔。

井下有的巷道湿度很高，有的则很是干燥，干湿球温度计也因此测出了不同的数据。透过头顶戴的矿灯，可以看见空气里细密的水珠或粉尘。举着温度计在巷道里靠边行走，身侧能看见灰色的煤体，向前是渐隐的道路，岔路有车驶过，未见其形先闻其声。井下的交通规则与地上不同，人车交会时，车辆一定是停住，等人走过，而不能有车辆经过人员的情况。通风队的师傅也在用机械风表测算风速，从巷道的一边起，举着风表，沿着折线匀速向另一侧移动，我们站得远远的，屏气凝神，生怕干扰到他。他们还有自己的生产任务，一会儿我们就独自行动了，对着图纸上标注好的各个节点，我们一一走过，测量了各类数据。很快就到了下午四点，师傅开车来接我们，临行前仔细冲洗了车子，最后稳稳当当地回到了地面。这里所有事情都严格按照规范操作，工业生产容不得半点马虎，任何一个细小的错误都可能导致重大事故，是前人的血泪教训，也是现如今还在发生的悲剧。

口罩已然是灰黑色，大部分煤尘被口罩挡在了外面，但两侧鼻翼却各多了一颗黑色的"痣"，用手一碰才知道，是呼吸时被口罩隔绝而聚集于一点的煤尘；摘下帽子后洗了洗脸，头发被压得服服帖帖，耳朵上端的发尾有些翘起，依然是个帽子的形状。彻彻底底地洗了澡后，一天的工作算是完成了。

如果说沉默的煤炭是这里的依靠，那偶有言语的乌兰木伦河就是这里的灵魂。

住的地方离乌兰木伦河很近，晚饭后沿着河边散步，才算仔细看清了它。一道浅浅的堤坝将河水划成了纵横两线，一条是水蓝色，一条是枯黄色，一边是"潮平两岸阔"，一边是"木落秋草黄"。南北走向的是河的主流，河水充盈，晚风在水面吹起阵阵波纹。两岸是长长的公路，明黄的路灯下人影匆匆、车水马龙，沿途除了住宅和商店，还有一座体育场，门口的烤红薯微微冒着烟气。高楼、大桥，随着天色渐暗都打开了灯光，倒映在被风吹皱的湖水里，俨然印象主义画家的作品，眯起眼睛看着星空下的城市，在画布上涂抹模糊的夜色。东西走向的支流则萧条些，河水枯竭许多，露出湿软的河床，芦苇四处生长，北风吹散了天边的云，也吹去了芦苇的花，留下一片枯黄的草堆，枝叶左右摇摆着，月影婆娑，万物低声呢喃。水面作为画布比起另一边的要小上一圈，却也更加工整，画家用毛笔细细描绘芦苇丛和岸边枝叶的阴影，每一笔都要深入土里。若是稍早些时候，夕阳便落在了水中，为整幅画晕染出年华逝去的哀叹，和静候春来的沉吟。

　　河流阻拦不住日月的东升西落，眼看着那渐起的楼宇，和渐枯的河岸，无可奈何向东奔去。也许来年开春这里又是一片新绿，只有更深处的煤炭，不分日夜地、沉默地工作着。

作者简介：

　　黄赵涵，安徽省马鞍山市和县人，中国矿业大学（北京）安全工程硕士在读。

徽道村，古徽道

江　凌

　　天高云淡，望见头顶苍穹无限高远，心情跟着无拘无束地飞翔。锁定皖南东至县葛公乡徽道村，探访当年安庆至屯溪唯一商旅往来、文武张弛的咽喉要道之风采。

　　徽道村，这村庄何时"徽道"为名不得而知，古往今来，徽道漫漫打此地路过，村有其名理应当之无愧，或许村庄当年就是开山拓路者的落脚歇息之所，村里人还奉过一茶一饭，或许开山拓路者中就有村里人的前辈。抚昔思今，徽道村，名字里透着古韵，透着豪情，足以铭记过往。就古徽道探寻者而言，有徽道村这个地标所引，总不会迷路。

　　驻足鸡头岭脚下，眼前就是千年古徽道了！古徽道为长条形青石铺就，始建于唐，明清续修，至今完整保存的近五华里，辗转在鸡头岭、蜈蚣岭和丫雀岭之间，但眼前视线里就这一段，大概不足百米吧，从山麓顺山势抬升至林荫深处。

　　攀行而上，脚步声清脆悠扬，人也格外神清气爽。穿过密林，视野陡然开阔，见古道沿山溪曲折蜿蜒，山青青，水碧碧，路幽幽。稍稍留神就看得真切了，时令的椽笔已泼墨涂彩，画了幅浓墨重彩的金秋山水卷轴，巍巍青山尽显色彩斑斓，在层林尽染之中，斗折蛇行的青石古道依然芳草萋萋；移步换景，峰回路转，山溪涓流，空谷跫音。仿佛听到了光滑圆润的青石板古韵悠悠，是驻留在当前新风袅袅中的千百年回响。

　　徽商萌于东晋，长于唐宋，盛于明中叶，衰于清末，在其数百年兴衰史中，徽道是皖南古徽州通往各地的主要官道，它在统治者眼里事关江山社稷之重，是一条政治经济纽带，将古徽州与外面的世界紧相连接，要用它拴牢官衙、商场和民间，一头牵在庙堂，一头系紧江湖。世俗的喧嚣中，形形色色的商人、农人、读书人、手艺人往来于此，行踪里还有官轿杵杖和挑夫扁担，亦有过战马嘶鸣铁蹄铮铮。

眼前，古徽道早已归于沉寂，但它承载过梦想和希望，亦承受过不能承受之重，它的每块青石板都印记了阴晴雨雪和世态炎凉，在历经沧桑之后，早已掩埋在时光的风沙里了。

古徽道俨然一位就此隐归山林的耄耋老者。可是，漫长的岁月里，一代代人为生计奔波，在古徽道上洒下了汗水，留下了足迹。留有先人体温的幽幽古徽道，如今成了眼前无限风景。在距蜈蚣岭不足百米处，有一座石亭，依稀可见一处亭壁石刻，得知亭曰"可停亭"，"康熙二年"建亭。据说亭名寓意为："前途无止境，过往皆风景，何必太匆匆，收步立可停。"百味人生就是一次旅行，沿途风光用平常心观看，可短暂停留时且短暂停留，这样不会错过太多的人生风景。细想起来，这亭名寄托了古人举重若轻的处世态度。

在徽道村小憩，此时此地此景得出结论，如今"徽道村"这名字里有了新内涵。徽道村将古徽道、古桥、古民居、古祠等历史旧迹保护性开发，结合利用生态优美、野生资源丰富等优越的地理条件，打造"徽饶通衢"千年古徽道，发展文化旅游观光产业，走上了"乡村振兴战略"之路。

赶上好时光，在徽道村，千年古徽道这个耄耋老者，早已不甘寂寞，老树萌发新枝，摘引一则对联点赞："秋高气爽今朝传古韵，斗转星移旧貌换新颜。"

作者简介：

江凌，男，安徽枞阳人，居安徽池州，安徽省作家协会会员，池州市作家协会理事，诗歌、散文、小说作品散见省内外各类报刊，长篇小说《尘缘夕歌》由云南人民出版社出版，该小说2021年8月入选中宣部电影规划策划中心电影改编公益推介。

走出后庙村

江　锐

　　我出生的地方，被人称为后庙。自打懂事起，我就很好奇为啥叫后庙，而不叫江村，父辈们告诉我，后山原本有座观音庙，破四旧时拆除了，后来重新划分行政村，所以这个地方取名为后庙村，寓意保佑村民们，年年风调雨顺，能过上好日子。

　　后山有庙确实不假，我们小时候还在原址捡到过瓦片砂砾，用来打水漂，一口气能漂七八个。至于保佑我们，印象里我们那个地方一到梅雨季节，百分之八十都会内涝，庄稼几乎颗粒全无。

　　因为地处丘陵地带，前村又紧挨大湖，人均耕地少的可怜，每人三分田三分地，勉强解决温饱。八十年代，后庙村是出了名的穷，外村的姑娘都不愿意嫁过来，导致村里光棍不少。我父母唯一的希望就是我能考上大学，端个铁饭碗，就不用担心讨不到媳妇，也不用整天面朝黄土背朝天了。

　　父亲年轻时就差点实现了考大学的愿望，但却因为我爷爷成分不好，考上三次，依然被刷了下来。父亲虽出身农村，但却生的皮肤白皙，单薄的身材实在让人无法和庄稼汉连在一起。好在写得一手好字、画得一幅好画，被聘为乡文化站的编外人士，也算是半个吃皇粮的人。但这却苦了母亲，所有的农活、重活，全压在母亲一个人身上，还要带着两个娃，真不知道母亲是怎么捱过来的。

　　也许是太苦太累，母亲便把所有的希望寄托在我的身上，希望我好好学习将来能出人头地，离开后庙村成为城里人。但往往希望越大，失望就越大，我压根就不是个学习的料子，为此挨打成了家常便饭。

母亲见打骂已经无效，只好干农活把我带在身边，用劳动来惩戒我，因此激励我走上学习的道路。那段时间，我作为劳力在使用，半夜起来放农田水，高温天在外面割稻子，干旱天母亲带我车水，暴雨天还在外面插稻秧……高强度的劳作，让我怀疑自己是不是母亲亲生的。直到有一天，母亲问我可再好好学习？我二话没说，拼命点头。现在想来母亲虽识字不多，但这个教育方法确实挺奏效，胜过苦口婆心千言万语。

　　一月后，我离家到二十里开外的镇上初中复读。这也是我长大以来第一次离开后庙村，怀揣着出人头地的梦想，离开家乡。因为母亲的坚持，我还有继续学习的机会，但我那些小伙伴们却没有那么幸运，早早辍学干起农活，不知道他们当时有没有我同样的梦想，离开后庙村，去追寻外面的世界。

　　如母亲所愿，我后来考上了大学来到大城市，而父亲也通过他自身努力，考编成为了一名法官，这就意味着我们要搬家了，要彻底离开后庙村。父亲二十年前的梦想，如今实现，尽管姗姗来迟，其中最开心的无疑是母亲，终于从繁重的劳作中解脱出来，不用担心她的苗呀秧呀，可以睡个安稳觉。

　　我实现了梦想，我的小伙伴们也在努力着——小才贩起了鱼货生意，小利在北京搞装潢，小有则承包起土地做了土地公……以前父辈们单一的面朝黄土背朝天的生活，在我们这一代手里变成了丰富多样的致富新路。与其说是时代在变换，还不如说是党的政策好，政策放开让大家都有了奔头。

　　离开家乡二十年，卖过按摩笔、发过小传单……辗转不同城市，其中艰辛只有自己知道，直到后来在现在的城市安了家买了房，有了自己的公司。昔日的小伙伴们，虽没有在城里安家，但也通过自己的努力在家乡盖起了宽敞的小洋房，开起了私家车，小日子过得是有滋有味。相比他们，我虽离开了后庙村，但心却留在了那里，常常想起故乡的人和事，梦牵魂绕随着年龄增长愈甚。母亲前段时间说，现在家里的土地都已承包给人，每年还能领到分红。当年出来的时候，从没有想到会这样，要不然，就不会搬出来了。

　　母亲的羡慕是有道理的，当年的人从村里往城里跑，现在的人则是从城里往农村跑。这说明了什么呢？说明农村发生了翻天覆地的变化，只要肯努力，在哪里干都会有一片天地。

我笑着打电话给昔日小伙伴小有，说啥时候回去搞一块地盖房子。如今是村主任的小有，笑着回我，盖房没有，回来投资，地我帮你申请。听完，不禁让人会心一笑……

人们常说，到不了的世界是远方，忘不了的远方肯定是家乡。随着家乡交通越来越便利，随着农村的生活越来越好，也将吸引着更多的家乡人回来投资。走出后庙村，将变为回归后庙村，小康之路只会越走越宽！

作者简介：

江锐，安徽东至人，现居芜湖。芜湖市作家协会会员，安徽省网络作协会员。

春天里的清欢

孔　静

一

惊蛰后，万物复苏。

窗台上的花花草草，开始突出细小的嫩芽，让人心生欢喜。生命的轮回不也是如此吗？于是，拿出小铁铲，小心翼翼地给它们松土，施肥，浇水。这样，既照顾了花草又滋养了身心。

我喜欢养花，窗台的花大部分是我从花市买来的，海棠，寿桃、口红吊兰、文竹、芦荟、栀子花、玉树，还有在拼多多上购买的各种多肉植物，十几元的小花苗一共八小盆寄过来，把它们一个个移植到独立的大盆里栽种，就长得快了，肉乎乎绿油油的叶片，在阳光的照耀下，排着队晒太阳，日日蓬勃生长。

还有放在窗户西南角的那盆葫芦，长势也十分喜人。那是前些日子，与孩子一起把去年收藏的几粒葫芦籽种在花盆中，日日精心照顾，葫芦籽们竟然破土而出，发出了小嫩芽，长出了几片小叶子，可把孩子给乐坏了，我们一起搭了个小花架，过些日子，那些葫芦苗们定能攀着架，径直的须子缠绕在防盗窗上，让整个窗户上绿莹莹一片。

下班路过城北桥，远远地就看见路边摆着各种各样的花，立刻就被那古朴的大坛子吸引住了，急忙下车奔向路边，一盆高高大大的坛子种着招财树，另一盆手绘图案的坛子种着千叶吊兰，都买了回来，悉心照料着。窗外春风吹拂，杨柳依依，窗内郁郁葱葱，绿意盎然，花香弥漫，让家人们多了份安宁和喜悦。

<h2 style="text-align:center">二</h2>

春天里，每个家庭的餐桌上都会上一些春菜，韭菜、莴笋、荠菜、马头兰、螺蛳和河蚌等等，琳琅满目的春菜，是我们春日里不可或缺的相逢。

我家春天的餐桌首选是荠菜。记得姥姥在世时，经常用荠菜做圆子、饺子，还做叠馍，姥姥把从蒜地里挖来的带有锯齿的翠绿荠菜，仔细地把一棵一棵的老叶子摘去，留下中间嫩叶和根茎，洗干净，用热水去除涩味，再用菜刀切成细碎的小块，配上少量的小葱小蒜姜丝和辣椒，滴上几滴植物油，加上适量食盐，搅拌均匀来做面食。最喜爱姥姥做得荠菜叠馍和锅贴饺子，大大的面饼上洒上菜馅，叠上几层，上锅蒸上个十多分钟就可以了，方便且简单。而锅贴饺子呢，一个个整整齐齐的码在平锅里，滴点油，洒点水，盖上锅盖，随着噼里啪啦，吱吱呀呀的一阵声音，一股清香扑鼻而来，大约六分钟就出锅啦！姥姥这手艺传给了我妈，又传给了我，想必，这也叫传家吧！荠菜多在每年三四月份食用最为鲜美，有经验的主妇们就把它们用沸水焯后，套上保鲜袋，存入冰箱冷冻室内保存下来，留一年中慢慢享用。

韭菜虽说一年四季都可以吃，但要属春天的韭菜最为鲜嫩。《本草纲目》中曾记载："韭菜春食则香，夏食则臭。"用春韭炒鸡蛋，包饺子，炒绿豆芽，炒螺蛳，可都是美味。

春笋水灵灵，脆生生的，凉拌、油焖都是上好的下酒菜。我妈妈最爱用笋子和排骨一起炖汤，煲出的汤汁浓白而鲜美。妈妈总唠叨说，春天要多吃呀，这是补钙的啊！来来来，先喝上两碗汤再说。

香椿拌豆腐，炒鸡蛋，都好吃。父亲在世时，最爱吃香椿拌豆腐，老家门口的那棵香椿树，初春刚露出新芽时，父亲就两天一采摘，放在碗里，用开水烫一烫，切得碎碎的，与豆腐拌上一小碗，再浇上食盐、生抽等调料，滴上几滴麻油，那个香啊！

儿时村里，家家户户都种槐树。春日打苞，空气中荡漾着全是槐花的清香，孩子们就上树去摘，一手拿着长钩，一手拿着大袋子，撸上一大袋子，成就感十足地交给母亲，母亲摘去叶子，把槐花浸在清甜的压井水中清洗干净，再控干水分，上锅蒸上二十分钟，然后倒进大面盆里，浇上之前用蒜泥、香醋、麻油等调好的料子，搅拌均匀，闻着那香喷喷的味啊，就让人想吃上两大碗。

野腊菜腌制，黄莹莹，酸溜溜，加辣椒葱蒜爆炒几下，香气四溢，惹人流涎。芦蒿搭香干、腊肉、笋丝、金针菇清炒，清脆爽口，清香味美，是春天的诗歌。青团或甜或咸，蒸好，白瓷盘盛出，油绿如玉，宛若春天。

还有河蚌、螺蛳、紫藤花，还有水芹菜、苜蓿、蚕豆等，春天的满汉全席，绝不逊色于人间超级大厨纷繁的菜式。

三

每年春天里，母亲都会挖点蒲公英，晒干，分给我们姊妹泡水喝。她说，春天里，要养肝，要明目，要运动，要微笑，更要多抬头，看花看草看绿色。这样，人才能更有精神地投入工作和学习。

多买了两把菜薹，未及时吃，菜薹们开出淡黄色的小花来。赶快把它们插入玻璃水杯里，第二天，喝足了水的菜花们露出笑脸，个个挺直了腰杆儿，亭亭玉立。先生又买来几盆月季摆在阳台外，每当晾晒衣服时，窗台上的那几盆花儿，一眼便可看到，见它们日日生长，才觉得生命是活泼泼的，那一排花儿在阳台外形成了一道美丽的风景线，过往的行人见了，都不忘向这儿瞧瞧，看见那些花儿，想必，她们的心里也如同我们一样开心吧！

今年植树节那天，我接到市血站打来的电话，说市人民医院有病人急需我这样的稀有血型，问我能不能帮忙到就近的医院门口的献血车上去献血，我欣然答应了，孩子全程陪同，当看到粗粗的针头扎进我的血管，小孩吓得不敢看了。鲜红的血液慢慢流进血袋里，在小秤上晃来晃去，小孩开始兴奋起来，坚定地对我说：妈妈，你真勇敢！那一刻，我觉得，我是值得的。种下爱，生命从此就有了意义，愿在生命的旅程中，能够留下一路芬芳。

春天里，有色，有味，有爱，又有情，处处都是清欢，都有小小而确定的幸福，让人感觉欢喜，满足。

作者简介：

孔静，中国财政文学学会会员，安徽省作家协会会员。曾在《中国财政》《财政文学》《中国财经报》《中国政府采购报》《安徽财政》《新安晚报》《淮南文艺》等报刊发表文学作品。现供职于安徽省淮南市凤台县财政局。

烟雨金汤

乐华丽

庐江汤池，是一个泡温泉的好地方。它在合肥的周边，大概一个小时左右的车程，非常适合度周末。周末经常与朋友小约区汤池，泡温泉、吃土菜，偷得浮生半日闲。

年后第一次去时，正值初春，蛰伏了一个冬天的植物，由试探而舒展，终于喜悦地铺开了。不管多么麻木，多么冷漠，多么深沉得不苟言笑，春天都会打动你，让你勾起嘴角的弧，如雨后彩虹。

春花万紫千红，我尤其倾心这朴素的油菜花。"朴素"永远是美的最高阶段。金灿灿，香气汹涌，辽阔无垠，虽然是雨后，抑或还有微雨，但这一野的明黄，如同上苍巨大的调色板，依然让我心灵战栗。泥土的气息中夹杂着油菜花的香味，掺着绿叶的清新，连同我的小小欢喜，一同融入路边的风景，汇入春的画卷中。

想起小时候，外婆家后面有成片成片的油菜花，开在一个又一个春天里。那个物质匮乏的时代，人们更关注榨油，而忽略了她本身的美。她就那样盛开着，落着，结荚着，一年又一年。她那么寂寞，那么孤独，惹人爱怜，又那么从容，那么骄傲，那么欢喜。今天想来鼻子一酸，突然就有了悲伤的感觉。

我和朋友每次去庐江的一家酒店泡温泉。酒店的最大特色就是房间里带池子，深得不想泡大池子的人的喜爱。浸泡在温泉里，随身携带的小音箱播放着老歌，往事纷至沓来。有时候是戏，黄梅，京剧，更多时候是昆曲，《西厢记》《牡丹亭》《桃花扇》……缠绵婉转、柔曼悠远。咿呀咿呀融合流水声，窗外如果再有清风徐来，这样的夜晚实在是美好。

去了很多次的庐江汤池，都居然不知道还有另一个名字——金汤湖。说来也是奇怪，远一些的相对陌生的景点，我还经常做做功课，身边的熟悉的景点反倒是疏忽了。烟云金汤，金汤八景之一，每当阴雨连绵或雨后初晴，金汤湖面和岸边群山呈现烟霭缭绕，云雾蒸腾，有诗赞"烟霭云山金汤景，水花风叶醉游人"，正是如此。湖面和群山相互辉映，互相成全。远望湖之四周，群山护持，湖水恬阔、淡雅，有少女的娇羞，躲藏在群山之中，恰如宋元山水。当时正是雨后，空气湿润，凉风拂面，湖山旁边的几户农家小院，傍晚时分尤让人浮想。里面一定住着勤劳、善良的村民吧？女主人定在准备晚饭，男人定在忙活生计，孩子定在院子里玩耍。这如烟如雨的池旁，多少代匆匆而过，而幸福是永远的追求吧？

时间永恒，天地不息。

在汤池，我们经常去的一家土菜馆，老板是夫妻两人。这家菜馆的特色是酸菜鱼，我们每次必点是黑鱼锅。味美鱼鲜，吃完鱼肉连汤都一扫而光，酣畅淋漓。老板每次都不用问，就直接准备食材，然后再炒个当季时蔬，成为我们每次吃饭的标配。我记得有次吃的一种野菜叫百花菜，又叫"珍珠菜"，是生长在庐江山区的一种纯天然的野菜。它的花茎叶都可食用，可清炒也可凉拌，有清热降火的功效，口感也不错。庐江的米饺也是一大特色，与名气较大的三河米饺也不尽相同，其主要配方是用猪前腿优质五花肉及当地人特制的调料搭配制成馅心。庐江米饺的个头比一般的水饺要大上很多，摆在盘里弯成了月牙形，好似一轮轮弯月，明亮清秀。在明月当空的夜晚，吃上几个米饺，能够在舌尖上感受美食与味蕾的碰撞，也能够感受到平凡生活的满足与惬意，逗引得心中的明月也在慢慢升起。

有些地方是必须要去的。有的地方，是去了不想走的。

作者简介：

乐华丽，现为中国散文学会会员、中国金融作协会员、安徽省作协会员、安徽省文学学会会员、安徽金融作协副秘书长、合肥市作协会员等，中国金融作协官方公众号责任编辑、《同步悦读·绿潮周刊》编辑。有部分散文作为安徽初中语文期末模拟考试试题阅读理解题目。现供职于杭州银行总行。

秋日情思

李　解

　　母校已有百年的历史，先前它是庐城首屈一指的示范高中，巧的是正到我踏入中学时，它改成了一所初中，才能让我有幸在此学习几年。

　　进了校园，右手边便是一座廊亭，石柱上点点裂痕记载着岁月的痕迹。廊亭无顶，藤萝成之。每至盛夏，多有人来这亭里乘凉，彼时翠叶欲滴，倒垂空中，摇之摆之，似与游人相戏。旁边垂着秋千，有人则高高摇起，偶露一角裙裾；无人则随风轻摇，仿佛野渡无人，小舟自横。到了深冬，删繁就简，整个廊亭像是一个雕塑，空廊寂寂，却也让人心动。

　　银杏是廊亭长陪已久的老友。也许从廊亭刚建的时候它就在，或许更早，它总带着庄严的气息。每逢金秋，满天金黄，哗哗在风中摇响，像宫扇，像铙钹。那么柔软，那么精致，那么辉煌，那么昂扬，有那么让人恬静地忧伤。面对集聚了太多时间的物体，人们都不由怀有敬畏之心，便有人说这棵银杏是有神性的，它能长得这么高，这么俊俏，全是靠它的神性所致，所以常见有人在银杏下膜拜，他们的愿望实现了吗？银杏的些许枝干伸出校外，探向街道，像是一个老者在轻轻抚摸着子孙，慈祥而肃穆。它在高处静静看着这个小城，看着它不断变化，有时欣喜，有时担忧。

　　我幻想着飞上树梢，眺望沐浴着金色夕阳的庐城。我已经找不到很多记忆里熟知的商铺，物非人非，可我知道，这还是我记忆中的庐城，因为庐城的味道还在，庐城里的人们还在，这也许就是我的根深植故园的土地吧。

我已经离乡很久了，庐城里的房子也搬到新区很久了，可一回想到家乡，这母校，这廊亭，这银杏，这老城区的每个细节都充满了脑海的每个角落。时光在回忆的沙滩上不断冲刷，记忆也会渐渐淡化，我听说，人身体的细胞新陈代谢，七年一次轮回，可就算我在时光的冲刷下忘记了所有的小巷，在生活的艰辛中迷失了自我，在不断的轮回中不断改变，我也依旧会记得那廊亭，记得那银杏，记得每一张笑脸，记得这是我的家啊！你让我怎能忘却？

人生之路漫漫，越向后就越难走，此刻的我还不能看见终点，但我却不会退缩，每当我遇到更密的荆棘丛时，家乡庐江的样貌就会显现在我面前，支撑着我完成旅途。

回忆不是懈怠的借口，而是一种信念，一种为了更美好的生活而奋斗的信念。

作者简介：

李解，2000年生，安徽庐江县人。曾在《诗刊》《星星诗刊》《诗歌月刊》《绿风》《鸭绿江》《延河》《作家天地》《鹿鸣》等发表作品。多次在全国获奖，有诗文入选多部作品集。安徽省作家协会、中国诗歌学会、中国散文学会会员。目前就读于西北工业大学计算机学院。

路灯光里的小村庄

李应登

多少年来，一直保持五点多起床的习惯。洗脸刷牙，看书，春节依然。

冬日的清晨，天亮得很晚。看了半个多小时的书，外面的天依然是黑的。打开小院的大门，门外就是明亮的灯光，灯光来自不远处的路灯。灯光穿过寒气，温柔地洒在脚下的路上，宁静自然。灯光默默照着门前的路，陷入沉思。门前的路是一二十年前用碎砖头和砂石铺成的，虽然不像过去那样泥泞难行，却也有点坑坑洼洼，坎坷不平。我就是从这样的路上走出去的，走出农村，走到了大城市里。从这样的路上走过，深知每一步的不容易。

站在这条路上看去，这一排还有四个院子。中间的伟杰家盖上了两层的楼房，外面涂上白白的石灰，显得格外显眼。最南边的大爹大娘家，我们家和最北边大臣爷家都是起脊的砖瓦房，都是老一辈人住着，以前都是土坯房，将就将就就算了，本来都不打算翻建的。土坯房经过一次次的大雨侵袭，早就撑不住了，都倒掉了，只好盖上相对好一点的砖瓦房。大臣爷北边的路口处原先还有一个院子，前些年一位老奶奶住着。老奶奶走了之后，土坯房塌了，土坯子经过日晒雨淋，又变成了泥土，种上了蔬菜和庄稼，仿佛这里从来没有人住过。走过去，看着路灯的灯光无声无息地照着这一小片土地。蔬菜和庄稼在这里无声无息地生长着，又无声无息地被人收割，离开这个世界。一切在这里无声无息地发生着，不知不觉中，换了人间。

这片地的北边都是通往村外的东西路。路两边有几排房子。每两排房子的路口都装着一盏路灯。路灯下的这段东西路是水泥路,非常平坦,没有一点坑坑洼洼,水泥路西边的尽头是村子里的大门口。那里曾经有一座砖头砌成的二层高的岗楼。九几年,大家都还在住低矮的土坯房的时候,村子里就建起这座高高的岗楼。父辈们每天晚上依然带着家伙,轮换着站岗放哨,防偷防抢。白天忙着地里的农活,晚上依然睁着双眼,默默地守护着这个小村庄。那时候,这个岗楼是我们这一带独有的风景。

听长辈们说,在更遥远的过去,祖辈们都住在老宅的时候,村子里有两座岗楼。一座在家沟的垭把上,一座通过我家老宅的路口。老爷爷们也一样拿着枪,晚上在岗楼上站岗放哨,有过几次跟土匪交战的经历。站在高高的岗楼上开枪明显有优势,一次次的土匪夜袭都被打退了。站在路灯下,我仿佛看到他们还在睁着双眼,守护着这个小村庄。周围一带,只有我们这个小小的村庄有这样的岗楼。从那时候起,岗楼就是我们这个小村庄独有的风景了。

前些年,因岗楼下面的过道太窄,妨碍车辆通行,岗楼就被拆掉了。拆掉后没几年,两位叔叔发起我们这一代的年轻人,每个人出几百块钱,凑起来,自发装上了路灯和摄像头。路灯和摄像头就是那一双双眼睛,白天黑夜都在睁开着,时时刻刻守护着这个小小的村庄。刚装上去的时候,周围的村庄都没有这样的风景。祖辈们用他们的双眼守护着这个小村庄。父辈们也用他们的双眼守护着这个小村庄,我们这一辈儿则用自己的方式来守护着小村庄。一代有一代的守护神。

祖辈们所剩无几,父辈们也一个个离去,我们这一辈儿也大多远走他乡。时代变了,村庄的面貌也跟着变了。但不变的是那守护的目光,一直代代传承着。虽然这个小村庄里已经没有多少人在家了,但目光还在这里,灵魂还在这里。

站在没有大门的大门口,在路灯的灯光下,环顾四周,老宅没有,土坯房都倒了,变成了空旷的菜地。新宅上一座座高楼拔地而起。

路灯一直亮着，亮着，看着祖辈的老宅和我们这一辈的新宅，默默地守护着这小小的村庄，直到天边有了亮光，才肯歇息一下。

2023 年 2 月 4 日　晨

作者简介：

　　李应登，笔名本思，出生于 1986 年，安徽临泉人，安徽省作家协会会员，诗歌作品《雨夜》《脚步》曾荣获上海市民诗歌节优秀奖，有若干作品发表于国内报刊，有若干词作被歌手演唱，发行于 QQ 音乐、酷我音乐、网易云音乐等平台。小说作品有《回家》《鬼童》《歌者》等。

满山兰花茶碧，一汪龙池水柔

——庐江：茶与水邂逅一方的秘境

李永龙

　　唐代茶学家陆羽《茶经·七之事》云："西阳、武昌、庐江、晋陵好茗，皆东人作清茗。茗有饽，饮之宜人。"作为产茶之地，庐江人岂能不爱品茶。

　　庐江出好茶的历史如此悠久，这与此地独特的地质地貌和适宜的气候条件是分不开的。大山，富含矿物质的松软土壤，湿润的气候，加持了庐江茶。这里常年俱如绿海，空气中飘荡着淡淡的芬芳，呈现一派"山色四时碧，烟波千里通"的人间仙境！清乾隆进士陈大化之孙、道光中擢临海知县陈克钰曾作诗赞曰："路转西山闲坐望，连云峰际碧烟浮。"东南山下的柯坦老街，自古就是茶业及药材等土特产品的产销集散地，千百年来，每到新茶上市，这里满街茶香四溢，茶商云集，茶市人头攒动，好一派繁荣景象。

　　柯坦茶以兰花茶为上品。兰花茶，顾名思义即芽叶相连于枝上，形状好像一枝兰草花。但当地也有人称，采茶时正值山中兰花盛开，茶叶吸附兰花香味而得名。兰花茶条索细卷呈弯钩状，芽叶成朵，大小、粗细、长短均匀；色泽翠绿匀润，毫峰显露，清新悦目；香气独特，具有兰花天然馥郁的王者气质；炒制后的茶叶一片片形似雀舌，外披白毫如雪，香气清爽持久；经冲泡则宛如一朵朵兰花，齐展展地在杯中开放，其汤色嫩绿明净，泛浅金黄色光泽，闻之兰香四溢、清新怡人，饮之甘甜爽口、回味无穷，既可止渴生津、消食除腻，亦具提神益思、清热祛湿之功效；经常饮用还能够让人益气生津、美容养颜、清肝明目。兰花茶始产于具体年代，憾无史料记载。我国著名茶学专家陈椽在其所著《安徽茶经》中称："传说在清朝以前，当地士、绅阶层极为讲究兰花茶生产。"到清光绪年间，整个茶区年产茶叶千余引（每引折合旧秤一百二十斤）。

然而，鉴别茶品的优劣，从干茶的外形和色泽并不能作出准确判断。常见茶客买茶时看过之后，必泡上一杯亲口尝一尝，这不是爱占小便宜，而是要对茶品进行认真的鉴别及其价格的评判。可见，论茶是离不开水的。明代茶人许次纾在《茶疏》中写道："精茗蕴香，借水而发，无水不可论茶也。"也就是说，茶离开水则没了施展自身魅力和价值的舞台，成了无"用武之地"的一片片枯叶。当然，泡茶之水也是分等级的，即使茶再怎么好，缺少好水也难喝出真味来。明人张大复"八分之茶，遇十分之水，茶亦十分矣；八分之水，试十分之茶，茶只八分耳"的经典之论就告诉我们，水品当在茶品之上。至于宜茶之水品，陆羽在其《茶经·五之煮》中亦有论述："其水，用山水上，江水中，井水下。"他还认为，山水应"拣乳泉石池漫流者"，江水宜"取去人远者"，井水要"取汲多者"。

那么，庐江出好茗，有好水吗？答案是肯定的：不仅有，而且还属"山水上"呢！唐人张又新《煎茶水记》根据陆羽所品二十水中，列"庐州龙池山岭水第十"。而这龙池山，也就在庐西的柯坦镇境内，这在清嘉庆《庐江县志》卷之首"县境全图"中明确标注，其卷之三"山川志"又有"糯山，一名龙池山，《陈志》龙池山在治西三十五里"之载。此外，《大清一统志》亦载："擩山，在庐江县西三十五里。上有龙池，一名龙池山，其麓有甘泉寺，亦名甘泉山。"山名"糯"与"擩"虽存异，当因字形相近而误，其俱指龙池山应无疑。

龙池山，海拔498米，山高林密，云雾氤氲，植被葱郁，空气清新，具有原生态自然特点！峰顶的"龙池（一称甘泉）"天然形成，水涨不溢，久旱不涸。《方舆汇编·职方典》第八百十七卷载："甘泉，在治西三十五里龙池山上，泉凡五出，俱清洁甘美。"由于池水由自然降水和地下泉水相融合，清澈见底，质量上乘，用其冲泡兰花茶，碧液中顿透阵阵幽香，随着袅袅上升的热气，闭眼闻一下，一股馨香慢慢从鼻孔沁入心田，自然之气顿生；张嘴呷一口，微苦一掠而过，回甘顷刻而来，四肢百骸无不轻松快慰。如今，有

新绿

万亩茶园之乡之称的柯坦镇，已成为庐江五大产茶镇之一，小兰花茶"潜川好茗"享誉西欧和东南亚。

明代邑人王如纶在他的诗中写道："煮得新茶烧笋熟，薜萝花外大苏来。"能够引得苏东坡这样的大腕闻着茶香笋味而来，得感谢大自然对庐江这块神奇土地的恩赐。因地出茶，因地出水，因茶而生文化，庐江得天地眷顾，幸甚至哉！

作为庐江人，柯坦我去过多次，兰花茶也喝过不少，可用龙池水冲泡的茶却还没尝过。大疫结束，应柯坦一同行之邀，借着明媚的春光，我和朋友第一次步入这茶与水邂逅于一方的悠然秘境。一杯沸水，一撮兰茶，偷来的岂止是半日闲，更是梦魂深处的悠然忘机，人与天合。

作者简介：

李永龙，人大书报资料中心作者俱乐部会员、中国著作权协会会员、安徽省作家协会会员、安徽省民俗学会会员，已发表各类文章一百二十余篇。

山晓晴川伴晚秋

刘东升

　　秋，已渐行渐远。怎么又想起了秋呢？我言秋日胜春朝，爱秋不是我一个人。秋声、秋色、秋情、秋景、秋的绚丽，在古往今来文人墨客笔下有红藕香残、梧桐细雨的万千风情，也有岸芷汀兰、霜叶红于二月花的秀色可餐。

　　非常喜欢欧阳修的《秋声赋》。在他的笔下，那秋声"初淅沥以萧飒，忽奔腾而澎湃，如波涛夜惊，风雨骤至。其触于物也，鏦鏦铮铮，金铁皆鸣；又如赴敌之兵，衔枚疾走，不闻号令，但闻人马之行声"。绘声绘色，如闻秋声。喜欢李清照的《醉花阴》，"莫道不销魂，帘卷西风，人比黄花瘦"。当代作家峻青有《秋色赋》，也是状极其美。秋或相似，人却不同，览秋之情，当然各不相同。对我这样的一个摄影发烧友来说，秋之美，在绚烂，也在凋零。

　　在秋收的季节里，丰硕的成果，不光给一年忙到头有所付出的人带来了欢乐，同时，美丽的秋景和秋色，也让摄影爱好者喜不自胜。专业的也好，业余的也罢，面对美景，拿出相机和手机，咔咔咔，都能拍那么两下子，至于效果和水平，那却不重要了，因为那一刻我在秋色里，秋色在我眼里。

　　于是，你便可看到，在这秋高气爽的秋天，在日常抑或双休日，你都能看到有单独出行的独行侠，也有相偕出发的摄团，背着摄影包，挎着、甚或扛着"长枪短炮"，他们行色匆匆，钻树林，跨沟壑，专注于"寻花问柳""捕风捉影"。摄团拍摄，却不知自己也成了画图，你看，他们定点一处，或蹲或站，或斜成老柳，或独立成鹤，或聚焦拍花，或静候"打鸟"，有时静默如山，有时狂呼如匪。

有时候为了能抓拍到一张秋山日出图，得提前几日出发，但能否拍到满意的照片，除了技巧，还得看运气。摄友们早早入住在景区民宿中兴奋难眠，有的甚至半夜就打点起床了。他们摸黑爬山蹚水，急急赶到拍照的地点，完成拍摄前的准备工作。如果能尽如人意拍到一张令人满意的图片，那一刻的内心，狂欢到无言，激动到含泪。

对今年秋色的认知，是通过影友圈的照片感受到的。对于这群摄友，我总惺惺相惜。跋山涉水，舟车劳顿，风餐露宿，孜孜以求，殊不容易，每一张深秋晨曦图后，都有凌晨濡湿的露水；每一张瀑布垂挂图后，都有道路崎岖的坎坷；每一张金色初阳图后，都有宵衣旰食后辛苦跋涉；每一张老淠河落霞孤鹜图后，都有长时间静候，腰酸背痛的辛劳；每一张红枫似火图后，都有寒霜轻染；每一张银杏蓝天图后，都有我们对于生命的热爱，对于生死感悟的泪水。

秋色的美丽诱惑力是极大的。虽然生活忙碌，我还是抽出时间，去体味心与自然契合的瞬间战栗。家门口不远处的那座敞开式的景点公园，有一川碧水，秀丽园林，有水闸，有堤坝。堤坝上，微风吹拂摇曳着银杏树，在阳光的照射下，秀出通体金黄。堤坝的斜坡上，草色如茵，波上寒烟翠。一蓬一蓬的蒹葭，宛在水中央，在深褐色的背景下，在夕阳的映衬下，让人感伤，让人幸福。远处红叶簇簇，看不清叫不出名的花，与粉色、黛色、紫色、绿色、黄色背景融为一体，绘就色彩斑斓秋色图。徜徉在这样的环境中，焉能不拍？又焉能不被人拍进画图？

那一刻，我恍然明白了摄影的意义，那是审美，是审美地活着，是摒弃日常的烦琐杂乱，进入到内心的宁静。是穿过亘古的岁月，穿越到最初的自然面前，与之心灵相契。是返回或抵达，是谛视或发现，是在发现美景的同时，发现更好的生活，发现更好的自己。

2023 年 3 月

作者简介：

刘东升，中国散文学会会员、中国电力作家协会会员、安徽省作家协会会员、安徽省散文随笔学会会员、中国摄影著作权协会会员、安徽省摄影家协会会员。有文学作品散见于《安徽日报》《工人日报》《中国电力报》等报纸、杂志、网络平台。

老屋的记忆

刘菲菲

　　我站在老屋的门口，不愿去推门进入，怕触及那些尘封的往事，不敢撩扰岁月的无声沧桑。我站在岁月的门口徘徊，追忆着那些过往的事与过往的人，思念像缠绵生长的青藤，沿着我的每寸血肉蜿蜒生长。

　　老屋是爷爷留下的，它静静地立在故乡的一角。先前是爷爷守着老屋。他喜欢坐在门口，一口又一口优哉游哉地抽着自卷的旱烟。那场景重复了很多年。印象中染红老屋门口的那一抹残阳，落了又起，起了又落。不经意中，爷爷便走散在岁月里了。大舅继续守着老屋，老屋的那扇门吱呀吱呀地在风中摇曳，担摇出的只是一阵又一阵凄凉的心痛。没有多久，大舅也走了，老屋门口空了，只有阳光薄薄。老屋年久失修，曾经的窗明几净，变成一座尘埃积满。

　　记忆中的老屋冬季温暖，秀气的小格子窗玻璃上总蒙着一层厚厚的寒雾，青灰的瓦檐棱上悬着晶亮的冰花。凛冽的晨风吹过，老屋厚重木门上的锁环便传来叮咚的声响。

　　这样的清晨，我们小孩总是在沉沉的梦中，爷爷却早早起了床，他要做的第一件事情，便是到锅屋为我和哥哥烧饭。在他被烟熏得紧一阵慢一阵的咳嗽声中，蓝莹莹的火苗终于燃起来。接着，他将香喷喷的米粥端进屋里，再轻轻地将我们唤醒。从蒙眬的睡眼望去，爷爷正笑着站在床前，脸上写满了慈爱。

　　那个年代没有没有电视，没有网吧，冬日晚间唯一的娱乐便是跟着爷爷串门、坐夜，听大人聊闲天。孩子嗜睡，往往坐不一会儿，就睡意蒙眬，一觉醒来，大人们还在一盏桐油灯下东拉西扯天南地北没完了。夏日的夜晚好一些，约几个小伙伴在老屋里抓"特务"，捉迷藏，斗蟋蟀，或者躺在院子里那块巨石上仰望星空，想一些不着边际的东西。日子就在宽容和忍让中换来无限乐趣。

学龄前的我们就这样在爷爷的呵护下长大。到了入学之后，又先后回到父母身边。随着孩子们的离去，老屋渐渐就不再有开心的嬉闹声和爷爷疼爱的招呼声。

爷爷独自住在老屋里，他是否还会在那样冷寂的早晨起来？而今，他已与我们犹相隔千山万水，爷爷82岁那年，走完了他的人生。这时，许久没有回老屋的子孙们才蜂拥而至……爷爷老了，爷爷的小屋也老了。记得每年放假回去，爷爷站在老屋里，他笑了；结束学业后，孩子们一个个都出息了，爷爷笑了；而这一次，爷爷看着我回来又笑了，只不过那是在照片里，老屋哭了，我也哭了。老屋在静默里藏起老人朴素的舐犊之情，也藏起了孩子们永失的童真。

老屋像一位沧桑的老人正步入残年，原来青瓦覆盖的屋面长满了黄绿相间的苔藓，木制的门窗已被虫蚁所吞噬，门锁也在风雨的侵蚀下脱落……老屋一直站立在我的视线深处。我走近它，它望着我，俯视着；我走远一点，它离我的距离也拉远，直到映成视网膜上的斑点。老屋经历的多少风雨，才站成了现在的永恒，挨过多少雪霜，才凝固成我的眼中不变的风景。老屋在，我的根就在，我就什么风雨都不怕。老屋是我生命的树，我是老屋迎风招展的旗帜，这才是我和老屋之间最真实的关系。前方的路很远，还有许多遥不可知的未来，可因为又找到了回老屋的路，我的眼睛变得明亮起来，脸上又能绽开生命之初最美丽的笑颜。

作者简介：

刘菲菲，蚌埠人，公务员，生于五水之城——五河。从开博到目前，创作了1500余篇作品，题材广泛，风格各异。其中，400余篇散文先后发表在《中国纪检监察报》《安徽日报》等报纸杂志。

水

刘光兵

再三考虑后，父亲还是决定雇抽水机给菜园抽水。

这些天父亲一直抱着收音机听天气预报，希望能听到下雨的消息。预报里也常说有雨，可就是下不来，而菜园却无法再等了——地上横七竖八地裂开一道道缝，泥土板硬结实，蔬菜叶子变得泛黄，内卷，西红柿、豆角、黄瓜表皮开始收缩，起皱，没一丝光泽。

原本青葱油亮、生机勃勃的菜园变成这样，父亲忧心忡忡却毫无办法。

对于种园，父亲其实是有信心的。当初把房子盖在村外，父亲就是看中了村口有我家的二亩多地。父亲说，这二亩多地离房子近，照看方便，田头又有小溪，可以取水，正好用来种园，一亩园十亩田，相当于家里净多出二十多亩田。

房子建成，全家搬过来后，父亲立刻将地整平，细耕，然后用树枝在周围做一圈篱笆，一个菜园便形成了。我那时正在城里读高中，没看见父亲如何做，现在想来应该费了不少事，至少那长长的篱笆就得耗好些功夫。菜园做成后，父亲在上面种了西红柿、黄瓜、豆角等蔬菜。我暑假回来时，看见父亲整天泡在菜园里，锄草，浇水，施肥，晚上把各种蔬菜摘下来，淋上水，第二天起早去集市上卖。忙碌之余，父亲喜欢在我面前说各种种菜的方法：比如豆角，嗜肥，刚种下时得施一次肥，到结荚时再施一次肥，这样结出的豆角才会饱满；黄瓜蔓长半尺时一定要搭架，四到五个叶片时要喷药，防霜霉病；西红柿长茎叶后得修剪，打岔掐尖，第一朵花开，要把侧枝剪去，不然影响结果……说起种菜，父亲如数家珍。父亲说，你好好学习，想读到哪，我都供你，只要菜园在，就不愁没有学费。

每天清早，父亲把菜运到集市，中午回来吃饭，有时能卖完，有时卖不完。集市离我家八九里路，是政府所在地，每月农历二、四、七、九逢小集，五、十逢大集。为了卖菜，父亲特地买了辆三轮车，心疼得不得了。父亲说得卖好多菜才能卖回来，但不买，又没法运菜。每次卖菜，父亲都会带一块很大的塑料布，菜从车上取下时，把车罩住。父亲说风吹日晒，会把车弄坏，吃饭的家什，一定要保管好。

父亲上午赶集，下午侍弄菜园，很辛苦。一次我要帮他去卖菜，他断然拒绝，说我主要的任务是学习，卖菜是为了挣学费，如果因卖菜耽误了学习，就本末倒置了。在父亲心中，我学习是最大的事情。

因为种园，家里生活改善了许多，至少桌子上菜品种比以前多多了，当然大部分都是没卖完剩下的，父亲舍不得扔，就自家吃了。有时剩多了父亲也送点给左邻右舍。家里的零用钱也变得活泛了，以前去学校我都是一次性带够一学期学费生活费，中间不再要钱，够不够就那么多。种园后，父亲隔三岔五托去城里的熟人给我带钱，说买点好吃的补充营养，当然都是零钱，用一个小塑料袋包着。父亲说，蔬菜旺季时，一天能卖二三十块钱，看着不多，但日子不可长算，长此以往，无论家中生活还是我上学，都有保障了。

高考前夕，学校放假让我们回家休息，我看见父亲愁眉不展，他问我厄尔尼诺是什么意思，我不知道。看到菜园，我才明白父亲为什么忧虑了，原来菜园严重缺水了。今年气候特别反常，一连好多天不下雨。田头的小溪早已干涸，没法给菜园浇水，而蔬菜又极嗜水，尤其在炎炎夏季，几乎每天都得浇水。父亲谙熟各种蔬菜的种植方法，但对于缺水，却无计可施。他首先想到的是用自家吃的压井水，但压井水难打且量少，浇园杯水车薪；他又骑着三轮车去数里外的小河驮水，但几趟后因路途遥远，不得不放弃。取不到水，天又不下雨，一园的蔬菜眼看要枯死了，父亲心急如焚，最后能想到的只能是雇抽水机抽水了。

在父亲内心，是很不愿意雇抽水机的，因为他认为成本太高。

父亲说，雇抽水机抽一亩地水就得五十块钱，两亩多地得一百多块钱，再加上供抽水人的一顿饭，得卖多少菜才能卖回来呀！但不雇抽水机，又似乎确实不行了，犹豫再三，父亲还是骑三轮车去找了乡里抽水的人。

抽水机运来的那天早晨，天空万里无云，太阳刚露头地上就像下了火，一片燥热。父亲有点庆幸抽水机找得及时，天这么热，怕蔬菜难挺过去，但有抽水机就不怕了。运抽水机的是两个年轻人，开着拖拉机。抽水机并不大，但很重，两个人在往下抬时费了很大的劲，父亲也在一旁帮衬着。抽水机安在了我家院子里压井的旁边。两个年轻人熟练地把压井上的压杆和里面的吸水塞拿掉，把一截硬皮管塞进压井里，另一头接到抽水机上，通上电，抽水机嗡嗡地响起来，顶部那个圆柱形管道不停向外冒水。年轻人关掉电源，从拖拉机上抱一捆又粗又软的塑料管接到抽水机顶部的管道上，然后把塑料管向菜地延伸，这时遇到了点问题。他们带的塑料管短了，只能伸进菜地一部分，而菜园太大了。两个年轻人前后看了看，说不行，这样抽不能保证把水抽到菜园的所有地方，会浪费，得再加一截管子才行。他们关掉抽水机，让父亲看着，开拖拉机回乡里再拉管子。

等他们回来，已经快中午了，阳光毒辣辣地炙烤着大地，像刀一样。按父亲的意思，管子接上后立刻就抽，蔬菜太需要水了。而两个年轻人却说吃完饭抽，因为抽水得有人看，会耽误吃饭，不急这一会。

一顿饭父亲吃得有些心神不宁。两个年轻人酒足饭饱后，抽水机发动起来。原本瘪瘪躺在地上的塑料管猛然鼓起来，里面充满了从地下抽出来的水，一节一节地向前游动，像蛇一样。父亲飞快地跑进田里，到塑料管尽头，看水汩汩地流出来，露出欣喜的神色。他拿起塑料管对蔬菜叶子喷洒。两个年轻人过来说蔬菜主要是根，根浇好了，叶子自然有水分了。他们让父亲最好用锨把园里土领成一道道沟，不要让水乱淌。父亲立即转身往家跑。到家时见我站在院外，说你回家看书，不要出来，外面热，中暑就麻烦了，然后急匆匆找把铁锨跑回去。

我进屋收拾碗筷，抽水机在院里"突突"地响，阳光下菜园亮得刺眼，父亲身影在亮光里不停地晃动。收拾妥当后，我拿了本书，坐到书桌前，想看一会，却看不进去，闷热的空气和饭后的疲倦使我昏昏欲睡，不知不觉趴在桌上睡着了。

　　睡梦中，一阵轰隆的雷声把我惊醒。睁开眼，外面已经不再明亮，暗淡一片。天上的乌云像棉絮一样低垂着，风吹枝摇。我连忙起身，向外走。这时一道闪电射进屋内，闪亮耀眼。紧接着一声巨响，豆大的雨点从天空急速洒落，砸向地面，门外立刻形成了一道巨大的雨帘。

　　我急忙找伞，冲进雨里。经过院里抽水机时，抽水机还在"突突"响，只是在雨中声音显得小多了。

　　出了院门，菜园里白茫茫一片，什么都看不清。我模模糊糊地看见菜地中间似乎有个人影，快步跑过去。

　　只见大雨中，父亲双手拄着铁锨，一动不动地站着，腰微微向前倾，下巴搭在拄着铁锨的两手之上，眼睛呆呆看着地面，地上是肆意流淌的雨水和被冲得七零八落的土沟，还有那个向外哗哗流水的塑料管。雨水打在他头上，顺着脸往下流，流到手上，锨柄上，和地下的水汇成一片。他神情木然，满脸雨水，眼睛里充满了晶晶莹莹的东西。我走到跟前，把伞举过头顶，他没有察觉。我忽然有些心酸，伏在他潮湿冰凉的肩上，流出了眼泪。

　　我们在雨中站了很久。雨一直下，地上淌满了晶晶亮亮的雨水，一园蔬菜在雨水中显得油光水亮，蓬蓬勃勃。

　　菜园终于不再缺水，父亲不用担心了。从明天开始，他又可以回到以前忙碌辛苦，充满希望的日子了。

作者简介：

　　刘光兵，教师，汉语言文学本科学历，安徽省作家协会会员，安徽省第十一届中青年作家班学员，小说、散文发表于《安徽文学》《教师文学》《中国教师报》等报刊。

与 花 事

刘慧新

一、养花

那是我生平第一次养花。

记得在小区楼下第一次见到它时，就觉得它很好看，有两种不同颜色的花瓣组成，外层是纯净的白，中间是娇艳的红，里层花骨朵突起，层层向上，花须孪生花瓣四周。养花奶奶说这花叫七叶一枝花，泡酒可以消肿止痛，还可以降血压。

在秋天里收集了它的种子，黑得发亮，油菜籽大小，用一张白纸把它们小心翼翼地包起来，在纸上记下花名。

冬去春来。

一天下班回家，巧遇养花奶奶在拾掇花草。她说，丫头可以种花了。这才想起去年的花种，忙回家翻遍抽屉，终于找到那个白纸包。把花籽一股脑撒在阳台的一个简易的小花盆里。

开始几天新鲜劲，天天跑去看，却不见动静。

两个星期后，竟发现长出几颗绿芽，瘦弱得很。

一场春雨后，天气放晴，我到阳台晾晒衣服。突然想起放在窗外的花盆，伸头一看，天啊！里面密密麻麻长满了一层绿油油的嫩芽，整个花盆都要被挤破了。于是取出一些，仍然是挨挨挤挤稠密得很。就这样，隔几天除去一些，直到只剩下仅有的两株，又开始担心能不能存活，实在是单薄得很，枝干挺拔却纤细，叶子青黄干巴，像个营养不良的孩子，离根近的叶片开始变黄。而楼下的已是枝繁叶茂，花团锦簇。

一天早晨，我再次领略到生命的神奇与美妙。它竟冒出了细细弱弱的花骨朵。我开始注意它每一天的变化，给它浇水、松土。娇嫩的花瓣终于舒展开，四片桃红色的花瓣与花须合在一起像一只展翅飞舞的粉蝶，更像仙女头上的凤钗。这才发现它的叶片几乎都是七瓣，难道七叶一枝花就是由此得名？上网一搜，才知花名不对，求助朋友圈，好友解答，龙须花！好有仙气的名字。

后来，我又养成活一棵芦荟。对于养花人来说，这是一种比较好种植的植物，而我在经历了几次失败后，才掌握它的习性。芦荟喜干，整个冬天是不用浇水的，直到春暖花开之季，每隔一两周浇一次水。看着蹿出一拃高的新嫩的绿秆，真是小有成就。

市场上有很多修剪整齐的花草，而我却越来越喜爱亲手养的小植物们！我好像有些明白养花人对花草的眷恋，当倾注了时间、精力和爱后，便有了一份特殊的感情。看着它们成活、发芽、长叶、开花，体验着简单而快乐的生命历程，便满心欢喜！

二、清荷

又是一年荷花盛开时，看着朋友圈里晒的各种荷花图，不禁忆起童年的荷。

夏日里，我家的后院仿佛一夜之间变成了绿色的海洋。放眼望去，杨树是绿的，梨树是绿的，菜园是绿的。一塘碧莲延伸到远处，参差不齐，错落有致。荷叶不蔓不枝，有的亭亭玉立在水中央，有的舒展着躺在水面。荷叶上大大小小滚圆的水珠，晶莹剔透，圆润闪亮。幼小的我明知道是池塘的水溅落上面，却禁不住那如钻石般的天然饰品的诱惑，无数次伸手去摇晃荷叶，看着水珠舞动着曼妙的身姿，变换成各种形状，不甚欢喜。当万籁俱寂时，坐在荷叶上的青蛙，和着虫鸣，悠然地歌唱。成群的鱼儿在荷叶间穿梭、嬉戏，我想江南的"鱼戏莲叶间"不过如此吧。

当我发现第一朵荷花盛开时，粉色的花瓣已完全展开，薄如纱衣，她为满池的绿点上了鲜亮跳动的一笔。

入秋后，天气渐凉，荷塘日渐萧条，荷叶由青变黄，直到枯黄。塘水低浅时，爸爸卷起裤角，光着脚在水里小心地趟着，双手伸进水底摸索着，浊水在他胸前晃动。只见他咬着牙，使劲拽出一根黑乎乎的东西，洗去污泥，露出雪白的莲藕。爸妈把采来的莲藕分给左邻右舍。

从此，莲藕便成了饭桌上的"标配"：凉拌藕头、炒藕片或煮莲藕，妈妈变着花样做，但天天吃便觉得食之无味。

妈妈来来回回打量厨房角落里的那堆日渐枯黄的藕，她终于像是做出了重大决定似的，宣布要到集市上去卖。那时的妈妈还不到三十岁，对于从未抛头露面摆过地摊的她来说，这无疑是一个艰难的决定。我常常在薄雾微凉的凌晨，听见门开的声音，听见她沉重的脚步慢慢走远。卖完最后一次藕，妈妈为我们做了一顿红烧肉。后来虽然我吃了数不清次数的红烧肉，却再也没有那天的丰美。

三、栀子花开

时值五月，轻风送来栀子香。循香探花，只见绿化带里，有单瓣黄蕊的栀子一株，像一只只白蝴蝶蹁跹于叶间，让人陶醉。

"栀子花开，如此可爱，挥挥手告别欢乐和无奈……栀子花开啊开，栀子花开啊开，像晶莹的浪花盛开在我的心海……"我哼唱起当年流行的《栀子花开》往事就回来了。

老家的院子里也曾栽种过三棵栀子花树，就像三把绿色的大伞，花枝粗壮，叶子饱满。每到花季，密密匝匝的绿叶间开始冒出嫩芽，长出小小的花苞。过不多久，花苞初放，透着月牙似的白。渐渐地，纯净洁白如丝绸般的花瓣一片一片地张开，完全盛开的花瓣层叠有序酷似美玉雕琢。栀子花开满枝头，满树的绿白相间，幽幽地吐露着芬芳。经过露珠润泽的花更加娇艳欲滴。

妈妈把栀子花采摘下来，洗净晾干，放在枕头边，养在玻璃瓶里，整个房间弥漫着栀子花浓郁的香气，连梦都是香的。

奶奶一辈子不爱花红柳绿，唯独爱素雅洁白的栀子花。她把花卡在头上，别在衣领上，走到哪香气飘到哪，嘴里还不停地念叨着，"真香啊！真香啊!"雪白的栀子花与奶奶穿的白色短袖衬衫很相配，把她装扮得更加淡雅素净。

栀子花浓郁的香味总会引来周围爱花的姑娘们。天刚麻麻亮，她们结伴来要花，说话声笑声把我从睡梦中唤醒，睡眼惺忪地坐在帐子里，看着妈妈热情地招呼她们，看着她们采摘栀子花时像花一样的笑靥。她们一再感谢，随着花香散去，留下一串串银铃般的笑声。

对于栀子花，我有着一份特别的情愫。那年，我刚走出师范的校门，从繁华的城市回到落后的乡村母校，人生的美好憧憬破灭，理想与现实的差距让我怅然若失，情绪低落。初夏，我的学生们，一群乡下孩子，每天把家里的栀子花采摘来，摆在我的办公桌和讲桌。孩子们的纯真，温暖着我如同掉进冰窖的心。永远忘不了他们手捧栀子花，一脸稚气含羞的样子，一朵朵盛满爱心的栀子花让我慢慢释然、接纳并爱上那片纯洁的净土。

光阴如水，洗去的是尘埃，留下的是美好。如今，虽然定居在繁花似锦的小城，家乡的栀子花仍承载着我最美好的回忆。每到栀子飘香时，温暖而馨香的记忆便淡淡地氤氲开来，遍地芬芳，绽放着青春的光彩。

作者简介：

刘慧新，小学教师。安徽省作家协会会员。作品散见于《新安晚报》《淮南日报》《淮河早报》、安徽网。

紫槐花开

鲁　庆

　　还算年轻的那年，因为工作的原因，我离家乡，别妻女，从八皖大地来到了素有"塞外江南"美誉的新疆伊宁市。当时，我暂时租住在解放路的上海城徐汇苑小区。小区内有一条环形车道，连接起了小区内的所有房屋，路的两旁和房前屋后都种满了紫槐树。每年的四月，小区内所有的紫槐花都竞相绽放，我也喜欢在茶余饭后，走在花园般的小区里。在蓝天白云的映衬下，这些紫槐花更显雍容华贵，我深深地呼吸着紫槐花特有的淡淡花香。由此，也勾起我遥远而又清晰的回忆。

　　从前我家有位老邻居，人很友善，她家的门前就有一颗老槐树。一到春天，树上便开满了一串串风铃似的小花，那淡淡的幽香总是诱惑着蜂蝶一样的我们。几个淘气的小伙伴争先恐后地爬到树上，抢摘那些有着十足肉感的花苞或半开的花蕊，或半开的花蕊，我们常常为品尝到人间最纯净的味道而欢呼，因兴奋而戏闹。夏天的夜晚，我喜欢和家人一起到槐树底下纳凉，陶醉于紫槐树散发的清香，听着老人讲不完的童话故事。也是在那个稚气未泯的光阴里，我知道了老槐树是有情人的桥梁和红线。古老的爱情传说，也会让爱的涟漪在小小的心灵中微漾。

　　紫槐相对其他的植物花期短暂，从初起花苞，到暗暗吐蕊，再到骄傲的怒放，也就是几天时间。真正的盛开时间也不长，十天左右，紫色的花也就开始了凋谢。落下的花瓣轻轻地撒满道路，也覆盖了绿意盎然的草地。落满花瓣的草地五彩斑斓，如美丽的梦境一般。早晨起来开车，飘落下的花瓣，就像神话中紫色的雪一样，薄

新绿

薄地贴在前挡风玻璃上。坐在车内，凝视着面前的玻璃，就像欣赏法国印象派画师莫奈的睡莲油画，竟忘却了启动车辆，忘却了我将前往的目的地，就那样在一场惊艳中不知所措。静静地看着，想着，有一种特别的感悟萦绕心头。

我喜欢属于新疆的辽阔和壮美，喜欢纯净的蓝天和雪莲般的白云，喜欢伊犁天山怀抱中的梦幻草原，喜欢伊宁三面雪山环绕下流畅的河谷，更喜欢那时租住的小区房前屋后盛开的紫槐花。紫槐花也许是平凡的小花，但在我心里也是温情的小花，紫色的星星一样伴我一程又一程的美丽之花。

"穿过幽暗的岁月，也曾感到彷徨，当你低头的瞬间，才发觉脚下的路……"远处传来的歌声，虽然我不知道是谁的歌，在唱给谁听，但此刻我好像穿越时空一般，又闻到了紫槐花的芳香，将一种宁静的美丽在我的心中徐徐荡漾……

作者简介：

鲁庆，60 年代生于桐城。从事工程项目的设计和管理。国家一级注册建造师，教授级高工。作品见于《安徽日报》《散文诗》等报刊，并入选多种选本。安徽省作家协会会员，中华诗词学会会员。

远 山

牟国栋

山野一片寂静，曲弯的小路边有几棵粗壮的四季桂，在炽烈的阳光下默默地站着，一些油绿的叶子打着卷，像极了掩着面叹息；几株木槿低头看着自己寂寞的影，好像不知道自己开出的数些花已经又凋落。

花寂寂开了，又寂寂落去。一切好像还是原来的样子。

我蹲下去捡起两朵，一朵粉红，一朵玉白。看似刚刚落地，花瓣是润泽的，像刚刚哭过的脸，还没拭干泪水。

我把这一红一白贴在脸颊上温存了一会，小心地摆放在了父亲的墓碑上。一两声鸟鸣划破天空，远山渐渐模糊了起来。

时光无言。一切真的还是原来的样子吗？

不一样了，不一样了。时光已经在寂寂无言中带走了许多，我的童年，我的旧日，我的父亲。

不语的时光里，父亲已落叶归根，长眠于一座青山脚下。于许多个无尽的长夜里，疼痛着我。

在时间的长河中我一路跌跌撞撞，摔得鼻青脸肿、涕泪横流时，是父亲坚定的眼神给我坚持下去的勇气。

我的父亲，在他有生的日子里用他的铮铮傲骨、泣血付出诠释着一名共产党员的奉献。他燃烧自己的青春，几十年如一日，奋战在这座小城的煤矿里，为煤矿的发展、为工人的生计殚精竭虑。很多时候，他没有过多的谆谆教导之语，是早出晚归、奋楫前行的工作态度深深影响着我，给我在风雨中前行的力量。

父亲把大部分的时间都给了工作，家里是顾不上的。

悠悠记得那一天，我和母亲合力整理阳台的杂物。

"妈，我不干了。累死了！"我愤愤至极。

"那你歇会吧，剩下的我来。"母亲抬起手，发现手太脏，只好用胳膊擦擦额头上的汗。

"都大中午了，饿死了！我爸怎么还没回来！"我又累又饿，特别希望爸爸回来把活干了。

"你还不知道你爸呀，准是单位忙呢。不过，干工作就得好好干。这也是你爸让人信服的原因。我去烧饭，等你爸爸回来就吃饭。"母亲从阳台转到厨房继续忙碌了起来。

提到这，我没了怨言，转而焦急地等待父亲下班回家。一边又收拾起阳台上的零零碎碎。

"呀，我家丫头真不错！这么能干！"父亲下班回家了。依然是晚归。

"唉，我要是有两个爸爸就好了。"我小声嘟囔着。

"嗯？丫头，为什么这么说呀？"父亲闻言，扯了扯我的小辫子。

"一个爸爸专门上班，一个爸爸专门在家干活。"那时的我十岁，童言无忌。

"哈哈……"父亲和母亲一起笑了起来。

时光的河水慢慢流淌着，轻轻悄悄间带走了父亲的青春。父亲一如既往地忙碌着，我也渐渐长大，当看到那么多工人对父亲真诚感谢与倾心信服时，也慢慢理解了父亲忘我工作的意义与价值。正直勤勉的父亲就是我心中的一座山，安静，沉稳，充满力量。

由于此，从小到大的我是不黏人的。我牢牢记住父亲的那句话：认真学习，努力工作，做最好的自己。父亲相信我，会满足我所有学习上的要求。我要看书，就从新华书店"搬回"厚厚一摞；我要练字，就从市里"搬回"笔墨纸砚、名家字帖；我要画画，就托人"搬回"各号画笔、颜料、纸张；我要摄影，就倾囊所有购置专业相机……而他和母亲，却一直省吃俭用，从没见在自己的饮食衣着上费一丝一毫心思。

我是幸福的，我有座山，葱茏，温暖，给我挡风挡雨。

什么时候开始，这座山丢下了我呢？

突如其来的一场祸事，让我失去了行走能力，卧床不起近一年。父亲问诊遍中西医，请北京、上海、山东等大城市的专家会诊，只想救我于生死线边沿。那时的父亲，衰老得很快，一夜之间白了头发，高大的身躯也有些佝偻。那天，我从手术后的昏迷中睁开眼，恍惚中看到父亲正在落泪。有时，我从疼痛中醒来，发现父亲呆呆地站在我的病床前，愣愣的。看到我，却又马上笑着："丫头，没事的，我又找了一个中医，中西一起治，好得快。"

医生开的药方里有"五毒"中的"一毒"，很难配置。父亲专门请了几天假，跑了很多地方，买回了那"一毒"。为不让打小就有小虫恐惧症的我害怕，父亲不知用什么方法将瓦片、药臼、空胶囊弄回家。把那"一毒"放瓦片上焙干，然后在药臼里捣成细末，再一点一点装进空胶囊里。听着"噗噗噗"的捣药声，我总能忘记疼痛，沉沉睡去。喂我吃药时，父亲总是变戏法般的"变"出我喜欢吃的一块山楂糕、几片山楂片来。以至现在，每次碰触山楂时心里总是些许的疼痛，总是感觉父亲还在。

就这样，日子一天天过去，我逐渐好了起来。能下地一歪一斜地挪两步时，父亲就像一个孩子，开心地笑着，激动地连抽了两根香烟。因公务繁忙，父亲需要以烟提神，每次一闻到熟悉的烟味就知道父亲回来了，心里就沉静了下来。我卧床后，也总能见到父亲躲在病房的阳台上闷闷地抽烟，回到我病床前时，虽然眼睛总是红红的，却依然坚定地对我说："丫头，要坚强，挺过去就好了。"

康复的时光里，父亲每天拉着我去医院的后山上练习腿力。从开始的踉踉跄跄，一步三倒，慢慢过渡到能稳稳走上十几步，一直是这一座山给我坚持下去的力量。艰难的日子里，父亲明显消瘦了许多，有时会剧烈咳嗽。斑驳的光影里，他走路有些气喘，脸色十分憔悴。我渐渐好起来了，父亲却病倒了。后来才知道，我康复的时光是父亲治疗的最佳时机。可是，他全然不顾自己，他把他的生命给了我。

"爸爸，我来看你了……"有一两声轻轻的鸟鸣划破了天空，那粉红玉白的两朵木槿花在风中轻微地颤动。我知道，父亲听到了。

恍惚中，父亲面容清瘦，眼神依旧明朗坚定："丫头，要坚强，要做最好的自己。"

"知道了。您放心吧。"我给父亲点燃一根香烟，丝丝袅袅的薄烟中，远山渐渐清晰了起来。依旧葱茏，温暖，沉稳，充满力量。

路边的木槿树上，繁茂的枝间还有数些花苞，待放。

作者简介：

牟国栋，高级教师，热爱教育事业和文学创作。

蝶变的乡村

聂　浩

　　我的家乡在安徽省寿县最西部的张李淠河湾。古老的淠河，犹如一条白练，从大别山的崇山峻岭中逶迤而出，一路高歌低吟，流经隐贤镇、张李乡、迎河镇，从正阳关注入淮河。

　　迎河镇原名迎河集，是我们小时候常去的地方。邻近的时寺小街，物品很少，购置比较重要的物品，人们习惯于多走十几里路到迎河购买。那时的迎河集，由于是区政府所在地，在周边集镇还没有高楼的时候，已经建成了两座大楼，即位于街南的电影院和它北边的百货大楼。加之物品丰富，每天清晨，人们从四面八方汇聚而来，集镇上车水马龙，人声喧哗，很是热闹。

　　迎河镇那时的相对繁华，并没能改变在我心目中灰暗，陈旧的印象。街面上除了两座高楼外，其余便是低矮的商铺或民居。一进街口，就有"丁丁当当"的打铁声从两边狭小的土屋内传来，火星四溅；街道两边摆放的物品也因为光线的暗淡而给人一种灰蒙蒙的沉闷的感觉。

　　去迎河的路也很艰难。起初是土路，逢下大雨，泥浆溅起很高，到了集上，裤脚上全是泥水；后来铺上了砂石，但几场大雨过后，尖锐的石子凸显在外，地走或是拉着大板车在上面行走，每走一步都很吃力。

　　此后许多年，每次从县城回老家都要经过迎河，我一点点感受到她的变化：街道延伸了，街面拓宽了，新建的楼房多起来，街市也整齐清亮了许多。但和县城周边的乡镇相比，她发展的步伐还很缓慢，相对闭塞的地理环境和单调的以农业为主的生产方式，束缚了她的发展。

近几年，随着国家乡村扶贫计划和建设美丽乡村政策的落地生根，迎河镇的发展终于走上了快车道。给我印象最深的首先是沿途风景的改变：宽广的水泥路两边是高大的水杉林或整洁的绿化带；路边的田野里，时而出现成片的瓜蒌、葡萄或是黄桃种植基地；集市两侧，别墅和普通楼房鳞次栉比，在门前花草树木的映衬下，显得气派而靓丽。

这只是她表面的变化。如同一个人，内在的气质才是她真正的魅力所在。前几天的迎河之行，使我与她有了一次近距离的亲密接触，对她由内而外质的变化和飞跃有了更深层次的了解。如果用两个字来表达我的感受，那就是"震撼"。

她有集农事体验、果蔬采摘、科普教育、生态旅游为一体的现代农业综合示范基地——寿县八大家农业观光园；有交通畅达、生态优美、村容整洁、仿古气质浓厚的省级森林自然村庄——李台美丽乡村；有回乡创业、种植面积达 75 亩，年产 2 万多斤鸡头米的种植园……还有集品种研发、育苗栽培、仓储物流、电子商务为一体的农门天下种植公司……立足乡村实际，发展地方经济，建设宜居家园……在耕耘者的汗水里，迎河乡村的蝶变之梦正一步步走向现实……

由此我想到与迎河毗邻的家乡洭河湾：村容村貌焕然一新，水泥路已修到每家每户门前；"洭河甜瓜"品牌已经打响；绿色生态蔬菜、林下养鸡等产业发展如火如荼，安徽的"马尔代夫"——洭河湾金沙滩旅游已初见雏形。古老的洭河湾正随着时代的变迁而焕发出生命的活力。

迎河和张李洭河湾乡村的蝶变，是中国大地乡村巨变的一个缩影。宏图已经勾画，魅力已经显现，让我们凝眸期待她的又一次华丽转身，让梦中的家园能留住更多人的乡愁。

作者简介：

聂浩，70 后，淮南市寿县安丰塘镇老军小学校长，安徽省作家协会会员，寿县作家协会理事，《寿州文艺》副主编，近年来在《散文百家》《安徽青年报》《作家天地》《淮南日报》等纸质媒体和网络公众号发表散文、诗歌等近两百余篇（首），诗歌《回忆》《清明》分获 2019 和 2020 年《淮南日报》举办的"淮河赛诗会"一等奖。

自然的韵律

潘成奎

一

回城那天一大早，父亲给我拔来一捆根部带着泥土的香葱，执意要我带回城里。香葱带回来后，大部分送给了亲友和邻居，还剩一部分，我种在空油桶里，很快成活且葳蕤。作为炒菜的调料，割了一茬又一茬，吃完之后，发现桶里长出一棵很小的绿豆幼芽，根部入土很浅，可以看到它白嫩细长的根须。我很是担心它经不起风雨，然而一段时间之后，在夏日阳光雨露中慢慢长大，它茁壮了，在茎秆的顶端顶着几片黄绿色的叶子，这是一个顽强而又让人爱怜的生命。

为了让这个弱小的生命多一些陪伴，我又在一旁的土里插下了许多蒜瓣。绿豆苗一天天长高，当叶子超出花盆边沿时，我看到叶子中开出了几朵白色的小花。又过了一段时间，豆苗在继续生长，大蒜却没有任何发芽的迹象，蒜瓣的胞衣上，隐约可以看到一些绿色如青苔一样的斑点。也许这些泥土不适合大蒜的生长，或者在这个季节，大蒜原本就不会发芽吧。

夏天过去了，阵阵秋风吹来，酷热荡然无存。秋天的雨水开始增多，几场秋雨之后，天气变得凉爽而湿润。因为下雨，好几天我没有给豆苗浇水，因为忙碌，许多天，我没有再去关注它。

又一个周末，当秋天的晨阳透过窗户玻璃，照射进来的时候，我突然想到了那个绿豆苗，急忙打开阳台的窗户。满眼碧绿，每个蒜瓣上都长出了一束绿色的蒜苗，嫩绿的幼苗纯净而简洁，它们均匀而错落地布满花盆里，把那棵绿豆苗簇拥在中间，仿佛一群英俊的少年，呵护着一位美丽的少女，它们组成了一个协调完美的绿色世界。再看那棵绿豆苗，在它杆茎的顶端，长出了两个细长的绿豆荚。

绿豆荚在秋风里，随着它的茎叶轻轻摆动，它们粗细如圆珠笔芯一般，自然地垂挂在茎秆上，在豆荚的顶端，白色的花瓣已经枯萎，尚未完全脱落。

生命是一种自然的赐予，生命的坚韧和顽强，常常出乎人们的预料。无论我们在不在意，不经意间散落在泥土上的种子，终究会孕育出新的生命。

二

同学送我一盆香水百合，我把它放在了我的书桌上。仔细数了一下，五棵花茎上，一共开出了二十六个花朵。粉红色花瓣的边缘是乳白色的，每个花朵都仿佛是粉白相间的一块美玉，给人一种纯净的华贵，让人心生喜爱。

盛开的香水百合花，差不多在两个星期之后就完全凋谢了。按照女老板的指导，我把只剩下叶子的五棵花茎都从中间部位减掉，余下的半截留在花盆里。我希望它们如她说得那样，来年春天会在花茎上发出新芽。

时光流转，秋去冬来，天气变得寒冷。我看到留在花盆里的半截花茎，已经开始枯萎，根本就不可能再发新芽。我自嘲地笑笑，原来这只是她推销香水百合的一个说辞而已。我把留有枯茎的花盆，丢在窗外花架子上一个最靠外的角落，整个冬天，那个经历了寒风和冬雪的废弃花盆，早已被我遗忘了。

第二年的春天的一个周末，我开始整理花架时，惊喜地看到废弃的香水百合花盆里，几株新芽紧靠着枯萎的花茎，怯怯地生长。原来新芽不是生长在杆茎上，而是从枯萎茎秆的根部生长出来的。

我小心翼翼地碰触着它，一阵战栗席卷了我。多么顽强的生命意志啊！我把花盆重新放在花架中间，去除里面的杂草，定期浇水。沐浴在春天的阳光下，香水百合的茎秆逐渐长高，叶子也变宽变长。

到了四月下旬，在两个茎秆的顶端，分别生长出了一个蚕豆大小的花苞。青色的花苞逐渐长大，花苞的形状是一个三角形的锥体，像一个弓箭的箭头。随着花苞的逐渐长大，它的颜色也由青白色，变成乳白色，再由乳白慢慢向红色过渡。在即将绽放的时候，透过锥形花朵薄薄的胞衣，隐约可以看到里面粉红色的花瓣，此时它的棱角依然是乳白色，它像一个红宝石和温润白玉的组合体。

在万物繁盛的春天，经过一场又一场春雨的洗礼之后，百合花的整个花朵，如一个出浴的少女，梦幻般的粉色，罩在一层轻柔的薄纱里。几天之后，花朵相继盛开，喇叭形的花朵中间，有一束白色的花丝，每只细长的花丝上，都顶着一颗米粒般大小，深紫色的花蕊。

我没有依照朋友的教导剪掉雄蕊，就让它纷纷开且落吧！大自然依据它自身的韵律，更迭四季，枯荣世间万物。无论花谢还是花开，我们都应该欣然接受，对于自然的馈赠，充满感激。

作者简介：

潘成奎，工学学士。安徽省作家协会会员，安徽省散文随笔学会会员，马鞍山市作家协会会员。作品散见《清明》《长江丛刊》《海燕》《意林》《作家天地》《江南文学》等报刊。多次在全国以及省市级征文大赛中获奖。

梅城尽染梅花香

潘 艺

小院的墙角有棵红梅，窈窕娉婷，树冠散曲自然，宛若游龙。

我日日瞧她，看萼片展开，露红色花苞，凌寒傲雪，颗颗抖擞。立春，少量开放，再十天，朵朵小花挨挨擦擦，润贴枝头，粉团团、红馥馥，一树春意，院落淡雅清新。母亲笑道，满城尽是梅花香，踏春去。

墙角栽的原是樱桃，长了十来年，蓬蓬如盖，遮小半院落。五六月，最是热闹。小樱桃红了，颗颗晶莹诱人。各色鸟儿来觅食，啾啾唧唧，邕邕和鸣。前年秋，乡下来人，移栽了樱桃树，乡土田园开朗，不委屈她。

墙角空落落。母亲说："昨儿听说，梅花升格为'市花'，动员市民广种呢。"闻风响应，一株龙游梅填补了角落。

梅清瘦，怕栽不好，母亲小心伺候。过了严冬、酷暑，今春云蒸霞蔚，时与我眉飞色舞，貌似飘飘欲仙。

"扬州八怪"之一的李方膺，两任潜山知县，咏《画梅》诗祈望："挥毫落纸墨痕新，几点梅花最可人。愿借天风吹得远，家家门巷尽成春。"

"尽成春"，好愿景！借"市花"风，城里城外，主要交通廊道、城市公园、景区景点、机关大院、村庄院落……梅花处处新，暗香迎春来。

"梅"绽梅城，声誉日隆，唱念做打，好戏连台。

天柱山脚，有梅园倚山观水，花开满坡，端的就是云锦落下来。向着阳，一树深红、一树浅红、一树白、一树绿、一树黄，数不尽地绽在枝头，像雪、似火、赛金、如碧玉，颜料桶被打翻了，一径泼洒下来。一色一色抱团，一团团又搂抱着，亲密地挤在一起。俯瞰，永远是大团大团的艳。惊艳！赏梅的人熙来攘往，梅香如故。

"母亲河"潜水六公堤段，一树树红梅，枕着大河，蜿蜒前行。棵棵梅树不挨着，无数小红花明艳艳开。直梅枝枝向上，有青云之志，欲为霞满天？水尽头，高峰峻拔，山间梅聚拢浩大，而水边梅婉转依人。梅为媒，遥相应和，高山流水遇知音。

去岁国庆，雪湖公园分部开放，市民期待已久，普城欢庆，如今迎来第一春。明清时，雪湖片为儒学区，生员在此读书，曾建有舒王阁、文峰塔。北宋王安石任舒州通判时，常在舒王阁秉烛夜读，传为千古佳话。

梅花冷艳有傲骨，最得文人雅士欢心。文化厚重的雪湖怎可无此清友？梅城春讯，就来自雪湖梅花，最先凌寒开放。湖面春波涟漪，照梅花姿影，花漾波纹，清香随风远溢。

赏梅、入诗、入画是风雅事，雪湖盆景园前，绘画者潜心专注，梅渐渐开在纸上。

过小桥，且入园，眼前几十盆梅蕊吐放，虬枝苍劲，老桩新梅相搭，姿态万千，惊人和谐。就如欣赏绝妙的交响乐，或古典高雅、或大气磅礴、或绚丽、或哲思、或轻快活泼、或抒情委婉，感受不一而足，养眼又养心。逛雪湖，感觉有种江南美，至此江南风味更精致，妙哉！

每盆花都有挂牌，上有品种简介，下附一首古诗。如一盆绿梅，附诗曰：杂诗，唐·王维——君自故乡来，应知故乡事，来日绮窗前，寒梅著花未？王维是绘画大师，他善于留白，思乡韵味却在结束的那一瞬间怦然而绽。

再看这盆是"待到山花烂漫时，她在丛中笑"；那盆是"晴风初破冻，柳眼梅腮，已觉春心动"……一盆盆梅花，与一首首诗句，神韵似若合符节。艺术表现相融想通，想来是有道理的。

赏花乏了，就坐在六角亭中休憩，或去弧形平台扶栏远眺。这亭、台、园联为一体，卓立水中央。向东遥望，好大一片湖面。皖、潜二水被引入城，注入雪湖新的生命。以前一潭死水，摸上去硬硬的，气味不敢恭维。湖水有来有去，开闸排放，便随河汇入长江，补充的又是清水。

九孔桥横亘湖面，如长虹卧波，似出水蛟龙，又如一弯新月。入夜，灯彩上演，九孔"弦月"一字排开。我走，月亮也走，角度、远近有别，九孔月圆缺不一；月色也在变，赤橙黄绿青蓝紫，你方唱罢我登场，如童话般浪漫。当月华把爱恋洒满湖面，天上月、九孔月珠辉玉映，宠爱雪湖的人儿啊，怎能不陶醉？

长桥两侧，舒王阁、文峰塔正在复建。过些时日，白日登塔观湖，月夜登阁，复刻王安石秉烛夜读，不亦乐乎！

逢此盛事，梅城梅花来年再开，岂不更加傲雪怒放，清气满乾坤！

2022 年 3 月

作者简介：

潘艺，男，安徽潜山人，安徽省潜山市融媒体中心总编办副主任。作品散见于《安徽文学》《速读》《安徽日报》等省市报刊，曾获张恨水文学奖，潜山市树市花、撤县设市、幸福河湖等征文奖。

龙眠的秀丽山水

彭昌生

好风景总是隐藏在深山里。

龙眠山就是个山环水绕的好地方，一直是我心中最美的风景。我第一次知道龙眠山的名字还是在 1985 年的深秋，一个偶然的机会，我从安徽人民广播电台报道百年名校桐城中学高考的辉煌成就时知道了龙眠山的名字，至今记忆犹新：桐城中学，她屹立于龙眠山下……

上高中后我开始与灵山秀水的龙眠山结下了不解之缘，那是 1988 年的阳春三月，正是春暖花开季节，我和几位同学相约前往龙眠山中的著名风景区披雪瀑踏青，第一次与风景如画的龙眠山近距离接触，看到近似飞流直下三千尺的大石板瀑布气概，心中激动不已，为桐城有如此胜景而自豪！上大学期间，外地同学曾经羡慕地对我说：桐城拥有悠久的历史和灿烂的文化，人才辈出，得益于钟灵毓秀的龙眠山。后来我又数次去龙眠山旅游，每次都会被宛如仙境的龙眠山的山山水水陶醉。

辛丑年的秋末一个艳阳高照的周末，我和几位好友又一次来到龙眠山，开始了一场不同寻常的深秋之旅。我们从双溪村出发，沿着清澈见底的龙眠河一直往前，寻找媚笔泉。一路芦苇苍苍，龙眠河上，白雾缭绕，漫过奇石，漫卷溪水。我们踏着松软的泥土，透过茂密的灌木和苍翠欲滴的竹林，沿河不断攀岩，一心寻画，却不知身在画中。

姚鼐曾作《游媚笔泉记》："以岁三月上旬，步循溪西入。积雨始霁，溪上大声潨然，十余里旁多奇石、蕙草、松、枞、槐、枫、栗、橡，时有鸣鴂。溪有深潭，大石出潭中，若马浴起，振鬣宛首而顾其侣。援石而登，俯视溶云，鸟飞若坠。"姚鼐先生一众也是缘溪而上，我们隔着整整三百五十年时间，与姚公的脚印重合。他所见的奇石、蕙草、松、枞、槐、枫、栗、橡，他所听的鸟鸣，我们都有幸听到。后世游人，谁将与我们的脚印交叠？一念至此，不由痴了。

行至媚笔泉前，清潭入眼，汩汩入心。潭边有树木环绕，有怪石做伴，林中鸟鸣婉转，啁啾动人。秋阳透过茂密的树林照到水潭上，波光粼粼，入眼入心。同行诸友拔草洗泥，以求看清摩崖石刻，以期有新的发现。媚笔泉涓涓有声，我不禁浮想联翩：藏在龙眠山深处的媚笔泉，是什么原因吸引了诸如北宋大画家李公麟、明朝宰辅何如宠、桐城派大家姚鼐等人来此观光旅游，并记之诵之？是风光旖旎、空气清新，还是龙眠山的独特山水魅力，抑或"采菊东篱下，悠然见南山"的情怀，厚重沉淀的文化历史？一直到我意犹未尽的离开媚笔泉，脑海里还是没有得到准确清晰的答案。

接近中午时分，我来到两溪交错环绕而成的美丽双溪，惊叹于这里层林尽染、林壑幽深的自然风光，星罗棋布的人文景点。这里游人如织，他们或在溪流上来回拍照，或在水边不停地嬉戏，尽情享受，成为双溪村一道靓丽的风景线。如今的双溪村，"溪流湍急，奇石如林，溪行石隙中，跳珠溅瀑"和双溪园林、赐金园、芙蓉岛等丰富的旅游资源，还有全国文明村镇、全国生态文化村、国家森林乡村的一系列国字号桂冠，令人眼花缭乱、目不暇接！

经过几代人的不懈努力，风光旖旎的龙眠山已经发生了沧桑巨变，有花草、有树木、有流水、有鸟鸣，前后绵延上百里的绿色长廊，一条条盘山公路像玉带一样盘绕着龙眠山，绿水青山正在悄悄变成金山银山。拥有龙眠山这样充满诗情画意的山水，无疑是桐城人的福气！欣赏龙眠秀丽山水，在欣赏这大自然赠送的独有风景外，更多的是发现桐城这座城市的人文底蕴和无限魅力。

作者简介：

彭昱生，安徽大学历史系毕业，现在安徽省桐城市委办公室工作，安徽省散文随笔学会会员，安徽省作协会员，先后在报刊、网站和各类公众号发表通讯、散文和调研报告等不同体裁文章多篇。

黄梅依旧飘香

秦秀文

  与家人餐厅聚餐，忽有乐声响起，扭头望见大厅中间的简易舞台上，锣鼓已备。开场的是黄梅戏《天仙配》选段，台上已经站了个帅气的"董永"，还有个美丽的"七仙女"，一开口便是那熟悉的唱词"树上的鸟儿成双对，绿水青山带笑颜"，唱得真好。听着听着，戏声仿佛长了翅膀，飞到城市上空，飞过高速，跨过桥梁，飞向了美丽的桐城，飞回了我久久不曾忘记的童年。

  对桐城人来说，黄梅戏是听不厌的，即使天天听的都是相同的片段。桐城人爱黄梅戏，不仅仅是因为出了个严凤英。田间地头，屋前灶下，随处可听"呀子咿咿子呀"的声音。唱的人解乏，听的人享受。而每富裕人家有喜事，请个戏班子来唱上几段，可谓是极大的荣耀了。附近的乡邻，不管白天干活多累，甚至是第二天清早要出远门，准会牵着孩子扛着板凳早早来到戏场。忘了带板凳的，自己会主动找个"制高点"，于是，戏台旁边的窗沿、草垛，甚至树丫上都坐满了人。这不是哪一家而是当地所有人的盛事，戏台下从来都是水泄不通。戏台是非常简易的，几个板凳撑起几个门板就可以，甚至光秃秃的一块空地也能将就。童年的记忆中，每隔一段时间都要和大人们一起跑很远的地方去听戏。戏的内容，当时于我是不太懂的，我兴奋于那热闹的氛围。每次听戏，大人们坐着听，孩子们肯定是闲不住的，到处跑，从舞台前跑到舞台后，从最前排钻到最后的位置。大人是不用担心孩子跑丢的，不管认不认识，善良的乡邻们一定会照看好每一个跑到身边的孩子。结束时如果孩子不在身边，只需大喊一声孩子的名字，总会有人把孩子送来。渐大点每次听完戏，我们就会模仿着戏中的人物在班级来上一段，羡煞没去看的同学。记得一次晚上去隔壁村看戏，其中一场戏是《王小六打豆腐》，于是，好长一段时间，"怎么啦？眼睛掉进灰里去啰。啊？灰掉进眼睛里去啰"，便成了班上同学们最喜欢的玩笑话。

如今，离开家乡已经多年，每次回家都很匆匆，再也没有在村子里听到过现场版带着浓厚乡音的黄梅调了。听说，老家已经很少有人请戏班子唱戏，请了也不会有人扛着板凳去听。但乡亲们照样喜欢黄梅戏，在电视上搜寻，在电脑、手机上搜索，也有人在手机上搜好后再在电视上投屏。看着、听着，时不时还要跟着屏幕中的人物一起哼几句。很多乡亲，对黄梅戏的那份爱，是刻在骨子里的。

没有了乡亲们从十里八乡聚在一起的场景，再难体会到人头攒动的气氛，或许，这正是社会进步导致的文化领域的不再贫乏。

舞台上的《天仙配》已经表演结束，接下来的是一段幽默打趣的《王小六打豆腐》。一群孩子围到舞台周围，随着演员们插科打诨的表演，开心地拍着小巴掌，那兴奋劲就如同当年的我们。

黄梅戏，唱腔委婉清新，是"山野吹来的风，带着泥土香"，那份特有的唱腔所饱含的韵味是普通话所无法演绎的。它已然成为桐城、安庆，乃至整个安徽人民精神文化生活的图腾。听黄梅戏就好比看到安徽人，看起来委婉含蓄，待人却是简单真诚，时间越久，越能让人感受到那份韵味与真情。

令我兴奋的是近些年来国家对黄梅戏这一剧种越来越重视，很多文化场馆被修缮或新建，一大批增强人民精神力量的黄梅戏电影或舞台剧被推出。不少剧团更是与时俱进，将黄梅戏搬到了抖音、视频号等短视频平台。内容上也不仅仅是经典再现，很多都是新人新事，讲"中国故事，传播中国好声音"。文化的重视与传承不再是我们这些黄梅戏爱好者的担心，我更相信，有那么一天，带着乡土味的黄梅香气会飘得更远，飘得更广，弥漫到五湖四海，萦绕在世界各地。

作者简介：

秦秀文，合肥八中高级教师，安徽省作协会员，合肥市优秀班主任，合肥市学科带头人，合肥市教师高级职称评委。

喜欢无为需要理由吗?

沈筱琴

　　我骄傲我是无为人,这块土地上的丽山秀水,我都去过很多次。我去的第一站是三公山。三公山毗邻合肥、芜湖、安庆三市,"鸡鸣三市闻"。三公山主峰巍峨,为芜湖境内最高山峰,登顶可东观长江,如奔腾巨龙,浩荡天际,西睹群山逶迤,万亩林海,绵绵不断,十分壮观。

　　我去的时候,杜鹃连绵成片,铺满山谷,灿若云霞的红艳,立即呼啦啦占据我的心。它们不是高贵的花,不是娇弱的花,它们以群体的连绵之势,在山顶,在谷底,在山坡,烂漫绽放,灿若云锦。它们是普罗大众,是智慧勤劳的群众,是创造精神文明和物质文明的人民。美丽的无为,正像这漫山遍野的映山红,而创造她的,正是无数勤劳的人民群众。

　　我喜欢在状元桥上散步。尤其是傍晚,斜阳铺水,波光潋滟,河面泛动鱼鳞般彤云,树干投影似螺旋竖轴,弯弯曲曲地变幻。不知是天粘贴了水,还是水复制了天,河水共长天一色,落霞与行人同归。

　　状元桥是无为人承传先贤状元理念,勇争"三百六十行,行行出状元"的标识。每年高中考前夕,状元桥就成了网红打卡点。总有很多家长陪伴着孩子,特意去状元桥上走一走,为的是汲取勇气、力量和智慧,讨个好彩头,更希望在千军万马过独木桥的那一刻,能腾起力量,金榜题名,拔得头筹。"我在状元桥吹过你吹过的风,这算不算相拥;我在状元桥走过你走过的路,这算不算相逢……"

我想，这大概是每个考生走过桥头最想哼唱的一首歌。朋友圈里的无为人调侃：状元桥上走一走，考试状元拿到手。

我喜欢霸气的黄金塔，我喜欢站在塔底仰着头，看它俊秀挺拔的身姿，闻着塔身散发的浓浓古韵。一拨一拨慕名而来的人，一步三回头，是不是与我一样，也想着如何带走塔顶的那一片云彩？

我喜欢西九华的晨钟暮鼓，梵音袅袅，幽雅清净；我喜欢地藏菩萨盘坐思悟，写下"峭壁林暗松惊风，丈石周边水淙淙，二十三点灵境在，此留胜迹石山中"的诗句。我喜欢坐在山顶，看山下炊烟袅袅，看农人荷锄而归。

我喜欢无为，喜欢在九街十八巷里转一转，看一看，我在那仅存的几方青石板上，来来回回地踱着，踩着，我想要听到"脚踩青石板，一喊千里远"的声音。我在那些个不是故乡犹似故乡的小巷里徘徊，我在每一扇打开的门窗里找寻，我的爹娘，可否听到儿的呼唤？那大锅灶上热气腾腾的五香蛋，挂着的雄黄肉是否还在？贴在锅沿上的糯米粑粑，杀年猪的猪油渣，豆腐果子，炒米糖，羊劲枣，小炸还能寻得到？

哦，或许我能在横筛子巷里，偶遇一位丁香一样的姑娘。我们一起牵着手，去绣溪公园拍一组写真，呼吸呼吸芝城儒雅的气息；去墨池里偷一点墨，去濡须书院翻阅一下无为而治的厚重历史；去触摸一遍历经宋、元、明、清至今仍守候在那里的千米古城墙，我想依偎在它厚重的怀抱里，重温战火纷飞的年代，剪一段月光，贴在胸口。我，不仅仅只是途经……

当然，无为板鸭、李老奶奶花生米、杭记糕点、襄安的送灶粑粑、葛记馄饨、昆山蒲田村的山芋、牛埠的老母鸡汤下米面、泉塘的螃蟹等等，这些舌尖上的美味，我定不会错过。

"月是故乡明，饼是杭记香"，我想采访一下杭记大掌柜，您可数得清？每一年中秋月夜，您做的月饼，抚慰了多少异乡游子疲惫的心灵，解锁了多少异乡游子的思乡密码？

无为，一座因水而兴的城市，源源不断的水，是它体内流动的血液。那里的水，既是千百年前吴魏两国争战的焦点，也是千百年后鱼米之乡珍贵的源泉。118.6万无为人民正用"崇文守正、无为有为"的"无为精神"，建造自己的山水福地。无为以其独特的生态景观和历史传承，演绎着人与自然和谐共生的绚烂篇章。无为，正敞开有为的怀抱，迎接四面八方的客人，去寻找诗和远方……

作者简介：

  沈筱琴，笔名筱竹，安徽无为市人。安徽作家协会会员。

桃花三诺

石 杰

杏花开时，桃花还在枝间寻觅。我一次次地赶往花开的小镇，每一次都是杏花含泪，梨花带雨。桃花开时，我要起个大早。我和朋友约好，五点起床，六点出发，一定要赶在桃花未清醒时，挽住她们朦胧的倦意。

车子出城后，向东七八里，就到了五马镇，那里是桃花的圣地。当年刘秀被王莽追赶至此，误入桃花深处，马卧于桃花掩映的沟壑中才躲过一劫。这"卧马沟"就成了今天的"五马镇"。人间四月芳菲尽，此处桃花意正浓。第一次来这里看花，是十六年前，听了这个故事，我问父亲："刘秀的确实来过吗？"父亲看着我，神秘地说："来过！那边最俊的桃花，就是骏马疾驰的方向。"那时，我就喜欢迎着花瓣飞驰，仿佛骑在刘秀的马上，观赏这人间最美的花朵。

车载云霞中穿梭，朋友说起了自己的桃花故事："上一次看桃花，是十年前了。那时，孩子都小，我们六个好友带着家眷，带着吃的喝的，开车跑过来。桃花已经盛放多日，开得灿烂极了。我们把食材弄好，在地上铺个塑料袋，男人喝了起来，女人捡着花瓣，插在大人孩子身上、头上，然后嗅一嗅，看着孩子们在桃林里嬉戏。偶尔，看见游人路过，会招呼一声，要不要一起过来喝两盅，感觉这桃林是我们的，我们就是这里的主人。那些羡慕的眼光，也都有了神采，他们笑看桃花，笑看我们。也许人是风景中最有灵魂的花瓣，他们遇见我们这群有趣的灵魂，一定不虚此行。"

说着说着就到了。清晨的阳光从树缝里滴下，瞬间又隐到云层深处。一层雾蒙蒙的光晕，笼罩着这片桃林。我们还没下车，一阵清香便从车缝里挤进来，我们深呼一口气，快速打开车门，冲了出去。

路两旁的油菜花早已醒来，睁着泛黄的眼睛，好像一夜未睡。接着是一片片翠青的麦苗，举着晨露，像举着夜晚的灯火，等着阳光点亮远处的桃林。晨雾在我们的脚步声中渐渐隐去，桃林明亮起来，那些躲在黑色枝条上的花骨朵，俏皮地睁开眼，四处摇晃着，看看即将隐去的星辰，看看钻出云层的晨阳。在两只喜鹊的鸣叫声中，她们彻底醒来。

我们看她们时，她们妩媚起来，慌忙梳理衣装。在我们的镜头下，她们有了千姿百态，有了万种风情。娇娆多姿的身段，粉里透红的容貌，朵朵芬芳缀满枝头，一眼千年的心动，不知谁乱了这春心。早已盛开的催着半开的；半开的催着睡梦中的。它们拥挤着走进这个明媚的清晨，盛开在这个神奇的村庄。你看那独倚枝头的，恰似惊鸿一瞥的尤物，赚足了你的味蕾，多想吻一吻这孤傲的灵魂，然后这一天都不再触碰人间俗物，怕失了这唇上残留的香。一阵微风吹过，它们抖落多余的花瓣，让精神更清醒，让芳香更浓烈。

桃花三叠罢，烟火起五马。当人间烟火夹着芬芳和泥香吹过脸颊时，我不自觉地想起唐伯虎的醉意：桃花仙人种桃树，又摘桃花换酒钱，酒醒只在花前坐，酒醉还来花下眠。叫卖声胜过花开了，采花女已越过街头的栅栏，轻盈地游走在花间。朋友和我说：俗世和仙界只隔着一只花篮。

我们带着相机，登上观景楼，步履轻微，生怕踩疼了花瓣，惊吓着采花女。这一园的宁静，经不起任何响动，一旦响声过大，满园芳菲就会落尽，四月也将远去。亭阁独立，瞳日初升，霞光拂过，花瓣上便氤氲一层虚幻的粉影，无论用什么摄影技术都拍不下这一林的春光。桃林南边数座徽派小房子，错落有致，与桃林辉映，放眼望去，不着丹青，便自成一幅《人间春色图》。

有一瞬，我愣了神，偶尔一丛绿白拂过眼底，那倔强的枝条，在与桃花争芬芳。我不便说三道四。这争艳的群芳，你看她时，她就为你而装饰；你不看她时，她就为欣赏她的人而绽放。谁不是，开过无数次，见了人间的世相，才多了一些机警。女为悦己者容，好花自要开给爱她的人。看看桃花，再看看李花，我会心一笑。

万物有情，别惹春风。若别了四月，此物了无痕。无论天涯海角，我们只有深深的颂词，过了天涯谁能定居？想必当年老子骑青牛从此过，没有想过会回来，所以留下五千字的铮铮誓言。从此，清晨的桃林香得悠远，美得精致，雅得有趣。

我想把这一世的情感，拍进桃花的魂魄里。来年春风吹时，我不来，花也会开。别误了花期，少了香浓。朋友看我痴迷的样子，笑我："拍那么多没意义，想看明天咱们再来。这桃花又不是你不拍它，它就会跑。"我没有说什么，只是笑笑，继续拍下去，仿佛只有这样做标记，我才一生都不会丢掉"桃花缘"。也只有这样，我才不会错过与桃花的第三次承诺。"花斑斑，留在爱你的路。虔诚凤愿，来世路，一念桃花因果渡"，哼唱声飘落在身后花瓣飞落的归处。明年，我与桃花承诺：我要蹲在星辰里，数花瓣。

作者简介：

石杰，安徽省亳州市人，安徽省作家协会会员，主创方向：小说与诗歌，作品散见于《亳州文艺》《安徽诗歌》《谯城文学》等刊物。

银池地

石晓龙

  爷爷将板车放在塘坝，年轻却古老的太阳在他右手边，闪亮又刺眼。可能是想起电视里安徽腾飞的发展，和长龙一样威武的高铁修到了宿松，爷爷来了兴趣，问我，知道这池子叫什么名字不？我摇头。爷爷不紧不慢地说，银池。

  我不在乎，金池也好，银池也罢。我是个逆子。我不喜欢按常理出牌。我爸总骂没出息，上学成绩也不好，做事性格又懒。大专毕业后，我成功应聘到一份国企的工作，拿着几千块钱的死工资。我爸高兴坏了，他在我爷爷面前大夸特夸，说他教育得好，浑小子也算是出人头地了。爷爷没说话，他和我爸不对付，我猜想我们家的忤逆是基因遗传。我不甘心如此，父亲却说，你不想在国企里待着去私企，私企万一倒闭那可怎么办？我说中国那么多人不是所有人都是编制内的人吧？于是，父亲又说出这句折磨了我二十一年的句子：为什么不是你？

  高考结束那年，我从宿松到合肥上学，赶早上七点的大巴车。爸妈觉得丢人，没来送我，爷爷却来了，比我还要早到长途汽车站。爷爷是一九九三年和我家分居，一个人住在老屋基的红砖房子，自给自足。知道我去学校，半年才回来一次，爷爷估计是怕我爸不给我伙食费，塞给我六千块钱。这六千块钱是爷爷辛苦放地笼赚的生活费。我连忙从兜里拿出来，我说我爸就一张臭嘴，上学的生活费不会少我的。爷爷不肯，说离家远了只能自己照顾好自己，大城市不比家里，收收脾气，选择了远方，就要不怕风雨。他还说这钱我拿着比他拿着有用，他是一头老牛，一辈子从没离开过宿松，没去过安徽的大城市，来送孙子上学就好像去过一回似的。我事后才知道爷爷走来的，为了省钱，早上三点就出发，送完我又走回去。回去之后爷爷的双腿直接麻木，我妈说他在家躺了三天才缓过劲。爷爷怕我受委屈，腿好了又去联系在合肥有人的同村老人，请他们吃饭喝酒，拜托他们的孩子或者亲戚朋友能够在合肥照顾照顾我。

在合肥这三年，我以为自己很有能力，眼里只有钱。我忽略了很多东西，也忘了当初出来是为了什么。实习期赶上疫情，我被打回原形，或者说这是生活本来的面目：谁都不算什么。身边的同学也好，朋友也好，争着抢着继续上学，他们想不到自己除了上学还能干什么。我放弃了，我知道自己不是读书钻研的材料，稀里糊涂去应聘，稀里糊涂去上班。单位是施工现场，指挥着工人干活。一天也是起早贪黑没假期，拿着几千块钱的工资，还被同事排挤。

过年回家，有七八个老头在我家打点小麻将，我拖着行李箱而归。父亲老远看见我，热烈欢迎，鞭炮声噼里啪啦。一阵烟后，我说我从单位辞职了。当着这么多人，这下要了我天生爱面子的父亲的命。父亲怒目圆睁，低头到处找东西，找一切可以砸死我的东西。我吓得扔下箱子乱窜，爷爷护住我，让我往银池那里跑。跑到这存在很久很久的水库，夕阳让我满眼金黄，耳边嗡嗡地吹着欢欣的风，柴火的气味随着悠凉的小风进入鼻腔，我迷醉了。

爷爷在天完全暗下去的时候来找我，隔老远就喊我小名，他眼睛看不清，我迎过他准备扶他回去。爷爷让我再陪他坐一会儿，我们却沉默无言。直到我妈来找我，说我爸睡了，给我留了饭。我爸虽然没有再赶我走，但他断定我一辈子都是废物，啃老啃到他死。我跑去和爷爷一起住，傍晚又和爷爷看夕阳。爷爷说他就是夕阳，天暗下来了，他就进坟墓了。我让爷爷不要瞎说，爷爷长命百岁，是富态的老头。爷爷说，能看到你出世，就是我这一辈子最大的富贵。二十多年，社会变化了太多，真的，什么互联网啊手机啊高铁啊，多亏了国家！看着这些东西发展起来，再想到他们那时候，爷爷说到情深处，泪水居然比银池的水还多。

没等年过完，我大年初五就走了。这次，爷爷没能来送我，我爸来了。我爸被我妈不情愿地拽到我身边，帮我提了一段路程的箱子。我爸说，要是在外头当废物当不下去，就回家，跟你爷爷去水库放地笼。我不搭理他，跟我我妈道了别，坐上离开的高铁。我也不知道自己的选择对不对，无头苍蝇似的这干一干那做一做，四处奔走。我爸知道我没出息，他一直都知道，他说自己承包了家里的水库，让我回来养鱼。我本来不愿意的，我不想接受他施舍的好意。我爸看我不愿意，又说，这是你爷爷希望的，吃改革饭，走开放路。家里的水库是块银池，里头的鱼都是银子做的。

我让家里再让我闯半年。谁知道，才过了一个月，我爸来电话说爷爷不行了，赶紧回来。我顿感无助，想起小时候爸妈奔波做苦力，是爷爷把我带大，我连夜买了高铁票回去在重症病房见了爷爷。爷爷紧紧握住我的手，彻底看不见的眼睛紧紧贴着也看不清我的脸，爷爷说他老了，要走了。人一回顾往事，就像被淹没在历史的长河。我在病房守了一夜，希望爷爷能扛过这次大限。爷爷在半梦半醒之际，嘴里不清不楚地说，那六千块钱，是你爸让我给你的。

我头皮发麻。走出病房，我穿过走廊看着窗外的月亮，月亮有一张悲伤的脸，它的背面是一头牛的脊背。我爸大清早回来，拖着满身的疲倦，来换班，他让我回去休息休息。这一刻，我才看到我爸白了半个头。我回来那天，他还跪在爷爷身边哭得不能自已，爷爷的事又是靠他一个人张罗。我爷爷这头牛一生只为了我爸，我爸这头牛一生只为了我。我让我爸别太伤心，家里少不了他的维持，我回去睡两个小时就来。谁知道我一睡就是一整天，醒来已经是傍晚。没等我去医院，我爸打电话给我，你爷爷到死都不想让我们难过，趁我们都不在，悄咪咪闭上眼了，谁也叫不醒。爷爷化成一条沉入银池底的鱼。

爷爷死了。我爷爷叫石长富，在我出生之前他就死了，我从未见过他。这年是一九九三年。七年后，我出生。

作者简介：

　　石晓龙，青年作家，笔名石厌倦，安徽宿松人。曾获第七届"青春文学奖"长篇小说奖，第二届"鲲鹏"全国青少年科幻文学奖长篇小说入围奖。已出版长篇小说《鬼才》。

七月的芭茅花

舒铭华

七月溽暑，老家长演岭古道两旁的芭茅花开满山坡，洁白如雪，飘飘洒洒。飞扬的芭茅花，在山风地吹拂下簇拥着，嬉戏着，招展着，错落有致。盛开的芭茅花儿如盛开的童心，摇曳着夏日的情丝。

芭茅草是山上一种极为常见的植物，长势茂盛，叶柄似剑，两侧有细齿，小时候被茅草刺破手脚是常有之事。芭茅花虽不是花，没有花的色彩、花的芳香和花的娇媚，但她却有着别样的素美柔情。

小时候，父亲母亲每逢夏天都要去山上割来一大摞一大摞的芭茅花，连同圆润细长的芭茅杆一起割回家，作为"把扫帚"的材料。父亲心灵手巧，虽然没念过书，但他非常聪明，干活是一把好手，犁田、木工、箍桶、砌墙什么的一学就会，而且干得有模有样。记得小时候父亲用芭茅杆撕开折叠编马，后面还留一绺茅花作马尾巴，像极了奔马。茅草在乡村的用处非常广，因此大人外出干活总要顺带割一捆捆茅草回家，堆在晒场上晾干，日后用于盖茅棚，嫩茅草用来喂牛。茅草杆还可砍来卖钱，记得我读初中那会儿放勤工俭学假，砍茅草杆交到学校统一销售，那时学校的操场上茅草杆堆得似小山。

父亲用芭茅花扎的扫帚又好看又结实，只是我们家的土房子用得不多，最喜欢用的是城里人，因为他们住的房子干净地面铺了瓷砖或木地板，用这种茅花扫帚扫特别干净，而且价钱实惠。父亲扎的茅花扫帚大多用来送人，有时缺少零花钱母亲也会挑到集市卖，好像当时一把扫帚也就卖个一二角钱或是一角五分的样子，一担扫帚几十个卖不到十块钱，但可以添置些针头线脑盐油酱醋之类的小生活用品。后来父亲上山干采石头重体力活没有时间扎扫帚了，母亲就学着扎。而我们兄弟几个放了暑假就到山上、岭道两旁割芭茅花，距离远的割不到，就用一个耘田耙钩到身边割，一捆捆背回家。割得多了，父亲母亲就会晚上在煤油灯下扎扫帚，一晚上扎好多，有时母亲会在第二天一早带着我去街上卖。卖完扫帚后我首先到向阳桥头的一家包子店，叫服务员拿几个大肉包子吃。记得那时的包子特别大肉馅多且紧实，咬一口就让人心满意足。

二十世纪八十年代初，我读徽州师范毕业的那年暑假，最疼我的奶奶已经因中风卧床近一年去世了，后爷爷在我读高中时因病去世，我决定去江西景德镇找我后爷爷的弟弟五叔公。后爷爷有五个兄弟，在我读小学一二年级的时候他曾经带我到景德镇五叔公家住过一个月。去景德镇前我不忘砍来一捆捆茅花扎了几十个扫帚带去卖，当我赶到渔亭火车站后却没赶上当天的最后一趟车，得知尚有运煤的货运列车我就与工作人员搭讪，结果还真帮我搭上一趟运煤的列车。我坐在最后一节车厢，到了景德镇下车时脸上鼻孔里都是黑乎乎的。当天在景德镇饭店住了一宿，次日一早赶到附近的集市去卖那几十个茅花扫帚。大城市赶早市的人多，很快就卖完了，在旁边早市吃过早餐后就凭着童年的记忆去找十多年未曾联系的五叔公家，巧的是他家仍然住在南门头阊江边上。那是我卖茅花扫帚的美好记忆。

时过境迁，一晃到了快要退休的年龄，每年盛夏我都要回到生养我的村庄长演岭，现今由于开了公路，石板古道少有行人，茅草已经差不多覆盖了山岭，山坡的芭茅花任其疯长已无人再砍。站在山腰远眺，昌景黄高铁"长演岭隧道"已经贯通，路基正在铺轨，今年底就要通车了。弯道那边西递村旅游经过两年多新冠疫情影响正逐步恢复，一幢幢精致漂亮的徽派园林式民宿悄然兴起。七月的芭茅花，似乎见证了家乡西递村从成功申报世界文化遗产，到当选世界最佳旅游乡村的经过，他们在山岭上摇曳成海。

芭茅花，她开满故乡的山坡，她是乡亲们的情思和向往，在蓝天白云映衬下随风飘向远方。芭茅花，她是七月最浪漫的花，伴随着我的童年，燃烧着我的青春岁月，她铺天盖地，开满山岗，在绚丽的霞光中摇曳！

作者简介：

舒铭华，黄山市黟县文联专职副主席，安徽省作家协会会员，安徽省摄影家协会会员，中国摄影家协会会员。有作品发表于《安徽文学》《安徽日报》《散文诗世界》《作家天地》等报刊，累计200多万字。

剪破东风第一花

陶善才

寒红

"前村深雪里,昨夜一枝开。"

在晚唐的那个早春深雪里,一枝突兀而开的梅花,一定是寒红了。并不是要等到雪积得有多深,它才突兀而开。其实,"万木冻欲折"时,它已经在悄悄地打蕾。

隆冬时节,很少有明朗的日子。一眼望去,满世界都是阴沉沉的;何况还时常有连绵的冷雨,凌厉而刺骨的寒风。即使是农人,如果不是必须,也很少裹风冒雨在室外忙碌。更不用说城市人了。可是,有谁会注意到角落里,光秃秃的枝干上,一直在悄悄积蓄力量,正一点点努力突起的,那三三两两深红色的小小苞蕾呢?

我是知道的。在合肥5号线地铁还未开通时,我常常早起步行上班,途中要穿越金斗和塘西河两大公园。万木萧疏的寒冬里,偶然发现藏在角落深处的那些小小苞蕾,心空仿佛一下子就被照亮:春天真的不远了。

雪是何时簌簌下起来的?让晚唐的僧人齐己彻夜难眠。听着偶尔枯枝折断的咯吱声,他应该是想起了白天探过的那些小小苞蕾。纸窗渐渐被雪映得越发明亮。不待鸡叫三过,他就裹衣出门,踩着厚厚的积雪,策杖往前村而去。

还记得2018年那场雪。应该是我到合肥后见过的最大一场雪。一夜过来,塘西河公园内积雪几乎没膝。偌大的公园里,除了我,再也看不见别的行人。艰难踏雪而行,也不知走了多久,转弯处,忽然发现有一团火，在雪白的天地间燃烧——前几天还只是小小的苞蕾，现在居然已凌寒怒放！

我知道，它就是僧人齐己的那一枝寒红，已经在唐诗里绽放了一千多年。

桃红

"君自故乡来，应知故乡事。来日绮窗前，寒梅著花未？"

我一直觉得，王维窗前的这株寒梅，应该是桃红。这是因为，寒红结蕾于风刀霜剑严相逼时，故而红得深厚沉郁；桃红则结蕾于地气正在回升之时，故而开得明艳灿烂，其色近似桃花，所以称桃红。

独在异乡为异客的王维，强抑着他乡遇故知的激动，紧紧握住来人的手，开口便是："君自故乡来，应知故乡事。"对方眼里也漾起激动的泪花，准备将故乡的一切都告诉他。可是，王维接下来却问道："来日绮窗前，寒梅著花未？"你来的那天，可看见我家老屋窗前的那株寒梅，开花了没有？或许问得太出乎意外，对方一时不知道怎么回答。

以前，我常常分不清桃花与梅花。在我的整个童年记忆里，春天到来的标志，大约就是老屋周边率先开放的，灿烂至极的桃花。现在，我忽然理解了王维。他乡遇故知，为什么他最关心的，偏偏是老家窗前的那株寒梅？因为那桃红般的寒梅开了，也就意味着桃花也将含苞待放了。

何况，桃花历来是故里的象征。"桃之夭夭，灼灼其华。"故乡，就在那桃花盛开的地方。王维因此又写有一首《桃源行》，取意陶渊明的《桃花源记》。他在诗中写道："渔舟逐水爱山春，两岸桃花夹古津。""春来遍是桃花水，不辨仙源何处寻。"这梦境一般的桃源，多像开满桃花的故乡啊！

我不知道，王维的那个故知是怎么回答的。毕竟，熟悉的地方没有景色。他怎么会想到，王维会问起这么细节的问题呢？

而我每次读到"寒梅著花未"，总要会心一笑。《舌尖上的中国》说，"中国人对食物的感情多半是思乡，是怀旧，是留恋童年的味道"。这真是不二之谈。让久居异乡的王维念念不忘的，哪里只是老家窗前的那株寒梅？大约与我们一样，王维深深留恋的，是童年老屋边满口生津的桃子味道吧。

只是不好直接问，话到嘴边拐个弯而已。一定是的。

绿萼

"人间离别易多时。见梅枝。忽相思。几度小窗，幽梦手同携。今夜梦中无觅处，漫徘徊。寒侵被、尚未知。"

这是一首词的上阕，来自多情词人姜夔（号"白石道人"）的《江梅引》。都说姜夔最爱合肥赤阑桥畔柳，有《赤阑桥》诗为证："我家曾住赤阑桥，邻里相过不寂寥。君若到时秋已半，西风门巷柳萧萧。"但读了这首《江梅引》后，我以为他最爱的，一定是那赤阑桥畔的梅枝。

宋宁宗庆元三年（1197）正月，此时姜夔尚在无锡，一心想回合肥而不得。日有所思，夜有所梦，就梦见了二十年来，始终魂牵梦绕的合肥情人，醒后就填写了这首词。"人生离别易多时。"此时，姜夔已年届不惑。距离上一次，也即宋光宗绍熙二年（1191），告别合肥情人已有六年之久；距离二十岁时与合肥情人的最初相遇，也已过了二十年。

如果说，睹梅怀人是姜夔词的常见主题，且姜夔对梅花的描写，总是与对合肥情人的追忆联系在一起，成为他心中解不开的"情结"。那么，最勾起姜夔相思的梅枝，一定是孤傲不群的绿萼了。

不仅仅是因为，他专门写过《绿萼梅》诗："黄云承袜知何处，招得冰魂付北枝。金谷楼高愁欲堕，断肠谁把玉龙吹。"那冰魂玉立的绿萼，最是勾起断肠相思。也不仅仅是因为，他专门写过《玉梅令》词："疏疏雪片，散入溪南苑。春寒锁、旧家亭馆。有玉梅几树，背立怨东风，高花未吐，暗香已远。"怎能忘怀，合肥旧家亭馆前的玉梅（绿萼），仿佛当初离别的情人，一直在他的梦中背立而泣。

这个周末，我徘徊在合肥金斗公园里的梅园。游人多欣然于大片大片的寒红、桃红之间，而我面对几处绿萼，想起一生多遇挫折、总不称意的姜夔，也想起他"肥水东流无尽期，当初不合种相思"的深深哀怨。

一千多年过去了。"问谁识，曲中心、花前友"？寒梅或许懂得，它们总是以从容的花开、纷繁的灿烂，来证明世间的一种永恒。

作者简介：

陶善才，安徽省作协会员，安徽省档案学会会员，中共安徽省委政策研究室研究员，在《光明日报》《学习时报》《书屋》《诗词报》《安徽日报》《新安晚报》等报刊发表过散文和随笔作品；曾获第四届桐城文学奖二等奖，第二届文思杯全国文言大赛二等奖；出版有《大明奇才方以智》《方维仪传》等书。

浅　春

田再联

　　大自然的记忆是可靠的。在皖中，立春刚到，土地就有了易容的冲动。节令从叶片的纤小一角入手，重温一棵树、一丛草的身世。或者换一种盼头，从枝叶的一页移向另一页，进化一个个拖长的音节。

　　东风解冻、蛰虫始振、鱼陟负冰是立春节气要表演的三部曲。五天一曲，一曲一调。"东风带雨逐西风，大地阳和暖气生"，立春伊始，韶光显现，阳气上升了。曾在寒冬中抖索不敢出门的虫子，开始舒筋活骨，准备旅行和生长。鱼儿们胆子大了，疑似背负冰块的碎片，如轻帆漫行，兴破浅春。河水停歇了平静，燕尾点击之时，就漾起了横竖不定的眼波。

　　"北斗回杓欲建寅，宫嫔排备立春时"，古时官方与民间有完整的迎春礼，还把人面鸟身的春神句芒请回来，主事草木的生长。

　　节气是时间表。"立春一年头，种田早筹谋"。立春日，节令的发轫，父亲最看重。他是打扮节气的务实者，始终跟着时令走，借助它们走过自己的生命，一直走到能生长万物的土地里。当父亲掀起那张写上"今日立春"的日历时，庄稼的活力就蔓延到他脸上，眼里有一种展望的光。我似乎听到春天的声音，嘀哩嘀哩地从日历上滑下来，急匆匆地把冬天带出阴暗的土屋。声音塞满了屋子所有的空间，然后溢出去，鸟儿听见了，吹起各自的呼哨。屋里屋外的声响里都有一种温暖的感觉，没有寒冷的袭扰，是孩子们最细小的希望。想到自己要快快长大，就得从春天麦苗拔节的劲头里，找到一种力量。

新绿

村庄人爱把立春叫打春。古时在立春那天，用鞭子打烂肚内塞满五谷的泥牛，稻、黍、粟、麦、菽就流得满地，预示五谷丰登，这是立春叫作打春的由来。

　　我倒是很喜欢"打春"这个叫法。一个"打"字，有动感，有力度，也有朝气。似乎可以理解为打开春天之门，人在自然界的主动意识豁然出来了。而万物呢，也正在打开它们生命的活力之门，开始预习自己长大。节物相遇相催，彼此会更新局面，在生态的阈值里，以不同的品貌，走在与人平行的世界里。

　　"儿童不知春，问草何故绿"，挺喜欢这种初始的探问。纤草初渥，柔芳春浅。春意来，草木先知。自然界里也有着潜规则，一幅春图，得由万物一针一线有序地编织。

　　三叶草就冲在前面。爬上村后山坡，去找那丛三叶草，以及它鲜绿的答案——立春。春天在三叶草的身上，一直没有走远，冰点下的严寒只是暂时老化了它的色调。一味地平卧或匍匐，让它常通地气，每日从青天舀来光的甘汁，土地里有它用不完使不尽的翡翠。掌状三出复叶，先端锐尖，基部略圆，像一颗小小的心脏，嫩绿而柔美。它应是第一万次对我展颜微笑，小心翼翼，而我从未得知那种渺小的动人心魄。西方人认为，三叶草是伊甸园里才有的植物，它怎么会委身于我宅后的山坡呢？

　　坡上那块睡觉的黄蜡石，一言不发，把笨拙的腹部埋在土里，裸露的脊背还是让我对它体型的巨大进行了自由的猜想。也不知道它宁静了多少年，欣赏它幸运于平常，而没有经受被各种切割与剖腹打磨的处理，有野草与苔藓的昭示，它就成为每一个春归的首席宾客。北生苔藓，南生草木。环顾于石，便悟出南北来，此刻，苔藓正吐出了如丝的莛绿。崭新的生趣，同样使人想到离大地最近的生命，最能感觉大地的温度，享受雨水的湿度，进行最早的觉醒、萌发。

　　在熟悉的初春野外，随时都能去琢磨一棵树的时光。一颗自由的种子，大约在某个浅春，在雨小烟轻里，睁开了眼睛。然后一直醒着，站立着，向高度表达出奋发的样子，形成一个生命的符号，一个位置的符号。你可以从这种符号上，找到自己成长的某段过程。

倘若遇见了柳，春归的视线就格外的醒目。"色浅微含露，丝轻未惹尘"，新柳相媲春水，加上一轮明月，这种清幽无扰的宁静，就生发许多情感来。柳絮无果的飞扬，是一种不求回报的思考，也是一种花舞无序的瘆瘆。新绿抽出来时，鹅黄的疙瘩缀满那线型的枝条，如同结绳记事，能给人们产生最原始的计数、计时吧。或者那依依的枝条，充满活性，形同人影比肩相随。霸陵送别的折枝，别情与柳的苦香，可以伴着友人。友人到了另一个地方，还可以郑重插枝，置换出另一股鲜活的生命。

有时，也会诧异地发现，一只断了线的风筝在春风里游弋。放风筝的孩童，那挽不回的失落，或许就是它最直接的自由。人若是一只风筝，若是断了季节那根线轴的风筝，只顾在浅春里，没有约束的漂流，肯定是不会有伤春之情的。

常听舒曼的《第一交响曲"春"》，即使不在春天，诗情与浪漫里，春的气息都实实在在地透过乐器与音符，把冰雪融化，把万物催醒。乐声空间容纳的春天，忽而寂静，忽而足音跫然，如人生。如果不喜欢一曲终了的失落，可以再听一遍。

作者简介：

田再联，男，语文高级教师。安徽省作家协会会员，中国乡村作家协会会员。曾在《新安晚报》《中国乡村杂志》《安徽日报》发表文章数篇，并获奖多次。

悠悠汴河

童　心

2021 年夏，我与中国当代著名朦胧派代表诗人梁小斌先生、《诗歌月刊》编辑黄玲君女士，以及青年诗人肖丁丁回母校宿州二中为夏荷文学社的同学们开展诗歌讲座。傍晚时分，许多宿州诗人赶来，约我们去新汴河边散步。

我们迎着夕阳，漫步在新修的木栈道上。此时，汴河两岸开满了各色野花，花香的气息夹杂着汴河的水汽扑面而来，清爽怡人。霞光洒满河面，一阵阵水鸟飞过，像是一幅油画。我们时而悠闲地走，时而停下谈论诗歌，又在"新汴河源头"的巨大石标下合影。此时儿时在汴河边的种种情景，像黑白电影一样在眼前缓缓放映。

"赶集喽！走，一块去！"耳边似乎传来童年伙伴的吆喝声，"集"是儿时认知里这世界上最繁华、最热闹的地方。亲朋好友们约着一起去，一路上说着要卖什么，买什么，嘻嘻哈哈，好不快活！那时所谓的集，就是一个乡或者一个镇定期进行买卖的街市。一个月中往往只有四五天逢集。只有逢集，才能赶集。妈妈时常让我和姐姐背些黄豆、芝麻、花生或是晒干的板蓝根到街市上卖，回来会买些猪肉、酱油或是盐什么的。

我家坐落在皖北的一个小乡村，距离市区大约五六十华里。我们小时候常赶的一个集叫蒿沟集。从家里出发向北走七八华里，然后坐船过一条河，再向北走三四华里就到了。这条河就是新汴河。在介绍新汴河之前，我先说说古汴河。

隋朝大业年间（605），隋炀帝杨广"发河南淮北诸郡民，前后百余万，开通济渠"。这条河道，西起洛阳至开封，向东南延伸经过宿城的前身——埇桥，东下灵璧、泗县、淮阴、直抵扬州，入长江，全长650公里。大运河是宿州的母亲河。唐中后期至北宋时期，由于在运河漕运中的重要地位，宿州的经济得到了快速发展，文化繁荣，人口剧增。白居易、皮日休、苏轼等文人墨客都曾乘着运河之船来过宿州，留下许多千古名篇。"汴水流，泗水流，流到瓜洲古渡头……"白居易的《长相思》脍炙人口，宿州人民耳熟能详。至今，宿州城西还有一个纪念白居易的乐天园。

由于古汴河引黄河水，含有大量泥沙，逐渐成为一条地上河。大运河（通济渠）宿州段全长141.5公里，流经宿州市埇桥区、灵璧县、泗县共3个县区、涉及14个乡镇，其中94.5公里河道遗址埋于地下，47公里有水河道（含世界文化遗产段）位于泗县。20世纪六七十年代，当地政府集合人力物力，在宿州至江苏宿迁泗洪境内又开挖了一条大型人工河道，因河线基本平行古汴河，故被命名为新汴河。我的哥哥就曾参与挖这条河。我们所赶的那个蒿沟集就在新汴河附近。

那时的新汴河就像一条柔韧的扁担，肩挑两岸的人们。河流两岸长满芦苇，有好多渔人划着小木船载着鱼鹰捕鱼，也有不少人来此撒网和钓鱼。当时两岸往来，就只有一条大木船，是一位老艄公在掌舵，高兴起来了还会唱几句。这位老船夫经年累月地守在渡口，方便两岸的行人，清静而悠然。乘船费用，大家随意，老人也不计较。这情景很像沈从文在《边城》中描述的茶峒山城老船夫摆渡的画面。坐船，于我是一件极其快乐的事。船头划开河水，粼粼碧波便荡漾开来，徐徐前行，清风拂面，悠哉游哉，不觉就到了对岸。过了河，一路小跑，很快就到了集市。

那时所谓的集市店铺很少，大家基本上是把东西铺在地面上卖，也就是地摊。即便如此，集市还是无比热闹。熙熙攘攘，吆喝声、讨价还价声、嬉笑喧闹声，加上鸡鸭鹅的叫声，烟火味十足。由于当时经济困窘，中午饿了，能够买上一根油条、几个肉包子，就算很奢侈了。母亲一年到头，很少给我们买衣服，偶尔会在节日到集市上买几匹布，回去找裁缝，为我们裁衣。

时光就像一阵风，蓦然回首，三十多年倏忽逝去。我童年的家乡不再是乡村，现在已经成为城市的外延，修建了植物园、动物园、宿马工业园、高铁站、加油站等。宽阔的高速公路和宽敞的公交车直通市内。到了晚上，不但有路灯，还有夜市。"汴水情，汴水美，宿州要腾飞。梨花香，国画粹，灵泗放光辉……"大妈们在跳广场舞。真是今非昔比啊！

诗歌讲座结束以后，我赶回家里。姐姐正在踌躇，不知晚饭吃些什么好。我突发奇想，提议一家人一块赶集去！简直是一呼百应，我驱车带着妈妈、哥哥、姐姐和女儿赶集来了！女儿似乎比我还兴奋，一路唱着歌。我和姐姐则哼着童谣。记忆中，儿时的集市离家是很远的。徒步来回，加上中间乘船渡汴河，往往需要大半天的时间。但现在开车，不到半个钟头就到了。街市铺上了水泥路，宽敞整洁。集市上基本没有地摊了，而是一个个既规整又有特色的店铺，跟城市里的小型商城差不多。宾馆、饭店、理发店、服装店、特色食品店，样样俱全。我们找了一家很有特色的饭店，美美地吃了一顿。把儿时的小吃，也尝了个遍。

碧绿的汴河之上建造了一座红色的高架桥，汴河两岸植被葱茏。夕晖洒落河面，呈琥珀色。晚风徐徐吹来，涟漪涌动，波光粼粼，偶有游船驶过。夜幕降临，华灯初上，流光溢彩。这里已经成为宿州市一条既幽静又繁华的旅行观光带，即新汴河风景区，很好地体现了中共二十大提出的"宜居宜业和美"的乡村建设蓝图。大木船、老艄公、鱼鹰、渔网似乎都成了黑白照片，定格在记忆中，又淡化为缕缕云烟。此刻心里突然涌现一首诗：

悠悠汴河

悠悠汴河
悠荡着我的童年
鞋子似的大木船
摆渡我，到彼岸
繁华的集市，激发我的梦幻

悠悠汴河
送我去远方
追逐生命的辽阔
它只是，远远瞩望

回溯源头
晚霞被拉得很细很长
清风拂发，没有泪水
只有波涛的回响

悠悠汴河
静深流淌
曲折迂回，汇入大海
携着我眷恋的目光

　　这是我几年前写的诗。我国的乡村建设，自 20 世纪 80 年代改革开放以来，至今已四十多年，这中间到底经历了怎样的变迁？上演了多少故事？只听见汴河的波涛哗啦啦地翻响。汴水悠悠，一路感叹，一路吟唱。

作者简介：
　　童心，本名童士娥，安徽省作协会员，中语教师。诗文散见于《安徽日报》《扬子晚报》《诗歌月刊》《海子诗刊》《长江诗歌》《汉诗选刊》《作家》等全国多家报刊和微信网络平台。有诗作入选《中华情诗歌选萃》《中国当代诗人档案典藏卷》，出版诗集《执玉者说·梦与诗》（江苏凤凰文艺出版社）。

芦家庙漫思

汪春杰

放假了，偌大的办公室空空荡荡，难得宁静着。

闲下来，秋天很好，阳光也很好，天空高远。被窗户和高楼切割成块状的天空，偶尔有云，一朵两朵，停驻或者游移。

我陷在椅子里发呆。香烟在指间安静地燃烧着，袅袅升起的烟雾，轻而细直，竟让人无端想起大漠孤烟直的句子了。

但这里不是漠北，是豫皖接壤之地，是辽阔的黄淮海平原的一隅，也是楚宋泓水之战的古战场。

那场战争发生在 2600 多年前。强楚的滚滚铁骑在这片土地上掀起了漫天征尘，向着宋国奔袭而来。宋国，周封三恪之地，先商之遗族，却在这场战争中把周礼"成列而鼓"诠释得明白敞亮，不过代价是巨大的：国君不仅因战伤而亡，宋国亦自此沦为二流国家。

这场战争，历史上早有定论。实际上，宋为周封三恪之国，在诸侯国中爵位最高，因此向以正统自居，既想争霸天下，又不想脱下仁义的外套，形成一种矛盾的人格。但在群雄纷争、礼乐崩坏的时代，这种没落的贵族精神，已经是难能可贵的品格。

100 多年后，当孔子坐着牛车周游列国，宣讲仁义之道。至此地被陈国大夫拒于城外郊野，断粮数日，遑遑如丧家之犬。子路很生气地质问：君子亦有穷乎？孔子说：君子固穷，小人穷斯滥矣！

宋襄王明明有先机而不抢，固守道。孔子穷贱不移，亦守道。

人人心中自有其道，能固守者，非独宋襄王、孔夫子二人也。

80 多年前，这里又重新做了战场，依发生地称为"芦家庙战斗"。战斗在彭雪枫、张震、滕代远等一众先烈英勇斗争之下，大获全胜，狠狠打击了日伪军的嚣张气焰，为后来建立苏豫皖革命根据地打下了良好的基础。

这一场战争，源于倭寇的贪婪，不自量力，觊觎我中华壮丽河山。我中华英雄儿女牢记守土之责，不惧抛头颅、洒热血，最终取得全面胜利，这何尝不是一种守道不笃的精神？

庄子曾经在距芦家庙不远的地方担任"漆园吏"，可能官职太小，薪水太低，经常少衣缺粮。有一天，庄子穿着一身破衣衫去见魏王，魏王嘲笑：何先生之惫邪？他说：士有道德不能行，惫也；衣敝履穿，贫也，非惫也。还有一次，庄子向监河侯借粮，那人要他等两天，他居然编了个"涸辙之鲋"的故事嘲讽他一顿，正所谓贫且益坚！

长期受这种文化滋养的人民，淳朴而可爱。当孔子长途奔波到此地的时候，已近宋国边境，感到有点渴，就让子路去讨水喝。当地一农夫听说是孔子的高足，便要出题考考他。农夫把挑水的扁担往井口上一放，自己站在一旁问他这是什么字。子路说这是"中"字，农夫讥讽他目中无人，不识其师尊"仲尼"之"仲"，因此芦家庙古又称"大奈集"，离此十余华里有个小儿奈孔的地方称"小奈集"，据说是众小儿一起嬉玩，在路中间用土坷垃摆了一个"城"，孔子的车行至此外，子路下车要众小儿让开。众小儿问：是城让车还是车让城？这一下难住了子路。两集遥相呼应，以乡野的视角，生动鲜活地记述了孔子厄陈蔡的那一段历史。

芦家庙集西有一条陈治沟，据传系唐末宋初一大户人家积德行善，为浚通此地积水流入涡河而雇人挖成。如今，这条沟在入涡前汇集成的湿地已被改造成一个美丽的公园，成为市民休闲的好去处。一时善念，泽被百世。

已有一段时间没去芦家庙了。秋风徐徐，刀光剑影已经远去，牛车的咿咿呀呀声也已经远去，曾经成片的芦苇可好？当远望如雪了吧。

作者简介：

汪春杰，安徽桐城人，现就职于安徽省亳州市谯城区教育局。1996年起在《飞天》《诗歌报月刊》《诗歌月刊》《安徽文学》等文学杂志发表诗歌、散文作品。

宿州有条河

汪德兰

你若说宿州三八河的前身就是隋唐大运河的一段，恐怕没人相信。

三八河实在窄得不能再窄了。但你若说根据大量出土的文物和专家的考证，现在宿城的中山街是大运河的北堤，大河南街是隋唐大运河的南堤，中间就是隋唐大运河的河床，顺着这条线往东直到江苏泗洪都是隋唐大运河时隐时现的遗址，基本的轮廓线就是现在的 303 省道，且泗县境内至今还保留着一段碧波荡漾的活体大运河，兴许就真的有人相信了。

这一点我就可以作证。谁都知道很多年前它还是一条隆起于地面的东西通道，老人们有说是黄堤的，也有说是隋堤的。20 世纪 80 年代我去宿城开会，路过东二铺时就曾对路边那艘裸露的古船十分好奇，曾亲手触摸过斑驳的船体，感受历史的沧桑与厚重，因而我坚信，现在的 303 省道就是当年隋唐大运河的堤岸。

我家住在宿灵之间的大店集上，离古老的耙头街顶多也就三百米的距离。上学那会儿，没有过多的课业负担，只要放学铃声一响，同学们便不约而同地涌到耙头街上，或到书店里看看小人书，或到商铺里买个米花团什么的。逢集的时候，这里有说书的、耍猴的、演皮影戏的，我们囊中羞涩，最多远远地看个热闹，也就有了和别的伙伴们吹牛的资本。闭集的时候，我们还是喜欢到街上玩踢瓦、跳房子之类的游戏，因为那里随处都能捡到各种带花纹的瓦砾残片。不踢瓦的时候，我们就把它装进书包里，到大塘边打水漂，看谁水漂打得多漂得远。后来才知道这些碗碴瓦片就是当年大运河的文物，现在已经找不到了。

　　老师不止一次地讲过，大店集很久以前就是舟车汇聚的商贸重镇，耙头街就在大运河的码头上，由于河堤既高又宽，远远望去就像猪八戒扛的铁耙耙头，因此才有了耙头街的名字。那些南来北往的官家商贾大都喜欢在大店靠岸歇脚，到大店集的酒馆茶肆消遣，一些商品也会拿到耙头街上交易，久而久之，大店集便兴旺起来。当然大店集终归还是小地方，人流量毕竟有限，更多的还是从大店走出去，到扬州甚至更远的江浙一带讨生活，因此"下扬州"曾是当时人们常挂嘴边的口头语，就是今天的大店人只要和家人闹了别扭，仍会拿"下扬州"相要挟，可见大运河文化对宿州影响之深。

　　如今的大店依然商贾云集，不仅高铁穿境而过，而且民用机场也即将落地建设，百姓的幸福指数与日俱增，想必与大运河的历史传承有关。大店及其周边的很多历史遗存其实都与大运河有着千丝万缕的联系，最有名的唐槐就长在隋堤上，至于后人口口相传的罗成拴过马，秦琼挂过锏，倘若真有其事，二位英雄定是从大运河踏浪而来，他们定是在桨声灯影的画舫里过足了牌瘾，才到耙头街上温一壶口子老酒，点一盘卤香兔肉，吃饱喝足了才在唐槐下纳凉，才留下这些似是而非的传说。

　　时光回溯到20世纪30年代末，一对衣衫褴褛的夫妻带着四个孩子，从河南虞城的农村出发，踏上了漫长的乞讨之路。

　　虞城，历史上无数次的黄河夺淮、洪水泛滥已使这里民不聊生，1938年蒋介石下令炸开花园口更使这里雪上加霜。地没了，房没了，灾民们只剩下逃荒要饭一条路。他们沿着隋堤一路东行，终于来到了安徽宿县，又从宿县迎着霞光继续东行，当他们来到大店耙头街时，发现这里的人面色红润，家家户户院里堆满了红芋，一户人家的男主人看几个孩子面黄肌瘦的，就打锅里拿了几个热气腾腾的大红芋，给孩子们一人一个。孩子们接过红芋像不知多少年没吃过饱饭一样，三下五除二就把手中的红芋吞进了肚里。男主人告诉这对夫妻，从大店往南过了堡顾家就是地广人稀的车湖。他们像是抓住了救命的稻草，很快找到了离车湖最近的一个叫汪圩的村庄并物色到一户姓汪的人家，这户人家不仅家境殷实，而且膝下没有男孩，

新绿

正想收养一个呢，这真是天赐良机！四个孩子"噗通"一跪，算是行了大礼，但人家只相中了长得乖巧的老小。从此这个孩子改为汪姓，后来长大成人，开枝散叶，这孩子不是别人，就是我的父亲。因为汪圩人少地多，只要肯出力，就能填饱肚子，爷爷奶奶也在汪圩落下户来，直到新中国成立后才带着伯伯们迁回虞城。

父亲心里一直惦记着当年在大店耙头街吃过的那顿红芋饭，他说那是他这辈子吃得最好的一顿饭。等姐姐和我到了上学的年龄，父亲便不顾母亲的反对，硬是把家搬到了大店街上。他说自己啥也不图，就想经常看看逃荒时走过的隋堤，不能忘了来时的路，能经常看到当年接济他的恩人，能让姐姐和我上个好学。说将来我们学上好了，即使找不到吃"粮票"的工作也能找个吃穿不愁的好人家，这样他们这辈子也就值了。

父亲的苦心没有白费。很多年以后，姐姐当了民师，虽然还没吃上理想中的"粮票本"，但找了个对象却是正儿八经的公立教师。我后来考上了农校，毕业后当了乡干，在昔日大运河流经的地方挥洒青春热血。目睹了宿州这个运河古城的沧桑巨变，见证了宿州发展史上的一个又一个高光时刻！

作者简介：

汪德兰，安徽宿州人。

书房变迁喜迎新

汪乐玲

　　小时候，我们一家三代四口人，常住在十几平方米只有天窗的那座房子里。那是和邻居用木板隔开的一间老屋，勉强放下两张床，放衣服的木箱塞在床下，一张吃饭的小方桌，一个供冬天取暖的火桶。小方桌兼具饭桌、手工平台和书桌功能。记得我入学不久，家人就计划着要给我添置一张书桌，它让我对新书桌有着美好的憧憬。终于，在我五年级那年，家里请来木匠，在新公房里打了一张书桌，一条足够三人并坐的长板凳，全家人喜气洋洋。我和妹妹终于有了书桌，靠左的抽屉是妹妹的，靠右的抽屉属于我，中间是全家公用。我和妹妹在这张书桌上读书、写字、画画，这让我们对于书桌、书房和文化，有了隐约的认知和渴慕。

　　二十世纪八十年代结婚时，先生为迎娶我，准备的大书橱和写字桌，器宇轩昂，占领着新房里最明亮的靠窗地盘。这多么令我欢喜啊！这是盛放我梦想和精神家园的平台，有了这安逸的一角，下班后经常是关闭一切喧哗，静静品读。读我们的两地书，读名著，写文字，那是我最惬意的享受。1982年深秋，先生和我同在这个书桌上复习参考试，结果双双过线。当年，成为我们单位里茶余饭后的"风云人物"。

　　三十岁那年，我们举家从政府会议室的临时过渡房，搬到了政府宿舍。宽大的门窗，高高的天花板，三室一厅，有厨有卫有围墙，光滑发亮的水泥院，让我欣喜欲狂。我又添置了一个书橱，和原先的配成一对。添置了组合办公桌椅、三人沙发、落地灯、音响、淡雅厚实的窗帘……小书屋还增设了报刊架，订了数份报刊，这些文

新绿

字忠实地滋润着我们全家。我和先生在这间"乐玲书屋"里，先后摆放上日思梦想的大专自学文凭，儿子在书屋里温习功课写作业，数次领回比赛奖品，从这里起航，以遥遥领先的成绩，成功考入南陵一中。后来，因为城镇路路通发展需要，我们所居住的宿舍，改为国道。对喜好读书的我而言，看着一箱箱打捆的书籍，憋屈的堆放在床肚下，鼻子是酸酸的，眼睛是涩涩的。至此，我又开始做书房梦，思念伴随我们全家成长的小书房，我在四季的风景里，等待着她的归期。似乎于谦的"书卷多情似故人，晨昏忧乐每相亲"，就是帮我量身定制的，是代我阐发对书的那份倾心，那份爱恋。

二十世纪九十年代末，先生调到县城工作，便用公积金贷款，买了一套一百多平、三室两厅的二楼房子，冬暖夏凉、南北通透，阳台超级大。我毫不犹豫地将那间二十平方米的主卧室做了书房。和窗户成直角的那方墙，用相似色免漆板，做了一个和一方墙一样大的书柜，与先前的两个书橱遥相呼应，中间地带靠近窗口的地方，是宽大的电脑桌。电脑旁还摆放了一盆紫砂花钵文竹，缭绕如雾，蓊郁如梦。唯一一面空白墙上，悬挂着一幅梅花图，用笔遒劲洒脱。下方是一个小棋桌，父子俩一有空就排兵布阵，对杀一番。儿子从温馨清雅的"乐玲书屋"，华丽一个大转身，飞身跃入西子湖畔的大学课堂，接受高等教育，成为浙江大学的莘莘学子之一，今年还是杭州十大杰出青年候选人呢。

为配合改善城市居住环境建设，把旧街坊改造成完整的居住区域，接纳高级生活配套设施，二〇一二年，我那不满九岁的三居室，又面临拆迁，最舍不得的依然是我的书房。生活在租住的房子里，心里一直空落落的，总觉得缺少了书房，貌似家园也不完整了。过去，在外累了，回来可以在"一钩玄月天如洗"的静夜，坐在书房里，泡一杯香茗，或持书低咏，吹吹唐时的风，淋淋宋时的雨，或听听秦汉时期的音乐，有时候在日记里，洒下应景开花的墨。现在，住在出租房里，一行行字实在难以品出心灵相通的味道！先生见我如此伤怀，安慰我：旧的不去新的不来，要随遇而安。只要愉悦阅读，哪里都是书房。思念成疾，漫长的等待岁月里，我真的得了相思病，接二连三求医解惑，险些病入膏肓。思来想去，应该就是缺少书房里的那种养分和美妙。还好，在那个最美的春天，我们再次拥有了新房，当然包括新书房。书魂与灵魂相守，成全了我今生文字与生命最美的眷恋，在春风里，晕开了我幸福的笑意。

怀着一颗感恩的心，我精心策划着书房的每一个细节，我一再要求木工，在"4·23"这天将书柜打好，用诚心迎接"世界读书日"。希望我的虔诚能感动多情的故人，不论何时都开卷有益，不论何地都下笔有神。我在书柜旁安放一个多层花架，种下一盆盆绿萝，让绿油油的枝叶婆娑而下，让风儿与绿叶缠绵呢喃。抚摸这些可爱的书，这些可爱的文字，能感受到我的心情是多么轻松，心灵是多么的舒展。每一次在书房与文字邂逅，总觉得花儿都绽放得格外精致，就像每一次书房的变迁，恰似恋人小别，储存着满满的幸福。

映衬着满屋的生机勃勃，书房里摆满我几十年来收藏的书籍、字画，最抢眼的部位，放上我退休后走上老年大学讲台的大红聘书。当然，不会忘记摆放我在全国大赛上获得的葫芦丝奖杯、证书、优秀指导教师证书。就这样贪婪的将我以及我们全家的收获，种在书房的每一个显眼的位置，用累累硕果守望着我们的书房。

古罗马政治家西塞罗说："没有书的房间就是没有灵魂的躯壳"。常聚我书房的好友，如我一样，不仅能感受到书房那温馨淡雅的书卷气息，更能接受到足够支撑内心强大的灵魂力量。变迁后的书房，正以一朵花开的姿态，摇曳着爱的馨香，助我提笔是天长，落笔是地久。将我们相遇相知的故事，绘成祝福祖国最美的篇章。

作者简介：

汪乐玲，女，1960年生，安徽省作家协会会员，作品散见于国内报刊，有多篇作品获奖。

童趣悠悠

汪志良

对镜何须嗟白发，挥毫犹自拾童年。不知始于何时，每当我静坐露台，沐浴着缕缕星辉放飞思绪时，眼前总是会浮现出儿时的一帧帧画幅，悠悠童趣便疏松着日渐板结的心田……童年里的欢歌笑语，童年里的劳作经历，每一次忆起，心里都是暖暖的。童年，是一条潺潺清澈的小溪，在我的心田里轻轻地流淌；童年，是一杯浓浓的香茶，暖暖地焐热我的心窝窝……

榆钱儿粑

我家门前有一条清凌凌的小河，叫"东山河"。河边有一棵老榆树。这棵树有两个人合抱那么粗，枯黄的主干上分出两个树丫，长得枝繁叶茂，直撑云天，如两把并列的大伞笼罩着那段小河和周遭。每年春天，墨灰色的老榆树上渐渐冒出了新芽。忽如一夜换新颜，老榆树一身绿装在小河边秀着自己的袅娜和娉婷。不知不觉中，老榆树上又结满了密麻麻的榆钱儿。指甲大的嫩绿色的榆钱儿，成扁圆的形状，像极了古代用的铜钱。一撮撮一缕缕地挤满了树枝，在风中悠悠地晃荡着。风中弥漫着花香。

榆钱儿可是我们小时候最爱吃、最廉价的零食了。撸一把塞在嘴里，那味道甜滋滋的，甜味儿顺着舌尖的味蕾传遍周身。我经常麻利地爬到老榆上，坐在一根粗壮的树枝上，双脚耷拉下来随树枝的晃动节奏惬意地摆动着，一只手不停地撸下榆钱儿放进盆中，等装得盆满钵满时，我就从树上溜下来，把榆钱儿端回家中，让奶奶给我们做榆钱儿粑。

奶奶把榆钱儿择洗干净，放在盆子里，舀出两种面粉（玉米面粉和麦子面粉）。榆钱儿和面粉各一半，用温水和面，搅拌均匀了，用白布盖住瓦钵发酵一夜。第二天奶奶就早早起来蒸榆钱儿粑了。每次奶奶一揭锅盖，我和弟弟们就围上来，迫不及待地伸手，也不怕滚烫的粑烫手。奶奶做的榆钱儿粑最好吃。如今，奶奶早已去世了，老榆树也因开发而不复存在了。榆钱儿粑成了我小时一段难忘的回忆，连同奶奶的慈爱，一起珍藏在我的内心深处，至今不忘。

搞鱼

东山河从我家前面流入衙前河。衙前河是岳西的母亲河，一年四季水长流，河水很清澈，河边有水草，河底的鹅卵石光滑美丽。盛夏的时候，我总是喜欢带着弟弟和几个小伙伴到河里去洗澡、抓鱼。

衙前河的下游是毛尖山水库。每逢下大雨河里涨洪水，水库里的鱼儿就逆水而上，洪水一退，大大小小的鱼儿，或在水底畅游，或在水潭里歇息。我们自小就在河边长大，在水里泡久了，无师自通学会了游泳，来到衙前河，一个个就像泥鳅一样钻进水里，在水里和几个小伙伴们泼水、打水仗。除了戏水，我们还"砸鱼""鞭鱼"和"捞鱼"。"砸鱼"就是估摸着某一个石头下有鱼，我们就端起一块石头，用力"砸"去，把鱼震昏，泛出水面；"鞭鱼"，就是用一根一米左右长的钢丝，对着游弋的鱼群，猛力一抽，立马就有一条鱼儿泛出水面。我最喜欢的还是捞鱼。

我将捞鱼的筲箕（捞鱼的一种篾器）放到石头或草窠下边，一只手快速地从上边往下面来回掏，只要看到有鱼虾进去了，就立刻提起筲箕，看到筲箕里跳来跳去的战利品，我们乐开了花。我把鱼虾倒进装有水的提桶里，看着小桶里的鱼虾，拎提桶就成了小伙伴们的抢手活。捞鱼也会经常放空，但带着希望等待的感觉也是美滋滋的。我们每次下河砸鱼、鞭鱼都没有捞鱼多，提桶里的鱼多了，我们就上岸。河边的草坪上开满了黄的、红的、粉的野花，在微风的吹拂下轻轻地摆动，散发着一缕缕淡雅的芳香。我摘下各种颜色的野花，编织成美丽的花环带在头上。弟弟们也学着我的样子做出各种小草帽，戴在头上，成为一道靓丽的风景线。提桶里也撒满了各色野花，和鱼儿一起，拎回家里。

除了"砸鱼""鞭鱼"和"捞鱼"，我们偶尔也学大人钓鱼。我把奶奶的缝衣针烧红弯成鱼钩，把奶奶缝衣的线做渔线，用鸡毛杆子剪成一段一段做浮子，用小竹竿做鱼竿。一切准备工作完成后，就带领一班小伙伴去地里挖蚯蚓，把挖到的蚯蚓装到一个玻璃瓶子里，来到衙前河边。我把蚯蚓穿到鱼线的铁钩上，使劲把渔线甩向河里，然后把鱼竿递给弟弟，告诉他们不要出声，看着鱼浮子，只要鱼浮子有稍微的抖动，就有鱼上钩了，就用力拉起鱼竿。一条鲜活乱蹦的鱼儿，就在空中"跳舞"。炎夏时节，太阳当头照的晌午，我和弟弟们都做个草帽遮阳。"蓬头稚子学垂纶，侧坐莓苔草映身。路人借问遥招手，怕得鱼惊不应人。"我们虽然好闹好动，但钓起鱼来却都是全神贯注的。只要鱼竿一甩进河里，我们就都安静下来了，整个河流都安静了，只有风轻轻地吹着河面，泛着微小的粼粼的波光。

五彩缤纷的童年是一幅幅美丽的画卷。童年的趣事多，说不完。这些童年趣事，每次忆起来，总是那么温馨、那么难忘、那么珍贵。正是这些打上了"年少不更事"印记的悠悠童趣，汇成了一条潺潺流淌的河流，经久不息地在我的心田里流淌、流淌……童年是我人生中最宝贵的时光、最珍贵的财富！

作者简介：

汪志良，安徽岳西人，安徽省作家协会会员，安庆市作家协会会员，岳西县作家协会理事，创作发表了散文、小说、诗歌百余篇。

敬畏婚姻

王　芳

如果说，婚姻是一棵大树，情感就是根须；

如果说，婚姻是一幢大厦，情感就是地基；

如果说，婚姻是一艘轮船，情感就是舵盘；

……

《圣经》有言：人要离开父母，与妻子联合，二人成为一体。"离开"不是抛弃，也不是要迁居到离父母很远的地方，而是独立，在心理上、情感上、认识上，不再依赖父母。"人"字的一撇一捺，意味着一男一女相互支撑，因此才有了婚姻，有了婚姻，才有了人类的繁衍。

婚姻不只是两个人的结合，更是两个家庭，甚至两个家族的联盟。一旦有了孩子，那就是三代人的恩情，此时的婚姻在爱情的基础上，又添加了亲情与恩情。婚姻也更加神圣，不可亵渎、不可草率，更不可游戏。

曾经在抖音平台看到这样一段视频：

某民政局门口，一个 30 岁左右的男人，刚出来就迫不及待地与等在门口的一位年轻女人手挽手，肩并肩，喜笑颜开地往前走。男人丝毫不顾及后面仅有几米之隔的前妻和半人高的儿子。前妻泪眼蒙眬，儿子茫然地看看妈妈，又望望远走的爸爸。

还有一次，去超市的路上，一家洗浴中心门口，人群簇拥，本就不喜欢热闹，也不想挤上去看。只听到有人说，真丢人！小三被原配带着儿女当众扒光衣服。多让人大跌眼镜啊！

作为成年人，对于异性，要收敛泛滥的爱心，一次的迷失，可能导致一生的遗憾，婚变背后，到底谁是受害者？谁是受益者？婚姻要么双赢，要么俱损，不存在输赢。婚外恋就是一把双刃剑，只要亮剑，必定两败俱伤。

再来看一个孩子，周五放学后在路上徘徊，天黑了也不回家，警察一问便知，孩子的父母在半年前离婚了，妈妈改嫁，爸爸另娶，他和爷爷奶奶生活在一起，平时吃住在校，最近爷爷生病住院，奶奶在照顾。一个十一二岁的孩子，花儿一样的年龄，本该无忧无虑地开放，他却像浮萍，无家可归。

著名作家、翻译家杨绛曾经说过："我不出轨，不仅仅是为了忠于老公，更是为了忠于自己的教养和婚姻，是为了给自己的孩子一个正确的三观，不让生我的人和我生的人抬不起头。"如果每个人都能扛住责任，信守承诺，敬畏婚姻，家庭关系一定会更加和谐。

婚姻不是棋盘，不必勾心斗角；婚姻更不是战场，不必刀光剑影。婚姻就是一条船，唯有小心驾驶，才能乘风破浪，平安抵达彼岸。只要守护好一砖一瓦，枪林弹雨也不会击破婚姻这座自建的城堡。

我和老公已经结婚 22 年了，在中国婚龄纪念坐标上，定位介于瓷婚（20 年）和银婚（25 年）之间。面对打磨的光滑无瑕的瓷器，再精心呵护一下，不让其跌破，很快就会变成银婚，让婚姻更有恒久价值。

就在前不久的情人节，我收到了一份特殊的礼物，是儿子送的，花了 300 元。老公也有一份，我的是一条带钥匙的项链，老公的是一串带锁的手链，只有用我的项链上的钥匙，才能打开他的手链。

这份礼物，我和老公都很喜欢，第一时间就迫不及待地佩戴了。礼物的含义不言而喻，儿子对婚姻的态度也令人欣慰。

记得，有一次，我和老公闹矛盾，当时儿子还很小，我问他，如果我和你爸离婚了，你愿意跟谁？他眼圈红红地反问我，你们不能不离婚吗？儿子稚嫩的小脸一直在我脑海浮浮沉沉……

婚姻这趟长途列车，哪能都是一路坦途呢？高山低谷、泥泞沼泽，在所难免，路况与天气的变化都是对列车和驾驶员的必考。婚姻本身是一种敬畏，敬畏家，敬畏爱，敬畏爱人。

事业没有高低，爱情也没有贵贱。夫妻犹如两根船桨，缺一不可。两个人的晚年总比一个人的孤单要好得多。两个人一起经历风风雨雨，磕磕绊绊，停船靠岸的那一刻，还能守护在彼此身边，就是莫大的幸福。愿天下伴侣们合二为一，携手走得更稳更远更扎实。不为别的，就为那一份亲情！

敬畏婚姻，善待枕边人……

作者简介：

王芳，安徽蒙城乡村教师，安徽省作协会员。

青春的翅膀

王光实

  九月的清晨，枫叶还是绿的。当初升的太阳洒下第一缕阳光，它便慢慢地探出头来，张开灿烂的笑脸。为方便群众，节约上班时间，五年一次的社区选举在各居民集中点依次展开。三津巷选举小组在附近居民点搬来凳子，借来桌子，放上投票箱，在路边支起选举宣传标牌。按照分工负责，她们留下三人守护现场，主持指导到场群众如何进行投票选举工作，其余2个分组人员分散到各个巷头居民户，叫人来参加选举。

  我和妻子买菜从街道回家，走在半路上便见有两个穿着红背心的姑娘朝我迎面走来，她们二人差不多高的个子，后面那个年龄较大，走路慢腾腾的。前面的是个小姑娘，看样子只有20岁年纪，走路脚底生风。我定睛一看，这姑娘白皙的脸蛋，淡淡的眉毛，大大的眼睛却把她的内心世界展露的阳光一片，小鼻子小嘴也显得极为标致，一尾到顶的马尾辫更增添了几分灵活。玲珑的姿态，优雅的外形，略带一丝羞涩的谈吐，让人看了不禁心生爱怜。这分明是一朵茉莉花，洁白无瑕，芬芳扑鼻。

  "师傅，请问你是这里的居民吗？"

  "是的。"

  "你家住在那里？"

  "我家在巷子左边169号。"

  "我们社区今天在此举行投票选举，您去那边投个票。"说着，就继续向前边走去，巷子拐弯处留下一串银铃般的笑声。我走到前面三津巷选举点投了票，站在四方饯牌面前一看，这里有一个社区工作者的年龄与她相配。上面写着胡立秋，1997 年出生，民政工作岗。从此这个青春靓丽的姑娘名字便存入了我头脑中的文学原形。

我喜欢清闲，退休后的活动，除了走路或上街买菜，一般都是在家中练练书法，写写字。社区离我家四里路，平时无事我们都不去。转眼两年过去，2019 年的一天，微信上发来信息，通知我去开会，我们刚坐下一会儿，突然看见一个黑脸皮肤的小姑娘，拎着暖水瓶进入会议室。

我仔细地端详着那位倒茶的姑娘，只见她上身穿一件青色牛仔布工装，下身穿一条灰色裤子，脚上穿着黑色白底运动鞋，黑里透红的脸上带着羞涩的微笑，淡淡的眉毛下一双明亮的大眼睛不停地扫视着屋里的一切。她看看我们，我们看看她，似曾相识又不相识，我抓着头皮，竟一时想不起在哪里见过？

"这个姑娘是新来的吗？"坐在旁边的支部书记问道。

"不是的，是前年来的胡立秋姑娘。"社区主任回答说。

"怎么脸变得这么黑呀？"

"去年下半年以来，她参加抗洪抢险，支援灾区重建，清淤泥、挖沟渠，走村串户搞统计，日头晒的嘛。"哦，我记起来了，就是前年那个我存入头脑中的文学底稿原形胡立秋。

2022 年 9 月，因新冠肺炎疫情防控形势复杂，我和家人邻居一起到城区滨河常态化核酸采样点参加免费核酸检测。到了检查点小房窗口外面，看到一个小姑娘在做测体温工作，并且提醒检测者准备好检测码。那个小姑娘的装扮，头戴蓝色塑料防护帽，还有蓝色口罩，笑容可掬，虽然她戴着口罩，看不清她全部的样子，但是就凭她露出的这一双迷人大眼睛，就已经让看到她的人浮想联翩了。我对邻居说："那个大眼睛的，是我们社区的胡立秋吧？"她们说："是的，是的！"乖乖，又是碰到了那个我头脑中的文学原形胡立秋。

12 月 22 日，我又应邀去社区开会。只见社区广场红旗招展，大幅主题标语写着"向胡立秋同志学习！"参加会议的有许多不熟悉的面孔，大概是县里有关职能部门的人员以及其他社区工作人员。会议由幸福街道党工委书记主持，由县宣传部的副部长宣读了胡立秋同志的先进事迹，进行了表扬和嘉奖。并呼吁社会、号召各社区全体工作人员和人民群众，都要学习她舍己救人的崇高品德和奋不顾身的英雄主义精神，向社会传播正能量，弘扬中华民族传统美德！

哟，真想不到，几个月不见，这小姑娘还成了一个英雄人物，是真的吗？其社区主任向我们介绍了事情的经过。

2022 年 11 月下旬，虽然已是冬月，但这一年情况反常，天气不冷，还有点小热。周末，胡立秋在家干活，忽然，不远处传来"快救人啊，有人掉水了"的呼救声！正在小区附近的胡立秋赶忙放下手里的工作，朝着呼救声跑去，只见河里有个孩子在挣扎着。当时胡立秋没有多想，情急之下，并不很会游泳的她，毫不犹豫地纵身跳入冰凉的水中，向漂浮的小孩游去。由于水底都是泥沙，她用尽全身力气才将小孩抓住，并托住小孩的头，以免孩子再次呛水，慢慢往岸边靠近。将孩子营救上岸后，孩子基本没有了知觉和呼吸，她迅速进行人工呼吸，倒挂呛水，几经抢救，终于从死神手里夺回了一条鲜活的生命。

胡立秋勇救落水儿童的感人事迹，深深地打动了当地人们的心灵，社区的同事们都向她投来敬佩的目光。社区党委把她的见义勇为事迹，向上级进行了汇报。被救的孩子家长得知事情经过后，向胡立秋同志表示衷心的感谢，并送来了锦旗表达心意。见义勇为的举动，充分体现了当代年轻人的风范，同时也体现了一名社区工作人员应有的优秀品德。

就在今年 3 月，当新的一年社区工作人员调整时，经群众推选，上级批准，她被增选为社区副主任，党总支副书记。

作者简介：

王光实，安徽绩溪人。安徽省作家协会会员，安徽省诗词学会会员。已出版回忆录图书一部。有诗歌、散文发表于《铁军杂志》《经典美文》《广东文学》《大渡河杂志》《敬亭山诗词》《宣城散文》《云岭千秋》等各级报刊及省内外图书等网络媒体，偶有获奖。

一条大河波浪宽

王　红

　　那时候我还小，时常看见的画卷，是高高大大的父亲挑着水桶，一跳一跃地走向郎川河畔，他肩头上方那枚蹦跳的夕阳，温暖成一水的金色。多年后以我的梦境里，依然是一条能让我迎风舞动的绸带，是成天碧清碧清的瓦蓝瓦蓝的，盛满了一波波驿动着浪花的粼粼波光。

　　如此清澈的碧波，父亲您为什么要撒入那些粉末状的明矾？更何况哪一回回，岸边的我不都为之心动？颤抖的小手掬起水花花，一气喝个清爽甘甜？

　　我想问父亲一声。父亲的眉头紧锁，一如窗外阴云密布的梅雨天。

　　那雨如布，一连多天抖落个不停，动辄织得紧梆梆的，乌云一卷卷碾过，看不穿的那种厚重，一颗颗阴沉的头颅哪能撑得起来？狗儿猫儿张大着嘴，衔着人的裤管没完没了地拉扯，急促促地哈气。眼帘里塞满的，是那些拖板车的，咣咣当当堆满物件家什，就这么东边往西边拖，西边又往北边去，天地之间闷透了，乱糟糟一片……

　　郎川河发疯了，一次次嘶吼着，张开咆哮的牙齿，咬合着圩埂。

　　只有我们的父亲决意留下断后，单枪匹马舍我其谁！置之死地而后生！！

　　沙哑的声音，父亲的嗓子眼早就呛出血丝了吧？一再催促母亲快走，带着姐姐与我，还有年幼的小侄儿赶紧离开。那些银幕上出现的战争场面，强敌压境、掩护战友转移的情景，怎么活生生地发

新绿

生在我们家里？母亲嘴上心说不慌，可是面色苍凉成了白纸。夫妻相濡以沫这么些年，九头牛拉不回头的执拗，天塌下来也是他那样的汉子爷们顶着。

一抹眼泪，匆忙中免不了的慌乱，卷起一抱衣物，母亲拖拽着我们落荒而逃。身后的家园，泪水和着雨水，还有一声声祈祷与呼唤，留给了父亲。

那一声声呼唤，父亲听得见吗？我却听得真切，一别经年。母亲哦，您离开我们了吗？可是我分明看见您蹲在郎川河畔，棒槌飞舞捶洗衣衫被褥，一声声回应着晚霞邀来明月。郎川河羞涩得温驯开来，随波逐流的映照音冲洗的那一张张底片：金色的是晚霞，银色的是月华。

被岁月显影的那个女人，美得像一幅幅画。

从画里飘逸而出的女人，哪里想过河水一夜之间翻脸无情？举家落难投奔亲友那天，顺着菜园子旁边的小路，几个人一身水滴……谁想到呢，低洼处的表姨家，早就泡在水中，临时与家人寄居在半山腰的小学校里。雨与风一路抖擞飙歌，一声呼唤虽是呜咽，两个女人抱得紧了，一时被风雨大幕卷成两株凋零，直到坐实了那张由课桌拼凑的临时小床，编织的是一串串的泪。

屋里屋外的泪，哪怕以后这老天姓了雨，该过的日子还要继续。

"姐，好歹对付两口，遭了灾，哭也哭不来的。"

"好咧！"母亲声音大了。那些天来，这是我难得听到母亲不再压抑的声音。许是油油的目光沐浴着我们，让她想到了自己是一位母亲。即使颠沛流离，哪怕寄人篱下，瘦骨嶙峋的怀抱那也是孩子们的家啊。那些天，表姨的热情笼罩着我们，母亲情绪晴朗的片刻，有关水情的变化时不时地胆战心惊，那个望不穿的远方，似乎独守家园父亲，让她一伸手就能搀扶一把。

安顿好孩子，母亲执意返回浸泡于洪水中的家园，她担心起了父亲。看着母亲匆匆远去，眼帘里怎么有了鸟窝的幻影，安稳于凄风苦雨的树桠丛中？一只大鸟刚刚衔回一星吃食，另一只大鸟剪开雨幕嘶哑飞去。两只大鸟偶有相逢的当儿，也只是半空里抖几下翅膀打个招呼——毕竟，风雨飘摇的鸟窝里，我们几个孩子没了饥寒交迫之忧，哪里想过父母呵护孩子的不易？

青春的父亲每逢出差回来，总要扯块布料相赠母亲。一块从大上海带回的淡绿色的确良布料，成了一件短袖衬衫，本是清秀白净的临时工，瘦弱单薄的这么一身淡绿，怎么就激活了一个县城的春天？任凭烈日炎炎之下伐树锯木的艰苦，那种重劳力都支撑不了苦力活，一顶草帽一条毛巾，一袋干粮一壶水，还有这个女人一脸的灿烂绽放了那么多年。父亲常年出差在外，母亲多在工地讨生活，住在农具厂职工宿舍的那些日子，我们兄妹几个躲在人家窗户下面，只是想闻一回红烧肉的香味。直到有天，哥哥吼出了一句"我要是挣了钱，就斩一刀子肉，一家人吃个饱"之后，我们笑得眼泪流成了河。等到父亲归来，那些零食和小图书，母亲赶紧分享给邻家小孩，开怀的笑声飞向远方，如一波波清澈的郎川河水，滋润着广袤的原野。

也就在这时，邻居家纷纷开了门窗，恭迎清凌凌的郎川河水涌起的美的歌声。谁不想自家门前免费听一场小曲？何况还是羽化成仙的母亲天宫下凡，三尺灶台相伴越剧黄梅戏，花好月圆的戏文乘风破浪……直到哥哥当兵离家的那个春节，一向柔软无骨的母亲，让我们理解了那些艰难的日子，一个女人顶天立地的不易。

新兵连三个月训练，哥哥家信诉苦，父亲心情就郁闷。腊月二十七开油锅炸圆子，父亲一手抄勺一手抹泪，没承想母亲一顿数落，"二十来岁的大小伙子，吃点苦，要啥紧？部队就是锻炼人的地方，惯子不孝，肥田收瘪稻！"熬过了漫长思念，哥哥探亲回家健硕挺拔。自己洗的衣服，一件件晾晒不亦乐乎；一大早起床，被子叠成豆腐块。

跟前跟后地看，这是我的哥哥吗？怎么换了个人似的啊？父亲还是不放心，"新兵连训练吃了不少苦吧？"哥哥一脸风轻云淡，感激的目光望着一旁忙碌的母亲：还是妈妈信上说得对，男儿在外不思乡，自强自立真丈夫！

是啊，郎川河畔迎风长成的筋骨，不经风雨怎见彩虹？只是风雨依旧人生易老，而当父亲远行的那天成了现实，撕心裂肺的哭泣，流成了奔涌的河。

新绿

天啦，我们的母亲才 57 岁，依然白净清秀的女人，父亲您怎么说走就走？当年，您答应迎娶窈窕淑女的母亲，不是海誓山盟过，比翼双飞白头偕老？

父亲的灵堂内，泪水之河呜咽一地。只是母亲平静得换了个人似的，眼睛红红的硬是憋回了泪水。母亲默默地抚摸盖着父亲遗体的被褥，这里扯扯拉直，那里抚抚平展。机械重复的那双玉手，化作郎川的波涛，轻轻地拍打，来回地抚摸，伴随着身边亲人们的哭唱的挽歌。

终于，到了父亲入土为安的时候。母亲的手抖得厉害，万顷碧波从母亲的心中涌出，流淌成了那双颤抖的手，一时间乱石穿空惊涛拍岸卷起千堆雪，纸钱喷出的火苗，聆听着母亲说不完的心语，直到灰飞烟灭的那一刻，我们清晰地看到了母亲再也抑制不住的泪水，一颗颗跌进了一江东去的郎川河。

没完没了的梦境里，还在郎川河畔洗涤的女子，动作渐渐地有了年迈似的笨拙。一床被单撒向河面的动作，往日的洋洋洒洒萎缩成如今的小心翼翼，痴心不改的是那些斑斓的肥皂泡飘在河面，闪烁着五颜六色的眼睛，像是远在天国的父亲一路陪伴，眨着一个个的爱情密码：阳光下的河面叠印的倒影成双，星空下的水边回荡的脚步成对。

父亲啊，你可知道女儿一回回梦境之痛？真的好怕，想都不敢想的那种后怕，是那种不知痛在哪里的恐惧：会不会有那么一天，这个抵不过岁月侵蚀的女人，化作郎川河的浪花一朵，融进远行的波涛之间，再也寻觅不见？

可我就是不想承认。尽管我们的父亲母亲，早已化作上天偎依的一对星辰。只是心里好想好想啊，那一个个如流水的日子深入梦境不再醒来，有着这么一条波浪宽宽的郎川河做伴，父母亲啊，想必你们怎么舍得远行天国，丢下泪飞如雨凝聚成河的我们？

作者简介：

王红，安徽宣城郎溪县人，安徽省作家协会新会员，宣城市作家协会会员，喜爱文字，流连其中，文字见报《检察日报》《中华文学》《年味》丛书以及《宣城日报》副刊、中国作家网、百度平台等微刊。

乌白菜的相守

王建业

还记得当年刚来到淮南的那个冬天，在淮河岸边的农家耕作的土地上，眼前一垄垄的菜地，一团团、一簇簇的菜，似乎有些眼熟却叫不出名字。其墨绿的叶子围拢的菜心却呈现黄色，像朵朵盛开的菊花。后从老农口里得知，其名乌白菜，也有个好听的名字"黄心乌"。

"拨雪挑来踏地菘，味如蜜藕更肥浓。"田园诗人范成大的诗句，所描写的便是踏地菘就是乌白菜。与其他春生秋收的蔬菜不同，它的命在秋冬，给淮河漫长寒冷的冬日添了一抹亮色。

小时候在北方长大，那时北方的冬天冷，也没有蔬菜大棚，见不到绿菜。大白菜、土豆、萝卜是北方冬季常用菜。家里的菜窖也贮藏着许多白菜，门口的花园中挖一个深深的地窖，类似一口井的大小，冬天会把白菜、萝卜、葱等蔬菜放进去，上面再盖上草帘子，窖口放着厚厚的木板，上面堆上土。小时候，就觉得很新鲜，每每到贮存冬菜的时候，就异常兴奋。幼年和邻家的小孩捉迷藏，偷偷藏到地窖，父母找寻不见。比起北方的白菜而言，淮河的乌白菜，虽只有一字之差，但其样貌与味道都与白菜大不相同。

今年冬天我和几名同事前往淮南农科所拜访了九三学社的老社员。两位老人已将近 80 岁，生活清贫，住在低洼的平房当中，下大雨的时候，常常会屋外大雨，屋内小雨，雨水倒灌进家也是常事。两位老人作为农科所的研究人员，在农科所工作了近 40 年，从一个毛头小子的学生到如今的古稀之年，一直也在为淮南的菜篮子以及果盘子努力着！他们一直在做的课题就是淮南乌白菜种苗的高产，以及抵抗病虫害和提高适口感的研究。作为淮南的一个有名的蔬菜品种，要保持有两个种苗基因得以传承发展，也是一件非常不容易的事，更何况要成为我们淮南一个地理标志品种。

站在两位老人的小院中，朴实的生活，但却更有生活的坚守，有力量的表达。老人不仅自己在努力，姑娘和女婿也在农科所工作。两边高楼林立，农科所落寞地守着几块试验田，为了增加一点收益，有几个大棚租给了花木店，养殖了一些花花草草。"这几年效益不好，年轻人也留不住，但这几个试验田砸锅卖铁也要保住。"这里是淮南的农作物种植基地，那里有各种品类的乌白菜。要减少病虫害、让人们口感更佳、减少丝状物……种种的说法，从他们的眼中，我读懂了坚持。"我们要育好种，给淮南把乌白菜保护好。"此刻我才真正懂得了，不仅仅是水土的原因，还有我们的科研人员的坚持，这才是我们乌白菜品牌得以成就的招牌。

在淮南的冬季里，别的城市想吃到绿色蔬菜，只能借助于大棚，进行反季种植或者通过物流来获取不是你所处的城市味道。当真正意义上，湿冷的冬季，田间地头却到处可以看到他的身影。立春之后，随着天气转暖，他就消失了。此刻你才会领略到"走千走万，不如淮河两岸"的典故。南北分界线的淮河，一方面桀骜不驯，另一方面却又温柔可人，乌白菜就是他的一个作品。每到冬天，人们经常快递的也有乌白菜，淮南人的饭桌上通常会有乌白菜这道菜。过年的时候，我也常常行装之外，会带上乌白菜，或飞机、或高铁。家人、朋友也常常揶揄我大包小包地拎着几兜子乌白菜挤出长途的火车。可他们哪里知道，这是我希望他们尝尝淮南的味道，一种独有的食色鲜香。乌白菜，跨越了淮河，搭载上了去远方的列车，在其他地方生根发芽。

我想自己的乌白菜情结，或许就是钦佩他不畏严寒、不讲条件，在肃杀的冬天，保持了自己的特色，用自己的绿意去打动人们，永远不要放弃对希望的追寻。乌白菜在植物介绍中这样表达：耐寒，在南方能直接露地越冬，经过霜雪后，其口感更鲜甜，能够耐受−10℃左右的低温，在冰雪和冰冻覆盖下不仅能够存活，而且茎叶组织能够保持完好，品质不受低温霜冻影响。在料峭的冬天，别的蔬菜都寻不见了，只有绿格莹莹的乌白菜，绿得让人心发慌，绿得让人恍惚……我想这可能就是乌白菜的品格，凌寒独自守，绿意满地头。

我曾在上海见到，见别的地方都是"乡吾宁"的上海人对他也是眼热得很，金贵得把乌白菜论颗卖，直教人忍俊不禁。想想当年鲁迅先生也有此遭遇，在自己的文章中曾经对白菜发出过感慨，大抵听来是一种自虐。"大概是物以稀为贵罢，北方的白菜运往浙江，便用红头绳系住菜根，倒挂在水果店头，尊为'胶白'。"鲁迅先生在其散文名作《藤野先生》中对胶州大白菜有着这样的赞誉。

行走祖国天南地北的淮南人，深冬季节不管你是在冰雪皑皑的北国，还是湿冷的江南，一碗乌白菜炖豆腐，都或许可以慰藉游子的乡愁。"村南村北梧桐树，山后山前乌菜花。莫向杜鹃啼处宿，楚乡寒食客思家。"乌白菜也许就是淮南人的精神写照，低调内敛，耐得寂寞的表达。

马上就是新年了，乌白菜都进入年饭的时刻。立春过后，它就变幻成了漫山遍野油菜花。戏谑做个对联，百菜还是乌白菜，无肉却有豆腐香。横批：出入平安。取白菜豆腐保平安之意，我们淮南的乌白菜配上八公山的豆腐，加以高汤秘制，就会让人回味悠长。

作者简介：

王建业，男，汉族，九三学社社员，高级工程师，安徽省作协会员，曾任大同市作协会员、淮南市作协会员。散文集《南行北走》收录个人作品90余篇，累计23万余字。作品《风雨寿唐关》《九龙岗的记忆》荣获淮南历史文化撷英大型征文一等奖。

花　事

王　玲

1

晚饭后散步，忽闻暗香。

不由停步，细品，是梅花无疑。

循香移步，看见竹丛间的星星点点，是一株白梅。

上空无月，心中却有，当得上"暗香浮动月黄昏"。次日傍晚故地重寻，昨夜之梅，沐浴晚霞之下，晶莹剔透朵朵，花蕊透亮根根，水晶雕刻般清香幽幽⋯⋯俏生生立于一池清浅之畔，如伊人在水一方。

蓦地想起父亲。他若在身边，会用什么的词汇来摹写这株白梅？他一定会睁大眼睛，满眼惊喜的。高大阳刚的父亲酷爱种花，即使出差在外，回家时的父亲，总也忘不了花事一场。

2

父亲带回来的，满村披金的花儿，点点金色掩映在一片葱茏绿意中，一阵风过，叶动金颤。是枇杷，傲然于一幅幅名家的国画：一方极柔软的宣纸，盛开着一支遒劲的枝，墨色枝头举着几枚金黄色的枇杷。

这是花吗？

你看是不是？

是，又好像不是。到底是不是？

父亲笑了，说：枇杷如花。这是他好友的作品，里面的金色花，是粒粒枇杷。

鸦鹊声欢人不会，枇杷一树十分黄。

长是江南逢此日，满林烟雨熟枇杷。

枇杷黄，烟雨幽幽，成了我幼年的心灵水墨画。

3

好雨知时节，夜来风雨声。吹面不寒的，看那杏花嫩生生地探出小巧的身子，还有迫不及待绽放的梨花——想想她们都原谅了没完没了的雨，倒有了一副心胸开阔的样儿。

樱花、海棠、桃花、梨花，还有那油菜花，既然想闹个动静，那就轰轰烈烈繁花似锦好了。

五月，还是来了。红瘦绿肥之余，繁华落尽寂寞。似乎满目葱茏的绿，难得一见鲜艳。还好，远远地一路火苗点燃不谢，那是路边青春炸裂的石榴花。

年年相似的，是不是唤醒我，想起儿时老屋院内的那棵石榴树？

一个傍晚，父亲手里有了根新奇玩意。石榴树？一番的抚摸，手是不能触摸的，是我们一家人柔柔的眼光，直到那株苗儿在小院里安家，还有的是她牵扯着我们的梦。梦里，我们攀比着长高强壮，直到那些天惊喜地看到，一路缀满的火红，老远地拉扯着飞一样的我们。

父亲说，石榴花分雄、雌花，只有雌花才可以结出果孩子。那个期待，又成了梦里的祈福。姗姗来迟的八月，红彤彤的石榴果孩儿，一个个笑得咧开了嘴儿，露出鲜红欲滴红玛瑙般的籽儿。没看几眼，天上的那轮月儿，到了中秋发福的岁数。

父亲啊父亲，一个汉子爷们，怎会有如许闲情诗意？一颗颗精挑细选的大石榴果，摆放在洁白带兰花边的瓷盘，那是初升的日头，还结伴喊来了兄弟伙？母亲也被感染上了，一枚枚月饼装入另一只白瓷盘中，快来看啊，我家的小院里，我们家的石桌，太阳有了，月亮有了，有没有想看星星的？那就晚上来吧。

晚上，说是赏月。哪懂什么赏月？刚上小学的妹妹，放学回家看到五斗橱上盛在白瓷盘里，咧着嘴儿的石榴果，似在含笑逗她。

调皮的妹妹搬来一只凳子站在上面，伸着小手抠石榴缝里的籽儿吃，一边吃一边稚声稚气说，真甜哪。晚饭后，收拾停当，父母端石榴盘时看到咧着嘴儿的石榴果缺失的满口牙，笑道，一定是我们家的石榴太甜了，月亮妹妹偷吃我们家的石榴果啦。一旁的妹妹捂着嘴儿偷偷地笑，笑得比咧着嘴儿的甜蜜石榴果更美，比烤得黄澄澄的苏式月饼更甜。

比这些还有味儿的，是父亲娓娓道来的故事。故事流淌成一汪无波无浪的河，洗涤着石榴果，直到一声声掰开，月光下红玛瑙般的石榴籽儿闪着晶莹的光——一抬头，我们看到了天底下两朵最为温情的花儿，偎依着笑得灿烂，那是我们的父母。他们多么幸福，我们多么幸福，可是，他们怎么就走了呢？留给我们一个个中秋，一年年月亮。

高高的天国上，亲爱的父母，你们能看见我小院的花事吗？这些本是父亲的播种、耕耘以及留给人世间的所有的美好：春季兰花，夏季茉莉花、洗澡花；秋季菊花，四季玫瑰花……还有的，是冬季的雪花，那一定是父亲您亲手折叠的一只只怒放的心花吧？

4

年少时偏爱茉莉花香，茶水里也想着添上几枚。只是茉莉太过畏寒，总也熬不过寒冬，只得年年买年年种了。

去年冬季，茉莉花又没能熬过寒冬。周末上街，见有挑售茉莉花的，欣喜中上前选了一棵。回家种在花盆里，静等小小而精致的白色花朵。刚进院门，幽幽的香气伸出手来，是一种不显山不露水清新脱俗的暗香。虽然有些小不点儿，花期却长，却又不是那种花期一次即了的没长性，而是花期不断。每隔两天便是一次新花期，每次花期虽也只有二三天，却是前期刚过，后期便紧跟上场，花开花落，此起彼伏。

前些年，屋后一户邻居院内，栀子花满树满枝，一种冰清玉洁的质感香气，透过窗纱飘进屋里，一茬接一茬地开，没完没了地勇猛，直到香气吐尽。去年夏初，怎么真的香气吐尽了？原来，隔壁邻居为了多占那么点儿地盘，竟将屋后那条宽不过 50 厘米的巷子偷偷盖了房子，延伸出去的墙体将栀子花香挡了个密不透香，真真可惜了啊。

若是父亲知晓，会怎么说呢？

一叶一菩提，一花一世界。

可不是吗？每每花香弥漫，如同父亲就在眼前，含笑望着我们姐弟妹。有时，眼前忽地又有了母亲的芬芳馨香，以至于梦境里我问父亲，得到的答复令我醒来之时泪洒衣襟：你们的母亲，是天下最美的花妈妈；你和弟弟妹妹，是我们最为疼爱的花儿女。

作者简介：

王玲，安徽省作家协会会员，宣城市作家协会会员，郎溪县作家协会会员，爱好文学，有若干作品发表于国家、省、市报刊、文学平台，获奖若干。

三 和 萃

魏海霞

又收到表弟寄来的快递，年年如此。我打开快递，忍不住感叹，包装更精致了。古朴而雅致的颜色，大方又高雅的设计，"桐城小花"四个字，更显文都的底蕴深厚。

我赶快烧上一壶矿泉水，小心地用镊子钳起几片小花茶，放在玻璃杯中。茶叶在水中沉沉浮浮，蜷缩的身躯渐渐舒展，显出袅娜的模样。颜色也由深绿变为翠绿，本来无色无味的水渐渐转为青绿清香。因冲泡后形似初展的兰花，且自带兰花清香，因而得名"桐城小花"。我轻轻地呷一口，真正是色翠汤清，兰香甜韵，沁人心脾。茶香氤氲中，表弟的一些故事在脑海里联翩而来。

2008 年，表弟参加高考，分数超过本科线好几十分。我舅舅喜笑颜开，让我推荐热门专业，无非是金融、计算机、自动化、汽车、土木工程等等。通知书下来了，却是安徽农业大学的茶学专业。我舅舅拿着棍子撵了表弟几山搭几洼，最后累得气喘吁吁，坐在自家茶地里骂："你这小兔崽子，我面朝黄土背朝天，干了一辈子活，吃了一辈子累，受了一辈子穷，把你供出来，你学什么不好，还要回来捉锄头把子，那么多书都白念了呀！"可木已成舟，任凭我舅舅长吁短叹、软磨硬泡也改变不了。

大学期间表弟表现很突出，专业成绩门门优秀，"优秀学生干部""优秀共青团员""优秀志愿者"等等大红证书一大摞，还光荣地加入了中国共产党。大四时，表弟到市里农业农村局实习时，得到全局上上下下一致好评。表弟问："我们的'小花'茶 1986 年被评为安徽省名茶，1999 年入选《中国名茶志》，可现在发展不如其他的茶啊，我们想什么办法才好呀？"局长拍着他的肩膀说："小伙子，有前途！"我舅舅想，儿子要是留在机关多好啊！那可是铁饭碗啊！他瞒着表弟，带着自己手工制作的清明前"桐城小花"找了局长好几趟，结果茶叶还是原封不动被退回来了。

那天，舅舅在茶园干活时摔了一跤，小腿骨折，只能卧床休养，他急得直叹气。表弟安慰他："别着急，一切有我！"表弟带上工具钻进自家茶园，起沟挖垄、修枝打叶、测量土质、施有机肥，样样在行，活计干得比我舅舅还漂亮。我夸他真不愧是安徽农业大学的高材生。"那当然了，我们学校的茶学专业是国家首批高等学校特色专业，是国家级重点学科，我们的老师是茶学专业国家级教学团队。我这四年可是得了真传的！"表弟一脸自豪地说。

茶季到了，我舅舅无法下床。俗话说，伤筋动骨一百天。他躺在床上，急得捶床板。表弟说："放心吧！有我呢！"很快，茶季顺利结束，一切妥妥当当，收入竟比往年多了不少！我舅舅又喜又怄。喜的是这小子大学没白上，确实有两把刷子；怄的是自己拖累了孩子，使得孩子错过了端铁饭碗的机会。

表弟却不急不躁："上大学不是为了摆脱贫困的乡村，而是为了摆脱乡村的贫困。"没办法，我舅舅只得让孩子留在茶园。一开始，二人没少闹矛盾。后来二人打赌，一人一半，分开种，谁种得好就听谁的。舅舅瞅着自己凭几十年的经验种的确实不如儿子的，虽然不甘心，可在技术、管理这一块只得听儿子的。

老话说，父子同心，其利断金。才几年工夫，舅舅的茶园渐渐扩大了好几倍，改良了老品种，新品种也种上了，制茶设备也转起来了，一座新型茶厂在山间建起来了。我舅舅紧蹙的眉头慢慢舒展了。

去年茶季，表弟约我们回家聚聚。我们来到杨头村，一幢幢小洋楼矗立在青山绿水间，带着太阳能路灯的宽阔的水泥大道通向家家户户。来到表弟"三和萃"茶厂，人来人往，茶香弥漫，茶机的转动声和茶农的欢笑声，共同奏响了乡村振兴的交响乐。

表弟端着刚出锅的明前茶，站在明媚的阳光下，他的头上，眉毛上，睫毛上，黑亮的脸上甚至嘴唇上，全部蒙着一层白乎乎的茶茸毛，不像一个农业大学的高才生，更不像一个拥有几百亩茶园的老总，像一棵阳光下蓬勃生长的茶树，浑身散发桐城小花的香气。

他用沾满茶茸毛的双手为我端上一杯茶，是春节后开采的第一拨嫩芽，手工炒制，经摊放、杀青、做形、初烘、摊凉、复烘、剔拣、提香等工序精制而成。我浅浅抿了一口，让茶水留在唇齿间，刹那间芬芳四溢。

我舅舅原本佝偻的腰也好像挺直了不少。喜气洋洋地说："那位农业农村局的局长很关心茶厂，在他的帮助下，厂里最近添置了新的机械设备，制茶效率大大提高，茶叶品质也上了档次。现在每天能加工鲜叶1600多斤，制成干茶400多斤。预计，今年干茶总产量将突破1万斤。"

我忙问："销路怎么样?"舅舅眉头一扬，"销路不用愁，'桐城小花'现已注册地理标志证明商标了。"经过几代人的努力，"桐城小花"终于从无名到有名，再也不愁销路了。

有人笑问："这'三和萃'的名字好! 谁取的?"表弟一笑："这是我自己取的。既象征一叶茶由两瓣叶、一个芽组成，三者合一，凝聚天地之气与日月精华。也指天地人，象征天时、地利、人和。"我们举杯，以茶相贺。

三和萃茶厂里"优品种、提品质、育龙头、延链条、拓市场、强品牌、富茶农、美农村"的大红标语也在和煦的春风里哗哗作响。想当年，他瞒着父亲学农，受了多少白眼;毕业回乡创业，真是千辛万苦，千难万难，其间，有过犹豫，有过退缩，多少次差一点就放弃了。好在他赶上了好政策，才有了他的今天，才有了山村的今天。

"叮铃铃"，表弟的电话打断了我的思绪。表弟说，茶场又获大丰收，他作为乡村振兴的带头人被选为市人大代表呢。他的二宝也出生了，表弟给她取名为"小花"。我说："小花好，未来可期! 就是希望她高考后再也不要找我改志愿了，哈哈哈!"

作者简介:

魏海霞，桐城教师，中国散文协会会员，安徽省散文随笔协会会员，安庆市作协会员。在《安徽日报》《安徽法制报》《安徽工人报》等报刊上发表过几十篇散文和小小说。

种 春 园

吴卫华

立春前的一天，妻说要去西递乡下的菜园一趟。说来也是，最近的一次去菜园，还是农历小年前两天呢。

算来是有段时间了，那天把菜园里该拾掇的大包菜、菠菜，还有芫荽，着实清理了一大堆，过年时就不去菜园了。

1

我们在菜园里侍弄了半天。村里人路过时，看见门开着，不免会走进来瞧上一眼。赞叹一声是自然的，这些菜蔬多是妻的姐姐来指导我们栽种的。很多时候，妻姐们是亲自动手，我们夫妻可是不大会料理这么大的菜园地。

春天就要来了，满园又要一片绿色了。不过，眼前的菜畦间，大蒜、莴苣和生菜的旁边，那些躲躲闪闪的杂草也够我们清理一阵了。

2

这菜园本是外公家的宅基地。老房屋失火坍塌后，就围成了菜园地。它不同村中的菜园，多是村边开出的荒地。这里有低矮的围墙，还保留着当年的墙院门，门上还可以上锁的。

走进去，宽敞的院落，菜畦纵横，可以想象当年的外公家算是殷实的人家。

母亲当年接手菜园时，她的姐妹早就出嫁离开这里。外婆由母亲赡养送终的，这菜园就由我们家栽种着。

我对这菜园的了解，很多来自母亲去世后，父亲跟我讲述中，牵连起来的一段段回忆。

3

四十年前，栽种菜蔬品种很单调的。菜园对农村家庭来说，是不可少的。种菜园管一家人的吃菜，即使是择取的黄叶，还是可以喂鸡养猪。

菜园可是勤劳人家的见证。母亲原先是有工作的，后来下放回乡务农，大部分农事是不会干的。这是自己家的菜园地，不种就会荒了，还会被外人掠走。

跟着邻居学着种菜，父亲跟我说过，他们都是不会的，只是学着，不让菜园荒着。

父亲是小学的校长，名望好，只是外来户，本村能帮衬的人很少。半边户的人家，菜园种菜不可少。半荒半种着，一直维持到母亲突然离世。

父亲要带着我们兄弟二人进城，期盼着把我们的农村户口改为城镇商品粮。那时，农村开始承包土地到户了，母亲和我们兄弟二人可是分了田地的，父亲不可能一个人去种田啊。

乡下的老屋只有卖了。当初买来时，父母就欠了一笔债。如今母亲不在了，伤心的父亲只有把房屋折卖了还债，唯有这菜园没有卖。

算是留着个念想吧，父亲交予村中的好友管理，说好待到哪一天需要时，再来收回。

4

菜园里早有绿意了。菠菜与芫荽，还是最好的，嫩嫩的。当时播种时又买了优良品种，比较往年的老品种，更显绿意。

春寒料峭，菜蔬受伤也不轻，我们尽可能收取，免得浪费了。辛勤劳作收获后，就怕随意丢弃。

自己种的菜蔬，吃起来放心。不用农药，只是施农家肥，这是乡村种菜园人家最关注的。菜市场的菜，比不得自家的菜园种植，况且，农家肥不会把菜园土地破坏了。

5

一年之计在于春。种春园，那年春天岳母曾经和我说过这样的一个词。

岳母文化水平不高，或许是一时间想起，就跟我说了。岳母来种这个菜园也有近二十年了。他们从邻近的小村落搬进大村，住在老房里。每天晨起洒扫庭除外，有一块菜园拾掇是最好的。岳母的兴致很高，早晚都要来这里待上半天，把菜园整理得井井有条。

菜园里，有一口水井，旱季不惧缺水，村里人可羡慕了。走进菜园的，都无一例外会看看这口井。母亲在时并不晓得还有这口井，挑粪打水浇地都是去前边溪挑来。

岳母要种了，就担心缺水，偶尔听村里人说有口井。岳父才去找寻，花费了很长时间，还真的找到了。父亲都很惊讶，当年也没有去找水井的想法。

有了水井，干旱就不在意了。岳母栽种的二十年，我们难得做什么栽种的事，充其量就是多打了几十桶水。

6

母亲去世后，菜园由当年父亲的好友夫妻种了二十年。当我们要索回时，他们的心中是不甘的，拖拖拉拉的，很计较。

菜园最终回归我们自己栽种，毕竟是祖上留下，那时我又在当地的中学当教师。岳母，如同母亲，我们理所应当收回。

岳母种过二十年后，也悄然离去了。那以后的日子里，妻与我每逢双休日，必然来到菜园。锄草、挖土，整饬土地。看起来，很简单的事，真的做起来，我才知晓，劳动真的很辛苦。此生有幸做一回农人，我当珍惜有这样一块园地。

惭愧写满脸，这些日子我也在想。妻督促我除草、挖地、采摘和择菜，写文章的手也该把把泥土。从来没有那么齐整的蔬菜。市场上卖的，哪个不是千挑万选，才会卖得好价钱？

这可是自然的超市，收获是需要付出辛苦的代价。我只是有些担心我的孩子，未来还会不会关注菜园。

7

忽然想起"芝兰圃"，这是西递村中的一处题额。"芝兰"本是香草。《孔子家语·在厄》中有："芝兰生于深林，不以无人而不芳。"古人将芝兰比喻为君子美德。"圃"，园子，栽种的地方。老一辈人认为，这芝兰是可以栽种的。我想这种春园不就是立德树人吗？

菜园里的菜蔬，算不上"芝兰"。每每有花开放时，我内心的喜悦是无以言表的。种春园，岳母也许是无心说的，却让我顿时敬意。一年种春正当时，岳母的文化水平并不高，脱口而出，朴质无华。

我和妻在菜园里除草挖地时，村中人看见了，都会点赞我们的勤劳。我们也感到惭愧。这祖上遗留下来的菜园地，可不要荒废，至少在我们的手里。

我曾经跟儿子说过，有时间也要来走一走。儿子只是"嗯嗯"两声，表示赞同。

8

满园春色关不住，绿叶自然出墙来。

菜园不是花圃，菜蔬抵不上芝兰。可君子的美德里必然包括勤劳与善良。

种春，种梦，种下爱。想起母亲，想起岳母，想起所有勤劳的人。

外面下雨了，才过立春日。妻说昨日看见有人在种子店里买菜种了。是啊，春天来了。又是一年播种的季节，我们的种春园该开工了。我和妻约定，双休日时间，我们都要去菜园看看，清理杂草，松松土。那些越冬的蔬菜，是不是该上肥啦。种春，可是要及时行动哦。

作者简介：

吴卫华，男，20世纪70年代出生，初级中学语文教师。安徽省作家协会会员，中国散文家协会会员，河北省散文学会会员，安徽省散文与随笔学会会员，黄山市作家协会会员，中国民俗学会会员，中国楹联学会会员，安徽省民俗学会会员，黄山市徽文化研究会会员。有作品入选《安徽散文50家》《且待槐花满庭香》等作品集，至今已在各级报刊累计发表作品百万余字。

遇　见

吴蔚芳

　　车行驶在高速上，我倚着窗，看窗外景。不算高的小山，时而出现在眼前。半山腰一树的淡紫，扑过来，又迅捷退去。这是什么树呢？于漫山葱绿中，开出这样美丽的花。正想着，又有一树一树的淡紫，飞过去。枝头挂满长长的花穗，如风铃摇曳着。恍然大悟，原是紫藤。漫山绿，因这一树紫变得生动起来。

　　好的风景在路上，人生就是一场又一场的遇见。

　　这一座静谧的江南小城，远山如黛，空气清新。一条宽阔河流把小城分隔成老城区和新城区，河上连一座桥。河水涟涟，泛着银光。一红衣妇人在河水里浣衣，手里的棒槌有节奏地举起，又落下。这画面，瞬间暖了心，想起儿时在门前池塘洗衣的场景。绩溪博物馆就建在老城区，古朴的徽派建筑风格，和这座小城厚重的历史文化沉淀相呼应。听讲解员说，这里还是老县衙遗址，馆内西北角一棵700年树龄的古槐，见证了小城岁月的变迁，不由驻足多看几眼。对面一间百货小店，男主人悠闲地拎着小喷壶，给门前的花草浇水。脑中现出一句词来，"家住苍烟落照间，丝毫尘事不相关。"让人好生羡慕。

　　从绩溪县城去龙川，也就十几分钟的车程。沿途的房屋大都是民房，白墙青瓦院落，有远山倚靠。从敞开的大门隐约可见，有的内院里码着一摞摞干柴。这又勾起了我的遐思。夕阳西沉，山脚下袅袅炊烟，山坳间云雾缥缈，鸡鸭回笼，鸟儿归巢，农人牵着老牛走过门前的小桥，三两稚童在门前花间扑蝶，妇人早已摆上下酒小菜，寻常人家的日子，从容，闲散。有意思的是，这里的房子不论大小，户户有门楼，门楼上镶黑色大理石，石上刻字，诸如喜气盈门、惟善德馨、紫气祥光、耕读传家。这些一直保存下来的文化符号，寄予了对家庭深切的期望，对美好生活的憧憬。

龙川，村子不大，周围云山群绕。一条小溪穿村而过，村中心有保存完好的牌楼。两岸的民宅，马头墙、黛瓦、木门、木窗，错落有致，清秀质朴。仰头看过去，阁楼上都有一方小小的窗。白墙被经年的雨水冲刷，岁月印记斑驳可见。是典型徽州古村落。

胡氏宗祠，始建于宋，必定看的。宗祠坐北朝南，前后 3 进，素有"徽派木雕艺术宝库"之称。宗祠内，每一根圆柱，每一根木梁，选择都独具匠心，浑圆粗壮，千年不腐。流连在几扇木质屏风前，上面精雕细琢着荷花、螃蟹、鸳鸯、虾、青蛙，荷花形状各异，动物活灵活现，巧妙组合在一起，寓意"和谐"，"和美、和顺、和鸣"，这是先人对中华传统文化尊崇与敬畏。想起《诗经》里"妻子好合，如鼓瑟琴。兄弟既翕，和乐且湛。宜尔室家，乐尔妻帑。"千百年来，大家小家，但凡兴盛，当与"和"字分不开。

两岸河堤是街，当地人称它为水街。水街，这个名字我喜欢。有水的地方，自然有灵气。果真，这里出了名人。抑或是去年的天干，只有浅浅的一汪清水在河底缓缓流淌，清亮亮的，刚好覆住了河底的碎石，露出石头垒砌的 10 层台阶，石头缝里有青草做伴。几个城里来的孩童，七八岁的样子，他们一人拿着一只小鱼网，叽叽喳喳的，在水里网小鱼，网小虾。五颜的遮阳帽六色的渔网，在阳光下格外耀眼。身后不知谁说了一声，"瞧！真好看，就像一幅水墨画上点上几笔亮色。"我笑，傻孩子们，这么大的声响，可不把小鱼小虾给吓跑了？这又何妨呢？即便一只鱼虾也抓不到，换来的是开心快乐。儿时，父亲常领着我们兄妹几人到池塘边起虾子，做虾饵的面粉是用香油拌过的，闻了又闻，真香。父亲让我们一人捏一个小面团，放进虾网。待又大又深的虾网撑起来后，虾子在网底活蹦乱跳，我们高兴地拍起小手。没吃完的虾子，被节俭的母亲拿去换钱，贴补家用。现如今，还有多少孩子能有这样的快乐体验呢？

小河上架桥，有石桥，亦有木桥。石的看上去年份已久，依然坚固。木的则显得过于简陋，侧面望过去，仿佛一把四条腿的大板凳，搭在不算太宽的河上，连扶栏也没有，窄窄的桥面，仅够一人通行。沿街商家在门口放桌子，桌上铺好看的蜡染花布，上面摆满木梳、木簪、团扇、竹筒，还有当地产的核桃仁和酥饼。买了几斤刚出锅的小烧饼，还没入口，香气已扑鼻。亦有农妇兜售梅干菜、干豆角和干笋的，亦不吆喝，问她什么，笑着回答你。愿买就买，不买也不勉强。淳朴民风，在这里由来已久。河岸上，随处可见售卖新鲜春笋的村民，剥了皮的嫩笋，放在柳编的篮子里，青中泛白，有游客买了回家，说炒着吃、炖着吃。我听了，莞尔。心想：这吃的可是春天的味道呐！

我喜欢一个人走走看看。一只大黄狗，趴在牌楼下石雕旁，安静地凝望着前方。人走过来走过去，它头都不带动的，一副阅尽世间沧桑的模样。走近一扇白色拱门，探头，门外是村民的菜园，地里菜花金黄，蚕豆花似无数只小紫蝶在叶间翩翩。

小巷深处，一门楼上方悬挂一块木匾，木匾上披大红绸带，上面写很诗意的几个大字，"烟雨江南"。这里是做什么的呢？沿着青石板铺成的巷道，走了进去。原是一间民宿，主人是一对年轻夫妻。房子是男主人祖上留下的老屋，楼下是院子，堆放物品和柴火，几盆花草被侍弄得颇精神。再往里是灶间，靠墙砌两口大锅，女主人正麻利地把干笋放进大竹筐。见我进去，捧起一把笋子，热情地介绍起来：她做的干笋不是晒干的，是在大锅灶里烤干的，吃起来口感更好。不过，这些笋她不卖，是专门烧给她家房客吃的，做她家的房客有口福了。楼上是客房，彼时，一女子正从木梯款款走下，紫衣盘发，光影绰绰。一时间恍惚，像是看见旧光阴里走出来的徽州女人。屋檐下挂腊肉的竹竿，被固定在屋顶，竹节处长出的枝丫，被削成尖尖的钩子，恰好用来挂腊肉。就地取材，真好。女主人笑说："这些竹竿，山上多得是，砍几根回来就可以用了。"说完，低头择菜去了。见我好奇地打量，复又抬头，说："喜欢，就送你几根，好用。"我笑着婉拒谢她，轻轻走出门去。记住了她家门上贴的对联"传家有道惟存厚，处事无奇但率真"。横批是"福"。忠厚传家，率真处事。到底明了，千年光阴去了，这座古村落为何如此令人敬重，以至于念念不忘。

作者简介：

吴蔚芳，安徽省作协会员，安徽省散文随笔学会会员，安徽省舞蹈家协会会员，安徽省演讲学会会员。

棉花洁白如雪

吴中伟

江淮地区，每年 4 月尾收割完油菜，就等着种棉花了。打凼、播种、围土、浇水、追肥，母亲可不敢怠慢，一个环节都不能大意。"苗儿金贵！"母亲像照料孩子一般，一天都要往地头跑个两三次。过个来天，这些种子便破土而出，拱出新芽，望着这些刚发的嫩芽，母亲一脸笑意。接着便是除草、除虫。六七月之交，棉枝打起了粉红的花蕾，母亲一边掐尖，一边打"公枝"。晴好的年份，八月初，就能零星地拾得些棉花了。

母亲多在傍晚时分到旱地摘棉花。一是白天忙于侍弄稻田的秧苗，抽不开身，二是等日头松了些，太阳太紧，叶子晒得太焦脆，容易和白花花的棉絮混在一起，不好摘干净。摸着黑，母亲挎着大竹篮一身疲惫地回了家，她斜靠在木椅上，也不说话，只是大口大口地灌着水。"饿了吧，等下我来炒菜！"她的声音不大，还喘着气。我走了过来，给她递上毛巾擦擦汗，这才发现她左边手臂上勒出一条深深的血印子。一箩筐棉花，可不轻！

吃完晚饭，母亲快速地洗刷好碗筷。我三下五除二地做完了作业，母亲便许诺我摘了多少棉花，会给我多少奖励。我把锈迹斑斑的文具盒在母亲面前晃了晃，"都用了三年啦！"我大声嚷嚷，以示不满。"买，买！卖了棉花，就给你买。"说时，母亲并不看我，还是头都不抬地摘着棉花。

那时黑白电视正放着香港电视剧《香帅传奇》，我一边摘着棉花，一边目不转睛地盯着精彩的武打场面。二集电视放完了，看了母亲摘了满满的一大筐，我才刚刚垫满了竹篮子底部。

"啊，困死了！"我哈欠连天。

"洗洗睡吧。"

"妈，那你什么时候睡？"我揉着眼睛问道。

"还有一点，摘完了再睡！"

"妈，明天再摘吧！"我转着身子，准备回里屋了。

"唉！你爸不在家，我是里里外外只有一双手啊。明天还有明天的事，你先睡吧。"母亲关掉了电视，昏黄的灯光下，母亲簸着头，佝偻着身子，把我刚才没有摘干净的棉桃又用力地扣了扣。我只顾着看电视，摘的质量也不过关，母亲还得挨个地找夹杂在棉花当中的枯碎叶。有时我一觉醒来，看见母亲还没睡，眼圈红红的。

无数个这样的夜晚，母亲早已习以为常了！等攒够百八十斤棉花，母亲便挑到街上的收购站，这是头批的棉花，质量最好，价格自然也就最高。棉花是按等级收的，最上等的三元；二级的二块八；最次的二块五一斤。验收的人从里面抄起好几把棉花，都是和筐口的一样干燥、洁白、饱满。母亲的棉花上上下下里里外外都一个样。母亲从不将残瓣、黑头塞在里面"以次充好"，她的棉花，总是卖得快，价格也卖得高。

接过钱，母亲把整的叠好，卷起来，放到平时不常带的布钱包里。余下的零钱角票，买一些生活日用品：牙膏、牙刷、洗衣粉、肥皂、盐巴、酱油醋之类，当然我心心念念的文具盒也在采购之列。在我的一再央求下，母亲偶尔还会割上斤把猪肉，说是给我杀杀馋！前些日子，天气干燥，母亲嘴唇干裂上火了，我便怂恿母亲买瓶梨子罐头，祛祛火。其实我心里也在打着小算盘，母亲一般只喝梨子水，大块的梨子肉自然归我啦，那口味当然要比村口那棵矮梨树上结的果子好得多。

记得有年雨水多，好多人家收摘不及时，棉花成色差，总像染着一层灰，摸起来也不软和。邻家王婶的女儿年底出嫁，急得老夫妻俩团团转，在哪儿弄好棉花呢？按照老家的风俗，姑娘出嫁，娘家人是要陪嫁几床被子的！知道了王婶的来意，母亲便匀了她50多斤棉花。"哪能要钱呢，乡里乡亲的，再说我也是看着小侄女长大的。算是借你的，总行了吧！"母亲笑着说。王婶这才把钱塞了回去。依母亲的意思，棉花年年都可以卖，小侄女的出嫁可是人生大事，嫁妆也不能太寒碜。王婶一家连声道谢，说真是解了他们的燃眉之急。

如今老家水稻已大面积种植，实现机械化操作，但棉花还不行，费的是功夫，花的是时间！进城后，母亲也早已不种棉花，一到棉花上市的季节，母亲总央着我，陪她回老家看看。"那些年，多亏了那些棉花啊！"母亲常喃喃自语。回来的路上，秋风已有几分凉意，我挽着母亲的胳膊，忽然发现她头上的白发也像棉花般洁白、温暖，却又隐隐地让我睁不开眼！

作者简介：

吴中伟，安徽省作协会员，中国散文学会会员。有作品散见于《安徽文学》《诗歌月刊》《牡丹》《散文诗》《散文诗世界》《散文选刊》《作家天地》《辽河》《海外文摘》《安徽日报》等。

少年岁月不言愁

伍传平

那日抖音刷到了一位小学同学，他正投入地唱着庐剧。往事云水满溢，顷刻满心都是，忙发微信询问几个同学现状，所得情况均令人唏嘘。前几年，我就曾专门打听过，其中一个同学还建了一个小学同学群，人数不多，聊天不多，大家都生活不易。因年代久远，有的实在难以联系上，有的同学可能也不愿联系，这份小学同学情，只能成为珍藏在我们的心里。红尘中，太多的来来去去，那些梦里曾绽放出过的，终是一场风花雪月，最后在岁月斑驳的星海中，遗留着昨日的美好。

不经意的回首，不经意的留念。细数流年，岁月已然老去，那些追梦路上的故事，似乎永远都在回忆中停泊。我的小学叫"湖背小学"，伴随着乡村合并，其实早已不存在了。当年我们上学的时候，就是在山坡上建了十几间土墙瓦屋，课桌也是"土基"砌的。学校老师也全是小学毕业生。我记得，一直到我上小学五年级的时候，学校才终于分来一名无为师范毕业的老师。关于我的小学同学，说实话，我现在能记得的、有联系的确实很少，就连我们一个村庄的几位小学同学也多年没有联系了。但我想，人的脑子或许像电脑一样，是有回收站的，在那些记忆文件被删除后，它们并没有真的消失，如果回忆起来，从模糊到清晰，也能一点点地还原他们。比如：打架、捉迷藏的事，我记得有一年冬天，天寒地冻，我们几个同学试着在水塘冰面上走动，一不小心，我就摔掉进塘里，弄得全身棉衣都湿透了。我连忙爬上岸后，不检讨自己的过失，却责骂起同学裴世稳起来。由于当时我冻得嘴直打战，把裴世稳叫成"裴四婶"，嘴中不停地骂到"裴四婶，就是你这个坏蛋，把老子推下水的……"还记得有一次，我与同学玩捉迷藏游戏，躲进农村茅屋里，一不小心失脚掉进粪窖里去了，弄得全身粪臭一顿毒打。我还有一位同学，晚上看舞龙灯，一不小心，他被人挤掉进生产队露天大粪窖里，于是他动起了坏心思，他掉进大粪窖后不但不声不响，而且还悠闲地掏出一支香烟点起来，结果引得数十人掉进大粪窖里。印象中，记得深刻的还有我们偷红薯吃的事，放学回家的路上，我们把红薯用手刨出，衣服上擦一擦，或用路边草擦一擦，就直接塞进嘴里吃起来，偷着吃的生红薯，总是觉得特别香甜。还有，我们夏天最快乐的事就是下水游泳。那时，我们在放学回家的路上，故意不走大路、走小路，目的就是下到水库里、水塘里游泳、玩耍、打水仗……

曾几何时，曾对一个人感叹人生若梦。流年似水，人生就这样在懵懵懂懂中过去，回首依稀走过的岁月，留下了一路的沧桑。湖背小学是个有山、有水、有快乐、有小村庄、有我们纯真岁月的美好地方。梦醒不再年少，现在我们身居城市，十分感激曾有过那样一段经历，有过那些陪我玩闹的伙伴。年年岁岁花相似，岁岁年年人不同，不知不觉我与小学同学、小学老师、小学校园一别已有四十多个年头了。忘不了分别时的拥抱和泪水，忘不了校园里不亦乐乎的快乐时光。那些由懵懂渐至清明的时光，成了我人生的底色。那些起码的人生道理，生存技能，正确三观，在你的人生路上，使用频率最高、作用最大、印象最深。因此，我深深地感恩我的小学老师、小学同学，以及我的小学校园，他们是我成长的根脉和源泉。

如今，我的小学校园里的老房子、小路已不复存在。残阳之下，昔日教室斑驳的身影是那么落寞，操场上杂草丛生，远远望去，就剩下一条狭窄的小道通向隔壁的村子，学校已改造成村部了，一切早已变了模样。现在，我偶尔回到老家探亲，会联系一下几个要好的小学同学聚一下，但相聚总是短暂而又愉快的，在充满激情的聚会之后，互道珍重，又各奔东西，之后又将是长长的别离，但友情的芬芳会给我们平淡的生活增添一缕和煦的阳光。相聚使我们重温起那一同走过的日子，回忆起那段激情燃烧的岁月，历久弥新，永不褪色！

一份真挚的情，经过岁月的洗礼，历久弥新。多年后，当我们还能静静地坐在一起，云淡风轻话当年，往事如昨，近在眼前。岁月如梭，弹指一挥四十多年，我们风风雨雨、沟沟坎坎，昔日年少无知的孩童们，如今早已两鬓斑白，步入了天命之年。美好的小学时光，恰似流光溢彩的画卷，烙在我们记忆的深处。往事如烟，温馨如昨，青山在，人未老，同学情正浓；岁月增，水长流，情怀依旧深！时光如梭，岁月无情，流年似水，我们得好好珍惜我们的时光！

作者简介：

伍传平，安徽无为市人，1968 年 7 月出生，中国散文家协会会员、安徽省作家协会会员、安徽省散文家协会会员、安徽散文随笔学会会员。曾在军内外发表新闻作品 2000 多篇，有作品散见于《萌芽》《安徽文学》《雨花》《作家天地》《青春》等文学刊物，作品多次获奖。

在北浴，红色振翅飞来

肖丁丁

许多时日已经过去，我依旧记得罗汉山村朱留安书记在罗汉尖革命根据地纪念馆读到的这样一首诗：

罗汉尖上赤色茶，
消食去火众人夸。
战争岁月疗伤痛，
幸福年代健万家。

我也不时想到从他嘴里念出的这句革命口号：

山沟石洞是我家，
野菜山果是我娘。
三天不吃饭，
照样打胜仗。

这些，细想起来，都源于那次到北浴去。

那是在去罗汉尖革命根据地纪念馆的路上，车行山道，上下颠簸，终于到达时，才觉得这一路颠簸值得。

新修的罗汉尖革命根据地纪念馆采用徽派建筑，清白相间，肃穆而典雅。走进馆内，朱留安书记讲解起墙上的照片和文字，说到军民鱼水情——思恩洞的红色故事，并说到共有六百五十九名烈士长眠于此地，其中仅罗汉山村便有十五名革命烈士牺牲。朱书记说得深情，我听得动容。

去思恩洞的路，可谓翻山越岭。下了车，我们需要走很陡的上坡路。一行人无不气喘如牛，只有领路的朱书记边走边说，如履平地。正走着，他忽然在小道旁边的野果子前停了下来，说这是野樱桃，摘了两颗给我们吃。我们都笑纳了，觉得他是个可爱的人。

我们穿越竹林，朱书记为我们讲竹子的习性。我们看到罗汉尖上的云，他便跟我们描绘雾的味道。那不是修辞，是憨厚的、认真的描述。我们又笑了。他真是个可爱的人。

上坡又下，下坡又上，反反复复，终于到达了思恩洞。这是一片被竹林掩盖的洞窟。朱书记搬掉洞口的枯竹，洞上青灰色大石显现，石块与土地之间留有一个小小的缝隙。大石块旁，有一块大理石板，石板上苔痕历历，上面刻有"思恩洞"三个字。朱书记跟我们描述当初情形：年仅十七岁身负重伤的新四军小战士闵启胜，下身垫着一件旧蓑衣，侧身躺在洞里，靠吃野果野菜度日，以陈茶加盐洗疗伤，三个月方好。

在回来的路上，我们碰到了更多的野樱桃，遇见了许多其他的野果子，朱书记便用笋壳做碗盛装。笋碗黄褐，樱桃鲜红，野果或青或绿，映衬着，真美。那一瞬，我们也成了大山里的孩子。

我们一路说着话。他跟我们说起了山洞，它最后成了通信点和情报点。大家有什么情报、信件，只需放在山洞里，不需要专门交给某个人手上，另一个人只需要到此来拿即可。又说起铃铛暗号，将铃铛摇三下，对方也摇三下，就知道是自己人了。就这样，他一路将我们送下山。一路行走，一路草木朴素，一路欢声笑语。

那一次徒步已经过去很久了，如今回想起来，依旧感觉那一次行走不虚。那也确实可用余秋雨的散文集名"文化苦旅"四个字来形容。我虽没再去北浴，可依旧能够感受到那里的红色在闪耀，在跳动。我知道，有一片红色一直张着翅膀，追随着我。

作者简介：

肖丁丁，九〇后，安徽宿松人，安徽师范大学附属复兴中学语文教师。有文字见《中学生阅读》《诗歌月刊》《扬子江诗刊》《诗林》《星火》《散文诗》及入选《意林高考高分作文与名师详解》（上海文艺出版社）等。系安徽省作家协会会员、安徽省文艺评论家协会青年文艺评论家工作委员会秘书长、安徽省散文随笔学会会员、安庆市诗歌学会副秘书长。

山高水长怀斯人
——缅怀徐继达先生

徐 赟

家乡有山曰天柱，家乡有水曰恨水。"一山一水总关情，慎终追远更有情"，贯通山水者，徐继达先生也。

我执教边远乡村，与先生寥寥几次相交，却深感他平易近人，一直对他满怀敬意。记得最早的一次，是 2002 年 11 月下旬，在潜山皖城大酒店召开"张恨水·天柱山旅游文化"研讨会。我报到较晚，见徐继达先生斜坐沙发上，忙招呼并做了自我介绍。他招手示意，示意我坐到他旁边，语重心长地让我多写，并把我介绍给安徽大学老教授、张恨水研究专家徐传礼先生。二位先生当场说出我论文"巍巍天柱山，悠悠恨水情"之句，可见所做功课之深，令我感佩不已。

在那之前，我听闻先生曾被誉为"旅游书记"。在任潜山宣传部部长和县委副书记期间，为开发保护天柱山，提升天柱山的美誉度，做出了莫大贡献。改革开放伊始，天柱山还可谓是养在深山人不识，在安徽名山大川风景区中，远不及黄山、九华山的名誉度与影响力，1984 年终于被国务院公布为全国重点风景名胜区之一。这背后，有着先生一路跋山涉水的身影。

先生曾多次拜访"忘筌斋"的乌以风先生。在乌以风先生诗集《岳云山馆诗选》序言里，先生不但对乌先生予以高度赞颂，而且对乌老在特殊的历史年代里，历尽磨难，终于出版《天柱山志》（安徽教育出版社 1984 年版），并挺身而出，以身护宝，终于保住三祖寺山谷流泉的摩崖石刻免遭开山炸石的毁灭性灾难，予以崇高评价。如果说乌以风先生是天柱山的"开山者""先行者"，那么徐继达先生堪称天柱山旅游的"高呼者""多情者""开拓者"。徐继达为天柱山鼓而呼之，为天柱山开发、保护、建设留下了珍贵史料，为天柱山旅游事业的突破性发展，为如今可持续性发展奠定了基础、赢得了机遇。

有一次，在政协办公楼前，看到先生从车里下来，准备往政协大门里走。我忙趋步招呼，他立马停住了，转身询问我，我说到县城来出差。他说："你如果不忙，来办公室一趟。"那时他已退休，在政协大楼一楼张恨水研究会秘书处义务工作。他找出几张皖西南徐氏《族务通讯》小报纸递给我，说："这些不一定齐全，你带回去看看，并做一下宣传。"我小心翼翼地接过这一叠小报，连声称谢。心想，徐老为皖西南徐氏宗亲历史文化付出了莫大心血。他又说："你回去后，联系一下徐文中老家的人，尽量收集一点徐总的资料，我们准备在《族务通讯》上报道一篇他的事迹。"我回校后，立即联系三妙村老书记徐建华、洪庄村民组徐际豪、徐英凡等热心人士，一起行动，遵嘱照办。

还有一次，在参加诗联协会活动后，傍晚我与哥哥在潜山梅城小学前行走，遇到徐继达先生。我们打过招呼，他说："你们弟兄一起的啊。要不到家里坐坐?"他家位于原潜山二中教师宿舍区一隅，是 20 世纪 80 年代的二层楼建筑，他给这座的宅子自名为"逸园"，取其逸兴遄飞、安闲潇洒之意也。"逸园"二字，由省级老干部、时任张恨水研究会会长魏心一先生题写。昏黄的路灯下，园子里有一些花草盆景，宽大的客厅里，灯光明亮，四周悬挂了不少名人字画。他给我们泡茶加水，随意地聊天。当我们提及乌以风先生创作的天柱山画作后，他说："乌老的天柱山画作，是《二十四峰图》。他曾赠给我，我也代为妥善保管，以后我想转赠给乌老纪念馆收藏。"

2019 年 11 月中旬，我在潜山七仙女大酒店参加"张恨水研究与新时代"学术研讨会，在一楼大厅接待处，90 高龄的先生冒着寒风，戴着一顶老年帽，与大家热情地打着招呼，又招呼我与徐霁旻说："你们弟兄写的《乌以风传》，很好，我看了。乌老，值得写。"会务组有人见我们三人聊得乐呵，就提议说"你们老徐家三人，一起来一张啊。"于是，我们分坐在徐老的两旁，留下了一张珍贵的合影。徐老又转身朝我说："你留个电话和地址给我，我回头寄一本《逸园书画藏品鉴赏》给你。那里面收入了乌老的《天柱山二十四峰图》，你以后可以参考参考。"我连忙提供了我的手机号，一再表示感谢。多少年过去了，他还一直惦记着乌老画作的往事，真的令人感怀。数日后，果然就收到了该书的快递，他还题写了"徐赟宗亲存念"，落款为"九〇老朽　徐继达赠　2019 年仲冬月"。如今，摩挲着先生的几本著述，徐继达先生的音容笑貌跃然纸上。

徐继达先生曾对友人说："我宁愿累着死，不愿玩着生。"他在赠给祖籍潜山的台湾范光陵博士的诗中有句云："一瞬人生不走空。"徐继达先生出生于 1931 年农历腊月二十四，祖籍安徽怀宁县独秀山。他幼读私塾，饱读诗书，终身学习，18 岁就参加革命工作，历任共青团区、县委书记，团地委组织部部长，中共宿松县委、潜山县委组织部部长、宣传部部长，潜山县委副书记，1989 年任潜山政协主席，1992 年离任。他退而不休，积极为天柱山旅游、张恨水研究会、皖西南徐氏宗亲文化联谊会等等，热心服务，老骥伏枥，志在千里。就是这样一位热爱"山""水"，积极弘扬文化事业的徐继达先生，因病于 2022 年 7 月 26 日下午 4 时离开了人们，享寿 91 岁。

仁者乐山，智者乐水。巍巍天柱，山高水长。可如今，斯人已去，高山仰止，慎终追远。先生的英名一直留驻在我的心中，先生那和蔼可亲的形象总是浮现在我的眼前，先生那矢志不渝、筚路蓝缕的追求，会一直激励着我，先生那克己奉公、勤勉质朴的精神品格，会一直鼓舞着我们为现代美好安徽建设砥砺前行。

作者简介：

徐赟，高级教师，倡导"动感读写"及实践。省作协会员，张恨水研究会理事。出版有《琴瑟集》《乌以风传》（合著）、《白话·夜雨秋灯录》全四卷、《蔡澄清口述：点拨教学法的前世今生》，主编参编读写类图书若干，偶有散文散见于报刊。

又见宣城梅花遍地开

徐开春

宣城乃梅氏故里，上江人文之盛首宣城，宣之旧族首梅氏，宣城梅氏如歌，如香，如乐。梅守德在浙江台州推官留有"清香唯有一枝梅"美誉，文化大师梅鼎祚为中国戏曲发展作出重大贡献，梅尧臣是宋诗"开山祖师"，"黄山派"巨子梅清创立"宣城画派"，清代"历算第一名家"梅文鼎被世界科技史界誉为与英国牛顿、日本关孝和齐名的"三大世界科学巨擘"，还有《字汇》编纂者梅膺祚、学衡派创始人梅光迪等，宣城梅氏名儒先贤灿若星辰。

但在多年前的宣城，宣城梅氏芳踪难觅。没见到名人堂，也没看到雕像，只在新田镇见到自称"游黄山后，凡有笔墨，大半皆黄山也"的梅清墓牌，在文昌镇见到种田梅氏后仔，城区梅氏故居早也不见了老宅。不由心下黯然。

县改市的第三年，陵阳山上建起梅文鼎纪念馆，与谢朓楼并肩矗立在府山广场。三进的典雅古朴的徽式古建筑内有梅文鼎半身铜像、梅氏宗谱、梅文鼎著作及其他文物，宣城人终于有幸见到了"三大世界科学巨擘"之一的梅文鼎"真人"。

一件件文化盛举在宣城陆续展开。梅氏故居九同碑等遗物被挖出并保护、展出。恢复了有文献记载的都官墓、宝章阁、双母亭，并新增了梅氏文化展示馆、数学大道、天文广场、梅湖轩、牌楼、梅氏名人馆、梅氏文化资料陈列室等人文景观，与周边梅园新村、梅佳花园、香溢梅溪小学、梅溪苑、梅溪路、梅园巷等交相辉映，园里路旁遍植梅花，物质之梅与文化之梅竞相绽放。梅氏故里从内容和形式上都丰满起来了，活起来了。六年后，40余位会员代表全国11省市百万梅氏后裔回归梅氏故里，在巍峨壮丽的梅溪公园大门牌坊前，与北宋诗人梅尧臣隔空对话，称赞宣城市政府"因事有所激，因物兴以通"，"状难写之景如在目前，含不尽之意见于言外"。

春节刚过，梅溪公园园内园外各种红梅、白梅竞相开放，映红全城，香飘全市。梅氏后裔从全国各地纷至沓来，随本地居民一头扎进梅海中，"步转回廊，半落梅花婉婉香"。"四君子"壁画前，美术家效仿"黄山派"巨子梅清与石涛，切磋着画艺。京剧脸谱前，戏剧家你方唱罢我登场，传唱着梅鼎祚的剧作。天文日晷、北斗七星前，三五成群的孩子，在梅文鼎的"注视"下，演算着古今中外历法。拾级而上宝章阁，尽享"双羊百代文渊地，一族千年翰墨风"，感叹梅溪公园集诗文、书画、戏剧、数学、天文于一体，文理兼备，德才兼重，可谓上江盛首宣城文化之大体现。一地有一名人留史，已不多见。一族有如此盛大业绩，实属罕见！

梅溪公园里的梅花争奇斗艳，梅溪公园外的梅花也香飘万家。

宣城自古诗人地，敬亭山上，诗仙啸傲，谢朓登临，文士汇集，成就"江南诗山"。石涛驻足，梅清挥毫，书画齐聚，成就宛陵书画。《最忆江南是宣州》唱响全国，"宣州之声"一票难求，《梅香满乾坤》惊艳四座。梅香满乾坤，梅色映天下。

宣州自古人杰地，成就先贤难数。南宋"武德大夫"贡祖文冒杀头之险，保护岳飞三子岳霖，受皇上"旌表忠义"表彰。"收复台湾第一人"沈有容数十年镇守福建沿海，三次舍生忘死率军抗敌，值得颂扬。向阳、吕辉、祖晨等无数宣州仁人志士抛头颅、洒热血，保家卫国，正义伸张。"皖南大包干第一村"洪林镇鸽子山村民敢为人先，"包产到户"，在皖南农村改革中领航。居民奔走相告，在社会主义现代化建设中，宣州人在抗洪救灾中与洪水搏斗，在疫情防控中与死神赛跑，在经济发展中与市场争先，在深化改革中与世俗较劲，在社会事业中与人民交心，用辛勤的汗水诠释着平凡的人生，用不懈的坚守诠释了共产党员的责任担当，更用实际行动诠释了新时代宣州精神的宽阔胸怀。

更有当前英雄事，尽在《好人》一书中。市文联出版了《梅香满乾坤——颂宣州"中国好人"》，充分体现"梅氏故里"宣州地域历史文化特征，借用"梅花"高洁品格的美好意向，借物喻人，巧妙化用"梅花香自苦寒来""要留清气满乾坤"等诗句，充分阐释了在宣州厚重历史文化的滋养下，一代代宣州人助人为乐、见义勇为、诚实守信、敬业奉献、孝老爱亲的"中国好人"精神。

古代宣城"梅花遍地开"，沁人心脾，引人神往；现代宣州"梅香满乾坤"，接力奋斗，催人向上。一江烟雨，一江春色。满山红叶，满山诗情。"李谢诗魂今在否？湖光照破万年愁。"

作者简介：

徐开春，汉族，1969 年生，安徽宣州人，本科学历，中共党员，现任宣城市宣州区文联主席、安徽省作家协会会员，曾任《宣城工作》编委，《宣州概况》和《梅香满乾坤》主编。曾出版个人专辑《宣传策划与写作》、长篇报告文学《念菊》，在《人民日报》、中央电台等媒体发表通讯、报告文学等 400 多篇，获全国城市党刊优秀文章一等奖等 33 篇。

父　亲

许格巧

一

父亲的头发，白了，生了越来越多的白发，一口牙齿如今也所剩无几，妈妈说，菜若烧不太软，都吃不了。

哥哥建议爸爸安假牙，吃饭嚼菜，父亲终究没同意。

父亲坚持最后一颗牙齿掉光才去牙科。

父亲说到总是做到。

一九九五年，父亲抽烟，烟龄长，抽的狠，用烟民的话讲，叫"抽烟不断火"。

我从不抽烟，别人坐在我身边抽烟，闻着飘过来，或吹过的烟，都觉得呛人，我始终想不明白——为什么呛人的烟却是许多人的喜欢？无法体会个中滋味，也体会不出别人的"饭后一支烟，快活似神仙"的滋味。

父亲抽烟厉害，母亲时常叫父亲少抽些，少抽些，是没有用的。父亲母亲天天都在起早摸晚的，农村大部分都一样，日出而作，日落而息。

那些年，父亲时常在早上四、五点就醒了，到庄子里那口老井去挑水、烧开水、煮粥、步行七八里去上街买菜，或者菜园地里的采摘蔬菜，浇水施肥一般都是下午在菜园地里做的事。

读书时候的我，很懒，早上总是赖在被窝里，但是醒着的，也总是能听到父母起床做家务的声音，听到父亲咳咳不停，尤其秋季的早晨。

有一年，父亲感冒厉害，二哥带父亲去县医院。住院，检查，拍了胸片。

主治医生跟父亲说，拍片了有阴影，烟是绝对不能抽，再抽下去，离肺癌就不远了。

自那次住院，父亲回来后真的把烟戒了。至今，二十六年过去，没再听到父亲早晨咳嗽不停，再没见父亲抽一支香烟。在二十世纪八九十年代，有时，听父亲咳嗽，咳得厉害的时候，似乎把胸腔里的肺都咳掉了一样。听着让人压抑得很。

父亲，总是说的，做到的。

说戒烟就不再沾一下，这牙齿，估计也只有等这最后一颗落掉，再去牙科诊所了。

在我的记忆里，父亲最喜欢的在喝酒时，讲过去的故事。讲父亲的父亲年轻时，在九华山上工的故事；讲日本鬼子侵略，有一回一对鬼子兵经过我们家乡田埂路，爹爹带着父亲躲在田后埂的沟沟里，躲过一劫；讲他在湖州部队里的故事，起早骑自行车去市场买菜，刮风下雨下雪，风雨无阻；还有去河沟里拉猪草……

每次讲，父亲就会说："万般皆下品，唯有读书高。"

父亲也是这样做到了。

父亲一直对我们的学习方面，管着，不放松，在经济最困难的时候，也没让我们八个人辍学，庄上的人建议安排某个哥哥去厂里干活挣钱，帮家里解决经济困难，父亲没听。

听母亲说，大哥那年考枞阳师范，考试前得感冒了，腹泻还严重，浑身没力气，大哥决定放弃考试。父亲不同意，听母亲说，大哥是被父亲抱上拖拉机，然后去考试的。幸运的是，大哥考上了。大哥师范毕业，在龙桥小学教书，我也从那时候就跟大哥去龙桥小学上学。

上小学的时候，有一天，跟小伙伴们，翘着屁股，围在地上，用小刀向下扎，立住，划连线，一圈一圈，失败了换对手，直至一个人被圈在里面，出不来就算输，正玩起劲，冷不防，一声暴呵："作业不做，看我不打死你。"

一听声音，吓得赶紧爬起来就跑，跑了大约 50 米，边跑边往后看父亲，只见空中飞舞着一柄锄头，向我砸过来，心里一激灵跑得更快，差点砸到脚后跟，后来跑到门潭大娘家，躲起来了。至今，想起，小腿肚子还是颤抖不已。

而在这方面，小妹就比我好多了。父亲时常夸奖她。时至今日，父亲依然笑容满面："小八子从小就一直爱学习。"父亲说，小八子上小学，一回家就把椅子搬到院子里，只到把作业做完了，才吃饭。现在看来，小妹，那时候学习习惯是很好的。也许，正因为这个得到父亲赞扬与喜爱。

父亲喜欢八个孩子都爱学习，都跳出龙门。

但父亲的理想跟现实，相差就显示出诸多艰辛。母亲时常回忆那些艰苦岁月，说父亲每每开学来临之际，不得不出门往人家去给我们八个借学费。有时，父亲一晚上也借不到一分钱。

自听母亲说，再想想父亲的烟，想想也不难理解了，那些日子。一家子十个人的田地，劳作的收获，除去交公粮，所剩应该也不多，家里还经常来客人，母亲忙不完的家务活，烧菜饭，小时候经常在厨房当母亲烧菜时，抓点塞嘴里偷吃，反正母亲没打过我，似乎也有惯自己的成分？

也许，真有。父亲曾说：油瓶倒了，都不用你们问，把作业做好就行。

父亲始终强调学习至上，不用我们八个去干农活。

当然，我们都参加过劳动的，下田拔秧、插秧、割稻、拾稻、挑稻把、车水车，这些我都干过。犁田、打把真没干过。

父亲干农活，是一把好手。父亲喜欢干活力气大的牛，犁起田来，呼啦啦一下子就干好，我家有田名叫"八斗"，感觉好大的一块田，目测田埂200米长，父亲用牛犁田，十分利索，牛也有劲。但我却害怕我家的牛。父亲喜欢买干活有劲的牛，牛是有劲，可我觉得都是那种火暴脾气的牛，厉害的，记得它用牛角顶过父亲，但父亲仍然喜欢这种大力气的能干活大家伙。至今，我一直没放过牛，也一直不敢放牛，不敢牵它去池塘边喝水，更不敢牵它去山上吃草。

所以特别羡慕小伙伴家的牛，看他们放牛骑牛，而我没有骑过，因为我的父亲一直替我挡住了一切，危险，艰难，风雨。

二

小时候，父亲是个村干部，喜欢抽烟喜欢喝酒，还喜欢在吃晚饭时候谈他在部队里的生活。

那时候父亲烟瘾很大，酒瘾也很大，常常看他喝得醉醺醺地回家，家里来人的时候烟雾缭绕，呛得我很难受。而他自己也常常咳嗽，尤其是在早上咳嗽一声接一声，仿佛要咳出什么，但什么也咳不出来。

那一阵子，父亲的身体很不好，酒伤身烟伤身，胃也不好，尽管如此他还要参加繁重的农业劳动，养活我们弟兄姊妹八个人。

在我大了些时候才理解父亲的烟瘾为什么那么大，也许是出于养活一大家人的经济压力，因为始终是他一个人在扛着。

如今，我们一个个走上了工作岗位，而父亲的生活习惯依然，烟酒不离。妈妈也一直担心爸爸的身体，常常与大哥二哥当面对爸爸提起戒烟戒酒的事，可是不管怎么说，爸爸都是只有三个字"戒不掉"。

直到有一次，爸爸病了，撑不住，住院了。在县城医院病床上，医生一再嘱咐：肺部有阴影，再不注意，将更加严重，直接影响肺功能，香烟绝不能沾。

父亲听从医生的建议，非常有恒心有毅力，彻底与香烟绝缘了。再后来，我才知道，这是二哥与医院的同学善意的谎言。当然，至今，父亲是唯一不知道秘密的人。

今年年初，父亲血压突然升高，可他酒瘾一直如故，我们全家又担心起来，然而无计可施。真希望他再下决心戒了酒，该多好啊。

作者简介：

许格巧，有作品发表于《枞阳文艺》《中国国土资源报》等报刊。

箪食之乐

闫 琳

1

某个周末回乡下，中饭时，有邻居端着一个小碗来串门。我正埋头吃菜，他把碗里的东西往我碗里一倒，惊得我差点跳起来。

他说，怕嘛事，你尝尝我家做的雁菇汤，可符合你口味。

我不知所措。家人说，你看，我们山里人热情吧，吃吧。

在众人注目下，我一言不发将汤一勺勺喝完。

邻居问，可照？

我看看碗，意犹未尽地问，哪里来的雁菇？这个汤如何做的？为什么这么好喝……

舒城山水相间，深山丛林里，生长着一种当地人称之为雁菇的野生菌。这种菌呈土黄色，叶片上斑驳地呈现着铁锈样的绿。说是雁来雁去留下的痕迹之处，会生长这种异香的菌。也有一说是松花落地所生，因其似带着松树的色和香。

雁菇据说目前还不能规模化种植，要靠去山林里采摘，因此价格不菲。

前天回乡下，刚把车停好，邻居就喊住我们，说，我估计你们周末要回来，我采的雁菇给你们留了一些。

作为一个致力于吃喝玩乐事业的好食之徒，当我接下这包雁菇时，除了满心的感激外，充斥在我心里的则是如何将这雁菇的美味和幸福感最大化呈现的精细考量。嗯，我要分三批次来吃。

要买猪肉。把精肉切成丝，再用刀剁十几下，变成肉丁与肉泥状的颗粒。用老抽酱油上色，红薯淀粉，食用油，盐，黑椒各倒一些，抓匀腌制。

把肥肉切成小丁，炼出猪油。油渣要成焦黄色，但千万不能发黑。雁菇沾着泥草，用流动的水小心清洗，较小的菇叶片滑腻，流水而过，如抚摸一个娇嫩的婴孩。

洗好的菇掰成小块，在猪油里滑炒一下，加入冷水。水沸，放入肉丁，再水沸，浇上一个搅碎的土鸡蛋，这锅雁菇瘦肉汤就成功了。

什么滋味呢。肉脂之香混合着山野泥土林叶之香，碗里的汤醇厚天成，如同一个狂野的少年驯服了的一匹烈马，喷射着腾腾的汗气，温顺地立在眼前，幻化成眼前的这碗汤。

汤要趁热喝。喝了一碗，再来一碗。

我对食物充满敬畏，总要求家人在吃饭时放下手机，专注于眼前的餐食，珍惜一粥一菜。

对食物的怠慢会让我们的味觉退化，丧失对美味的感知。如同对真挚情感的亵渎会让我们失去所爱，丧失对爱与被爱的感知。对山水花朵云雾冰雪的忽略，会在我们的疾行和抱怨中，让我们的心变得坚硬而无趣，失去了生命的感悟和对自然美妙的感知……我们活在自己的快节奏里，忙着疲倦地瞎忙活，制造出很拼命和努力的样子，又得到了什么呢。

<h2 style="text-align:center">2</h2>

冰箱角落有一只火爪，应该是来自去年春天。好几次，我把这只火爪拿出来，端详又端详……无计可施。只得一次再一次重塞回冰箱一角。

你们相信福至心灵这句话吧？某天晚上我躺在床上看书时，突然就想到了那只火爪！

起身把火腿的爪子用火烧一下毛，剁成三段，放入冷水里浸泡。

次日打扰我深深梦境的，是袅袅飘进卧室的汤香。本来我以为这是梦中梦，奈何肚子咕咕叫，我欲再入梦境，那香味却一股脑的更汹涌地朝我身边涌来，让我丝毫没有推阻的能力，任由肚子叫得更欢，涎水在嘴里翻滚。

厨房里，家人正守着老瓦罐煲汤。

我凑到瓦罐前，掀起盖子，狠狠吸口气，再用勺子撩一下汤汁进行观察。汤是浅藕色的，香味有说不出的醇厚。

这气息，在中华悠久的藏储食物秘籍里隐藏着，你说不出那是具体的什么味道，如老坛里泡的菜薹，裹着白菜叶的豆腐乳，黑乎乎的熏肉，泛白结着盐霜的腊肉，陈年老卤汤，等等。如果非说那是些什么味道什么成分，只能说它们是简单原料、菌落反应、时光腌制、温度糅合、微生物共舞等复杂元素共生的味道。

吃过的人心领神会，没吃过的人一脸茫然。恰如一首情歌里的一段歌词："有人问我你究竟是哪里好，这么多年我还忘不了，春风再美也比不上你的笑，没见过你的人不会明了。"没见过，没尝过，哪里明了呢。

"真是一罐好汤啊！"我由衷感叹。把勺子里的汤吹一吹，喝了一小口——如醍醐灌顶打开味觉新天地，让我有了灵魂飞天飘摇而上的感觉。这快感从口腔、喉腔，直达胃肠。

喝酒的人喝到好酒，会说，一线喉！酒到哪烧到哪。此刻我也想说，好的汤，也是一线喉啊。烈酒以烈出击，醇汤以醇醉人，各有各的摄魂法术。

汤是炖好了。甭说起初的冷水氽烫去腥，大火烧滚逼汁，中火推拿逼味，最关键的小火逼魂也用时三个小时以上。关上火，瓦罐内依旧翻腾着。

从冰箱拿出一块冬瓜，去皮切滚刀块，放到一个浅浅的砂锅里。从瓦罐里盛出几勺还在滚着的沸汤、一块猪脚，浇到砂锅里，淹没冬瓜，盖上砂锅盖，拧开燃气，小火慢笃。腌笃鲜，为什么用"笃"，应该是不急不慢笃定等待的意思吧。用腌制的火腿炖汤，慢慢地笃笃笃，鲜即如约而至。

二十分钟后，冬瓜的边缘已融化的若有若无。因是滚刀大块，里面的冬瓜湿软适中。盛起一碗冬瓜火爪汤，猪脚咸香，冬瓜清爽。哪有时间去赞美和感叹，埋头先干掉两碗再说。

到了傍晚，腹中有了饥饿感，还是在火爪汤上做文章。这次，放入的是大白菜，不加任何东西，白菜帮白菜叶，炖就是。我坚信，半个小时后，自然又是一锅好汤水。

火腿汤若是配叶菜，唯有大白菜。青叶菜不行，格格不入。大白菜就像是灰姑娘，因火腿汤这个王子的托举，变成了曼妙而令人注目的主角，焕发出洁白而甜蜜的汁液，涅槃成仙。

为了使这罐汤最大化发挥作用。我在家盘算，第一锅炖冬瓜，第二锅炖大白菜，第三锅煲白萝卜，最后一锅，煲番茄莴笋土豆。

有人问我，你为何那么喜欢美食？我只笑笑。心里说，采菊东篱下，悠然见南山，对食物的眷恋应是一种极俗极物的隐逸情怀吧。此隐逸情怀可化解现代洪流中需要随时入世的战斗力。而更可贵的，若能于一箪食一瓢饮中享受静气，便可在万千压力的现代化进程机器中，持有一份不紧不慢的超然，徐徐而行，踏歌而行。

作者简介：

闫琳，笔名琳子，就职于某上市外资企业。出版《小白领的高品质省钱生活》等畅销书。文章散见于《读者》《青年文摘》《人生与伴侣》《爱人》《美文》《风流一代》等刊物。

那年那月那些事

杨晓培

20 世纪 70 年代中期，一群知青下放在长江边的国营农场里。农场生活清苦无聊，大家最快乐的就是收工后洗刷完毕，美美地吃上一口热饭热菜。他们最喜欢去炊事员小刘打饭菜的窗口。

炊事员小刘是一位刚高中毕业的学生，皮肤白皙，个子高出一般人一头，父母都在城市工作。作为知青，身体柔弱，一到连队就被安排在食堂，那时都称作是伙房。他先是打杂，后来烧一种叫老虎灶的烧开水活。后来时间长了，就干起了帮助烧大锅饭，卖饭菜一些活。因为又高又瘦，大家都风趣地喊小刘为"电线杆"，又因为他心地善良，深受知青们的喜欢。轮到他站食堂的窗口时，他的窗口前总是长队如龙，别的窗口几乎没人，窗可罗雀。

食堂的范师傅做的一手好厨艺。他对炊事员教授售卖饭菜的经验十分老到，简称"四原则"：第一，打饭时，要在你面前装满米饭木桶里用碗用力上下翻滚，翻动的越松软越好，然后快速地把饭打在买饭人的茶缸里；第二，打菜时下手要狠，打菜时的勺子用力向下，给人第一印象就是视觉上的满足；第三，勺子抬起的时候要均衡的左右摇摆，达到一种水平尺的平衡；第四，也是最关键，是一种最终期待欲望的结果，把菜均匀的铺在米饭上，面积越大，你的手法就越成功，如果炊事员要能把买的肉片之类的荤菜铺开的面积大，都会得到在场事务长和范师傅的表扬。这四部曲对于小刘来说，简直就比登天还难。无论他在食堂后厨怎么修炼，也达不到食堂和事务长规定的满意效果。

一天，知青们早早就收了工，集中在食堂的窗口下。好不容易司务长通知可以提前打开食堂窗口了。知青们等久了，也没有了秩序，一窝蜂挤到窗口前。小刘习惯地弯下腰，探头看了一眼后，按照窗外的知青需要的饭菜给打饭、添菜，由于小刘不习惯司务长要求的操作，打饭是直上直下，盛上饭来，还用力按压一下。打菜时，下手是狠，但他可能生来就不会掌握平衡，不知道如何摆动勺子，反而是适得其反，足足盛满了一大勺子，给知青们打的饭和菜大都溢出了茶缸子。还有一次，一个和他来自一个城市的知青去打饭，对方要了十几个菜的品种，小刘一一对应给打好了，当去伸手收饭菜票时，他张开双手，对方居然只是把手放在小刘的手掌上象征性心动了一下，小刘感觉是空空如也，啥也没有。小刘不敢吱声，只能假装做个样子，熟练地打开收饭菜票的匣子盖子，装出放进饭菜票的样子，再用力把匣子的长盖子快速地合上。待晚上每个炊事员向司务长结账时，其他炊事员的收饭菜票的匣子打开时，饭菜票都是溢出来的，只有小刘的几张饭菜票散落在匣子的角落里，对比鲜明。当然了，一顿疑问、质问，一顿批评是难免不了的，这个时候，小刘当然不会说实话，还会做模做样地强词夺理，只有他心里最清楚。

小刘在食堂的时间久了，大家都心知肚明。

有一次，小刘在伙房值班，伙房门前有一口直径一米的大缸，里面是连队找附近的农民借的一头毛驴，用了一个多月的时间，用石磨推拉辣椒推出来的满满一缸辣椒酱。小刘知道这一缸辣椒酱的"艰辛"来历。司务长特别交代，每个值班人员都要牢牢看住它，不能让人给偷了。那天，小刘也格外小心，起夜时多次查看缸里的辣椒酱可在了。就那样的精心，还是没有守住。一大早起来，天才蒙蒙亮，小刘第一时间就跑到辣椒酱的大缸前，掀开盖子一看，他顿时窒息了片刻，缸里居然空了，缸里的四周用大馍蘸过的印子还在，一道道似水的波纹。大缸比冲洗的还要干净。

小刘的事犯大了。大会小会批评检讨，动员知青揭发是否有内应外合的嫌疑。一系列下来，小刘招架不住了。一天，小刘知道在伙房不会蹲太久了，犯的"罪"反正都是为了知青们去做的。他就和烧饭的、做菜的、烧水的炊事员都密谋了一番。大家统一听小刘的安排，实行大罢工，先给连长和指导员一个下马威看看，省得到时自己尴尬。

那天一大清早，知青们早早来到伙房，等待开饭。但是，窗台禁闭，伙房内没有平时冒出来的烟火味，整个伙房冷冷清清的。知青们用力敲门，大声呼喊："开饭了，开饭了!"始终没有应答，只好喊来司务长。当司务长打开食堂大门时，他也一时惊呆了，一身冷汗，浑身发抖。伙房内竟空无一人，灶台是凉的，一切都是没有动过的痕迹。在那个年代，出现这样的情况，叫作政治事故，那还了得。司务长抖抖手，跺跺脚，气急败坏地往连部走去。

当时，小刘和他聚集的"挚友"都还在热被窝里，外面炸锅的声音一浪更比一浪高。小刘知道事情发生了，都是自己的原因，他主动投案自首，作为主谋，他的处理方式是直接"下岗"，去大田接受农业锻炼。

事情过去了，处理也完结了。有些人都认为小刘这下可吃苦了，那你就想错了。小刘平时的善意为人大家都藏在心里，一听说小刘受处分了，都来安慰他，大家主动帮他搬家，尤其是当分配给他在田里的农活，都是抢着替他干，小刘很是感动。小刘知道，在那个年代里，知青们的生活和经济上大都捉襟见肘，都不富裕，他在伙房占有了特殊的地位，虽然有犯错的前嫌，但是都是历史的原因所致吧，50 年快过去了，回想起来，当时的做法只能当作是年轻时候的趣事，也是特殊年代的往事，当作随风而去，回忆罢了。

作者简介:

楊晓培，笔名潇雨，上海华东师范大学法政系在职研究生学历，高级政工师，2022 年度安徽省作家协会会员、蚌埠市作家协会会员，中华全国世界语协会医学委员会副会长。先后在国家、省、市级文学刊物和报纸发表散文、小说、诗歌、微电影剧本等文学作品数百篇。

戏神之乡冶塘湖

杨孝桂

　　悠悠皖河，发端于大别山腹地岳西县境内的黄梅尖南麓，其实这是长河的起源。长河与皖水、潜水合流到一起，到了石牌才正式有了皖河的名称。皖河滋润着古皖大地，哺育了古皖文明之花。皖河河畔有个不大不小的冶塘湖，清澈的湖水浇灌出了别具一格的戏曲之花。

　　皖河北岸，"在府西三十里"有象山、狮山并列而立，两山相距一百余米，天造地设的一个巨大的豁口，威武凶猛的雄狮和曲鼻饮水的巨象分守东西两边，这一奇特的地理现象被人们称之为"狮象把口"。

　　狮象二山与三面浅山环接，围成了湖泊，便有了"冶塘湖"。冶塘湖之"冶"，源自此地曾是皖县重要的冶铁基地，至今在冶塘湖东岸的蛇形嘴、汪家嘴、王家嘴等处的山坡和滩地上仍留有铁渣、矿石和绳纹砖块等遗物以及铁矿坑遗址。至于当时的官府为何选择在这里炼铁，大概与皖河这条畅通的黄金水道有关吧。

　　春夏之际，雨水充沛，江河丰盈。秋冬季，水位下降，开阔的湖滩上一簇一簇白芦花，随风摇曳。从远方赶到这越冬的候鸟，或盘旋于湖面，或一个翻转钻进水边的草木之中。四面山上翠竹摇曳，古木森森，层林尽染。

　　小盆地有独特的小气候，水雾山岚氤氲于湖面，缭绕于山间，当朝阳从东面山顶爬出，万道光芒穿过雾霭，湖面如铺展的宣纸，洇润开了薄薄的青绿——"冶峰青霭"是怀宁县史上久负盛名的十二大景观之一。

新绿

冶塘湖由狮象把口与皖河通连，皖河丰则冶塘湖丰，皖河瘦则冶塘湖瘦，但几乎没有断水之时，人类逐水而居，冶塘湖畔便有了人气旺盛的洪家铺，便有了交通便利的客货码头。洪家铺是潜岳等地通往安庆府的必经之路，因而这里成了官道驿站。官道驿站加上水运码头，人流物流沸腾，没有不繁荣的道理。朝朝代代，这生生不息的盆地里，人们或聚或散，或居或徙。这样的山水，这样的人潮，应该有歌声欢唱，应该有锣鼓喧天。

汪河屋是洪家铺（现名洪铺镇）辖下的一个自然村落。汪氏是冶塘湖畔最早迁徙者之一，走进汪河屋，祖祠背依青山，一条清溪在开阔的广场前潺潺流过。古色古香的徽派建筑蕴含着无言的朴实与恢宏，彰显了汪氏家族的绵长与兴盛。除了有救的历史，汪河屋文化尤其是"牛灯戏"闻名遐迩，已被安庆市确立为非物质文化遗产。"牛灯戏"是汪氏族人将牛灯会与尉迟恭驱牛亲事田耕的故事结合在一起，慢慢形成了独具特色的汪河屋汪姓牛灯戏，到明朝时形成了专门的戏班——汪家班。汪家班所演剧目从早先只演尉迟恭逐步拓展演出内容，现存的剧目有《尉迟恭耕田》《刘秀报马》《八仙庆寿》《九世同居》《孙猴子开路》等。其唱腔结构为高腔散板为前导，一人唱众声和，锣鼓齐鸣，甚是热闹。在600多年的传承中，其特色唱腔不断得到凝练和升华，成为珍贵的民间艺术奇葩。

就在汪河屋牛灯戏走村串巷的时候，冶塘湖畔及周边地区，夫子戏也正在兴起。夫子戏创建于明朝正德年间，因专演三国蜀汉大将、武夫子关云长的故事而得名。明嘉靖年间，开始出现"忙则农，闲则艺"的半职业班社，同时涌现了一大批亦艺亦农的伶人，他们在乡野筑台演出。明万历年间，是夫子戏的鼎盛时期，风靡怀宁全境及周边府县，这其中又以冶塘湖畔的杨家老屋的杨家班最有名气。

夫子戏的唱腔"乐佛腔"，是怀宁伶人们以耕歌小调为基础，吸收僧道诵经做法事的佛调、道腔而创造的一种新的声腔。传统的夫子戏剧目有《单刀赴会》《斩貂蝉》《护嫂》《过府》《剖壁》《封金》《挑袍》《会兄训弟》等，演的都是关羽的故事。这些都是折子戏，曲牌体（长短句），一唱众和（即"帮腔"），夫子戏唱腔优美动听，很受百姓喜爱。

唱戏要搭台，逢集要有戏。

冶塘湖畔，二里半的码头樯橹际会，人声鼎沸。汪家班、杨家班的牛灯戏和夫子戏引来阵阵喝彩，此时，石牌的艺人们也结帮而至，在这里唱起了清新婉转的黄梅调。

黄梅调与牛灯戏、夫子戏在这里相遇，又在这里"结亲"。融合了牛灯戏和夫子戏唱腔特点的黄梅调成就了怀腔（怀调）特色的地方大戏——黄梅戏，黄梅戏从皖河沿岸兴起，又随皖河水流出，唱遍了大江南北，唱红了神州大地。

清净的皖河水孕育了悠扬的黄梅戏，黄梅戏的伶人们要将如水一般灵性的戏曲唱到远方。他们在洪家铺汇聚，要从冶塘湖上进发。这一帆远航，风雨难料，祈求神灵庇佑，顺利传艺，平安归来。伶人们祭拜的当然是戏神。

道教神祇二郎神座下的金鸡有戏神之尊，于是，勒碑膜拜成了最好的祭祀求神方式。一块高 1.1 米，宽 0.75 米，由汉白玉雕刻的戏神碑——金鸡碑立在了冶塘湖码头，供过往伶人祀奉参拜，时为清雍正年间。距今历经三百年风雨，但碑面文字仍清晰可见：正文为"金鸡社令正直之神位"，两侧分别冠以"日""月"二字；上款题为"庚戌岁冬月吉旦众生祀奉"，下款是立碑人"本社""信官""信士""生堂"杨文堂等 25 人姓名。碑边刻缠枝花纹，碑文楷书阴刻。

几百年前的先人们树立的是神碑，埋下的却是我国戏曲文化的不朽根脉。影响全球的电影大奖"金鸡奖"据说由此得名，1986 年7 月安徽省政府将此碑命名为"省级文物保护单位"。金鸡碑以其独特的历史和艺术价值吸引了全国各地艺术界专家学者不断前来探访研究。

穿越时空，历经风雨沧桑的金鸡碑现如今得到了更好的保护，政府拨出专款建立了金鸡碑文化长廊，全面展示了金鸡碑的"前世今生"。站在为保护金鸡碑而建的四角亭里，极目远眺，我分明看到新时期的大舞台上，中华民族伟大复兴的鸿篇巨制正在万方乐奏中精彩纷呈！

作者简介：

　　杨孝桂，安徽省报告文学学会会员，安庆市作家协会会员，安庆市报告文学学会秘书长。小说、散文、诗歌作品发表于《安徽文学》《中国工商报》《文学时代》《新安晚报》《振风》等主流文学报刊及多家网络平台。有多篇作品获奖。

父亲的出诊箱

杨心怡

今年的冬天对于一个南方的小城来说来得是太早了。不过十一月末的光景，便偶有朔风侵袭。院内的白杨树被刮得曲折了枝干，裸露出一片皴裂的干纹。横风扫过，千堆落叶如同千堆雪，枯败颓唐地斜倚在院落的一隅。

天边的云层皱皱叠叠，像是挤坏了的劣质奶油蛋糕，我平静地望着将雨又将夜的天色，兀自点起一支烟，倚着窗台缓缓地吸着。湖对岸林立的广厦高楼，像是小时候父亲买给我和自己的积木玩具。但我已经很多年没有玩过玩具了。

今日我难得休息，便同父亲一道来县养老院，替七十岁以上的老人做全套体检。我在父亲这里向来是个打下手的，姊姊早几年嫁至外省，如今家中能帮衬一二的也只有我了。父亲摆弄着出诊箱中的血压计与血糖仪，嘴上仍旧絮絮叨叨："等你上了年纪，迟早也有需要别人替你看病的那一日。"

那你呢，等你老得看不动病的时候，又有谁记得你、照顾你呢？一句话哽在喉头，我最终不忍心说出口。

这是父亲做乡村医生的第三十四个年头，也是他生命的第五十六个年头。

父亲年轻的时候教过一阵子书，也开过几年杂货店，机缘巧合之下结识了他的师父，从此便跟着师父学医，做起了乡村医师，这一做就是三十余年。父亲是一个颇为传统的人，每逢过年走亲访友之时，他便会提上几斤家中腌制的咸鱼、腊肉，以及几捆母亲用她的独家秘方灌制的香肠，携上我与姊姊，前去登门拜访师父，问候他老人家的近况。这似乎已经成了我们家的传统，从我记事起便延续至今。

父亲的生活朴素而简单，规律到甚至有一些乏味。白日里他下乡出诊，行走于街坊邻里之间，为上了年纪的老人排除疑难杂症。时逢天气欠佳，或节假日里，他便坐诊于卫生所内，为前来看病的人量血压、打点滴。

夜晚归家，父亲也难得休息。作为我们家的掌勺厨师，他烧得一手好菜，其中最为拿手的一道便是徽州一品锅。相传，文人梁实秋在品尝过一品锅后，不禁赞叹："一只大铁锅，口径差不多二尺，一层鸡一层鸭，一层肉一层油豆腐，点缀着一层蛋皮卷，紧底下是萝卜青菜，味道极好。"鸡鸭肉、油豆腐与蛋皮皆是平素里常见的食材，却在父亲的一柄铁勺之下，烹出鲜掉眉毛的美味来。父亲时常念叨说，他不在家，我与姊姊便不好好吃饭，非要尝到他做的饭，才能改了那挑食的坏毛病。

父亲是个生性不善言辞的人，同时他也有着处处替人着想的好心肠，从不忍心拒绝他人的请求。曾有一日，父亲九点多回了家，方要歇上一歇，可屁股还没坐热，便被临村有九十岁老人的一户人家电话叫了去。我那时还说他："这都快十点了，还要喊你去瞧什么病？"父亲只是随和一笑："老人的病，耽搁不得。"

这些年来，父亲时常忙得顾不得自己，因此也落下了一身病根，"医人者，难医己"，这话放在他身上，倒是一点也不错。在我念高二那年的小年夜里，父亲因胸腔积水住进了市医院的重症监护室，这一住便是整整两周。自那之后，他似乎是悟到了些"医人者，先医己"的道理，也学着体恤起自己的身体了。

在我与姊姊刚学会走路的年纪，便总是能在天色昏黄的午后，瞧见父亲卖力地跨上他那辆五羊牌的摩托，左肩上背着那只四四方方的铁皮出诊箱。十多年过去了，家中的日子逐渐好过起来，老旧的摩托车早已化为一摊废铜烂铁，父亲也改为开车出诊。唯一不变的，是他左肩上始终背着的出诊箱。父亲背了三十多年出诊箱，背坏了一个又一个铁皮箱子。如果仔细打量，便不难发现，他的左肩上有一个明显的凹槽，走路时身体也会不由自主地向左偏斜。

四五岁的时候，我与姊姊最喜欢做的事情，便是一人一边紧紧抱住父亲的手臂，随着父亲一发力，我俩便会身体离地，悬在空中，发出阵阵尖叫与笑声。那时我总是觉得父亲永远不会老去，他的臂膀是那么的强壮，能够一直背得动沉重的铁皮出诊箱。

正无边无际地想着，忽然听见父亲叫我。我回头，见他吃力地提着出诊箱推门而出，我上前去将箱子一把接过："爸，我来吧。"

天已擦黑，鸟兽归林。湖对岸的灯，此刻终于亮了。

作者简介：

杨心怡，安徽合肥人，复旦大学中国语言文学系硕士。

秋 之 念

姚春华

立秋已过数月，但夏的尾巴依然拖得很长很长，似有不舍离去之意，占据着早秋的风光。以至于今年的秋，似与萧瑟无关，与绚烂有染。秋花开满地，疑是春又来。"我言秋日胜春朝"一点也不假呢。

与妹相约去乡下大姐家，推开大姐家小院那扇虚掩的铁门，首先映入眼帘的是满目的一串红，似火如炮，怪不得有"爆仗红"的美称呢，着实是名副其实啊。大姐家的小院不大，景致可不小。除了靠邻墙的一边围起了一排栅栏，为家禽活动区域外，其余边边角角都种了各种各样的花，有一串红、月季、桂花、玉兰花、洗澡花、太阳花等。在鸡、鸭、鹅活动区域栽有板栗、橘子、枇杷等果树，这些树集观赏、食用、避荫于一体，经济、实惠又美观。站在小院中，看着这些花花果果，午饭酒还未喝，人便已经醉了。

秋，总会让人想起陶然亭的芦花、钓鱼台的柳影、西山的虫唱、玉泉的夜月、潭柘寺的钟声。而南方乡下的秋，来得安静，来得不疾不徐。像裹着一袭艳丽旗袍的江南小女子，踩着碎步，风姿绰约，含情脉脉，袅娜而来。撩拨着人的心弦，吸引着人走进秋山、秋野、秋林，邂逅大自然的一场色彩盛宴。在蓝天白云，层林尽染，满目流金中，为自己的心，觅得一处静谧的安放地。

秋日的乡村，安静而热闹，除了留守的老人、小孩，连狗吠声都未曾听见。午后阳光浸染着整个村庄，似镀了一层华丽的金。小院转角处的空地上，匍匐着一大片南瓜藤。你俯下身仔细看，在这千丝万缕的藤蔓里，有好几个大南瓜，有长圆形的、扁圆形的。它们似偷懒的毛孩子，懒洋洋地躺在草丛中，个个只露出半个黄灿灿的身子，像要与你捉迷藏一样。你若是扒开叶子，还会发现更多的惊喜呢。那些南瓜都躲在叶子下面，默默地表演着变脸的把戏。青绿的在渐变成淡黄，淡黄的在渐变成土黄。在这季节更替的时节，所有植物都在接受一场秋风、秋雨的洗礼，都在为生命的至真至美，做着最后的蜕变。一如哲人说过：生命本是一段叙事，一瓜一果，一花一叶。

"草在结它的种子，风在摇它的叶子，我们站着，不说话，就十分美好。"此时此景与顾城的诗歌多么贴切呀。静静置身于小院中，仰头看天上云卷云舒，那么近又那么远。临近正午，炊烟袅袅，草木与饭菜的香气氤氲了整个村庄。稻场上欢跃的麻雀，啄碎了一地的阳光。鸡栅栏里公鸡在引颈打鸣，母鸡在"咯咯哒、咯咯哒"地炫耀着它的功劳。还有那些花开的声音，果落的声音，让小村庄更显幽静。老古话说：七月板栗八月炸，九月板栗笑哈哈。这不，正应了那句老古话呢，你看，树上的板栗不经意间就咧嘴掉下一粒，像童话中禁不住狐狸诱惑的乌鸦。让我这不爱动手的懒人，随手就捡了个便宜，顺手塞进嘴里，一股清香便溢漫开来。

都说"一层秋雨一层凉"。今年的雨水却格外稀少，以至大姐不得不每天要担水浇菜。我们随着大姐去她的菜园，房舍断墙上爬满了紫绿的月亮菜，像个调皮的孩子，将紫色花穗极尽地伸向天空。那拼搏不屈，奋发向上的昂扬姿态，给人一种莫名的振奋。月亮菜顺着电线攀爬到房顶上，大姐和妹妹顺着高高的木梯，利索地爬上了房顶。我也试着爬了几级，终究还是胆小，没敢上去。这一幕倏忽将我拽回到了年少时光，倔强勇敢的大姐，号称"草上飞"的妹妹。似时光流逝，并未改变她们的强干，这让我有了些许欣慰。姐姐和妹妹在房顶，边摘菜边叽叽喳喳拉着家常，我轻轻踩着零星的落叶，摸着斑驳的石头墙，内心像被山风吹皱的一池秋水。童年的记忆就封存在眼前熟悉的帧帧场景里：一幢老屋，一条土路，几缕炊烟，几位老人……我潮湿的泪光中，仿佛浮现出父母亲变幻的脸庞。

十九年前的那个秋天，萧瑟、寒凉，短暂的如同父母亲短暂的

新绿

一生。那一年的国庆假期，没有一丝阳光，凄风冷雨冻得人瑟瑟发抖。我战栗的心跳，随着父亲艰难的呼吸七上八下，直至戛然而止。三十五天后，也就是父亲"五七"的那天，母亲也追随父亲而去。在那个暮秋，我深刻感受到了生离死别的凄凉与无奈。人的一生真的很短，转瞬间，白雪便覆盖了春花。那个生命中最"寒冷"的秋，像一道永远退不去的疤，刻在我的心上，隐隐作痛。这些年，我多希望父母亲只是出了趟远门，多希望他们还能够再回来，回来看看不再让他们操心的儿女，回来享享儿女们的福气。

时光好不经用，与父母亲永别的伤疤似乎还未愈合，转眼，我也是年过半百了。"岁月如流成枯枝，日月如梭韶华逝"，曾经在父母亲眼中不经事的我，终在风雨飘摇中，把自己活得越来越"结实"。感谢岁月，教会我坚强面对生活浮沉；感谢光阴，赋予我一切的如意或不如意。所幸，经历过风风雨雨，依然能够初心不改，我依然是时光里那个倚栏看风景的人。

秋色深深，岁月浅浅。不知从何时起，人到中年的我开始恋上了秋，恋它的静美，爱它的恬淡。秋是丰盈的，也是内敛的。它的美入眸，入心，也入了时光的画卷。不必问花开几许，花落几多，也不必问落叶几重。世间种种，淡然于心。心里有一点幸福，有一点忧伤，和着一点思念，这样的感觉，挺好。

作者简介：

姚春华，笔名阿春，安徽安庆人，中国散文学会会员、安徽省作家协会会员、安徽省散文随笔学会会员、安徽省报告文学家协会会员、安庆市作协会员、安庆市评论家协会会员。著有散文集《春华秋实》，书籍曾被中国国家图书馆、安徽省图书馆及相关市图书馆收藏。

一枚羽毛的重量

姚尚平

　　"鹅鹅鹅，曲项向天歌，白毛浮绿水……"每次读到这首骆宾王七岁写的五言诗，总是百感交集。我们七岁时，才刚刚启蒙入学，识字尚且了了，自然做不了诗，所幸却能做个牧鹅少年，早晨赶着鹅群沿田埂放牧，埂边的青草还挂着露珠，新鲜得很。下午放学回家，再把鹅赶到湖里。大人说老鹅晚上赶食，所以每次都在黄昏之后月上柳梢，才与同伴返家。岁月荏苒，当年的青梅竹马，早已各奔东西；造化弄人，昔日的牧鹅少年，竟成摘翎能手。

　　走过春日芬芳，走过夏日繁华，走过秋日荣昌，走进冬天，享受惬意和安详。"寒露油菜霜降麦"，至此，一年的农事圆满结束。拂去征尘，迎接新年。其中一个重要事件就是腌制家禽，腌鹅是重头戏，不论宰杀、拔毛，还是腌制都是有讲究的，经验决定技术。最难忘的要数母亲亲手制作的羽绒棉鞋：千层底，绒棉参半的鞋帮、鞋垫，轻便、舒适、暖和。那种感觉是皮棉鞋、雪地鞋不能企及的。

　　现在不同了，以前是小户散养，几乎家家喂鹅，小孩几乎个个放鹅。如今还有哪家舍得让七八岁的孩子赶着鹅群到处放牧呢？大户集中喂养是适应社会发展、改善传统养殖方式的一种必然。科学技术就是生产力，养殖的规模化和精细化，催生一批技术过硬手艺娴熟的采羽队伍。黄君就是这支队伍中的佼佼者，也是最早参加上门收购羽绒的鹅毛贩子。

　　二十世纪八十年代初期，随着改革开放，市场经济的发展和壮大，羽绒产业在皖西大地悄然兴起，许多在家务农的青年，开始走村入户收购农家鹅毛鸭毛，当天收购当天交易，交易场所在皖西最

新绿

大的集散地——淠河东岸隐贤集北头的时寺乡隐北村境内，隐北市场进行简单的加工后，送往上海浙江等工厂企业深加工。皖西白鹅也因此声名鹊起，饮誉九州。

"鸭毛鹅毛卖……"当耳畔响起这悠扬亲切的声音，眼前总会浮现一幅熟悉的画面：一个衣着朴素的黄姓年轻人，面带微笑，趟着辆半旧不新的脚踏车，不紧不慢地从村庄这头走向那头，边走边吆喝着：鸭毛鹅毛卖。身边围着一群学前儿童，奔跑着，嬉笑着。或是指点哪家喂了鸭子，或是带路哪家杀了老鹅。随行适价，童叟无欺。因为是土生土长的农村娃，春耕秋收，耕云锄雨，与户主总有说不完的家常，播种艰辛，收获喜悦，共同的话题和经历，让他们从客户到朋友，成为知己。正是他这种平易和蔼善解人意的态度，使得他的客户越来越多，生意也渐渐地好了起来。

其实，羽绒收购并非件易事，尤其是在一线作战，仅凭一双手两只眼感觉和判断羽绒的新陈优劣轻重贵贱。入户收购，并不论斤两，按只计价。当然对于经验丰富的贩子，触手而得，轻而易举。拿手一握，便知是几只鹅（鸭）以及绒龄短长。熟能生巧，似卖油翁从铜钱孔中倒油而钱不湿，其中奥妙，别有天地。

三十年河东转河西。现在的黄君也今非昔比。从二十世纪八十年代单纯地上门收购鹅毛到现在的集宰杀、烫揎、拔毛、收购一体的系统工程。有同学戏说黄君从最初的盗翎者成长为现代职业杀手。信息时代，买卖双方多是电话微信联系，再不用走村串户。只是今后很难听到"鸭毛鹅毛卖"的吆喝声了。宰杀前给家禽灌点白酒，一是加快血液流动，二是减少家禽痛苦。烫揎是一篇大文章，时间的捏拿最是关键，短了则拔不掉毛，长了会连毛带皮一起拔下来。先烫爪子再烫嘴，烫完膀子即下手。除去大毛，褪去爪上的老皮和上下嘴壳，再慢慢地烫匀各处，烫好后就进入拔毛的程序：从头部顺脖子一路向下，直到尾巴。或快或慢、或缓或疾、或顺或逆、或左右开弓、或上下联动，科学与经验，感觉与劲道，已不是你我外行所能体会领悟的。十分钟后，一只体态丰盈、色泽饱满的老鹅全裸呈现在人们的面前，令人大加赞赏。有说刀下得准，有说血出得多，有说毛揎得净，而此时的"杀手"正安详地整理凌乱的羽毛，装袋结算。一种欣慰油然而生，买卖双方十分融洽，再无为三块五块的零头鸡争鸭吵。有自家消费不了、需要出售筒鹅的，黄君亦非常乐意为其代劳，这应是附加项目，不属于羽绒收购之列。

回家的路宽敞平坦，因为心情愉快，脚下也变得轻松。家里有单独的储存仓库，待达到一定数量，随时通知买家提货。再也不用到几十里外的集散市场交易了，当年的集散市场也发展成相当规模的羽绒工厂了。几十年风雨兼程，终于从阡陌泥泞走上了砼路康程，仿佛梦一样，让人感动，令人吃惊。人们走出土屋搬进楼房的笑声，脱去贫困拥抱富裕的感恩，卸下牛犁迎来机种的激情……身边的变化，像轻盈的羽绒，一枚枚温馨、芊绵、柔和。最爱红霞掌，情种白雪翎。

黄君，如我一样的落榜生，放下青春的遗憾，躬耕陇上，劳作之余，与羽共舞。让平淡的农耕岁月变得韵味十足：着一袭羽衣，织一截霓裳，看时代新农瑞志飞天，梦想飘扬。

当我们拥着锦被，不屑冬日的寒冷；当我们"绒"装焕发，投入工作的火热，没有谁会去想象在寒风中疾行的采羽人，也没有人会想象当年那个朴素的青年已是血压偏高笑容依然的老者，一手攥着梦想，一手挥动精彩的摘羽人。他，就是黄君光林，家住双门南庄，儿女均已成家立业，孙子孙女业已入学求知，老两口种了七八亩地，喂了五六只鹅，兴了三四畦菜，养了一两盆花。晚来无求，桑杯斟酒。"羽毛新刷陶潜菊……应共桃花说旧心"，羽绒之轻，轻如鸿毛；羽绒之重，可以臣服整个冬天。

作者简介：

姚尚平，淮南寿县人，淮南市作协、安徽省诗词学会、安徽省楹联学会、中国财政文学会、中国楹联学会、中华诗词学会会员。诗词联赋散见于《光明日报》《中国财经报》《中国楹联报》《安徽日报》《中华诗词》《财政文学》等报刊，出版诗词联赋专辑《淠河诗语》。

清明与姥姥

营士田

儿时不懂事的光阴里，对清明并无太多复杂情绪，只当是吊唁先人的日子，几刀纸钱、一抔泥土，磕头沉默许，也就和余日渐行渐远。那样的日子终归是不多的，和父母相比，自己经历太少，或许这也是无法感同身受的原因。

不知生死疾苦的洒脱，让我有足够的勇气来正视彼岸的清明，可当两边有了联系，心也就不再淡定。人总是置身事外方能超脱，要不一个情字，又怎会有那么多可歌可泣的故事流传至今。清明与姥姥，我和清明，这份哀思还是有了可乘之机，显得格外刺眼，默默不语。

时隔今日，姥姥已走了两个年头，回家去姥姥那的传统也从脱口而出的沉默变成了现在的三缄其口。生死轮回、春去秋来，父母那辈人的哀伤总是显得十分豁达，忽而又想起姥姥在世坐在板凳上，时不时还跟我玩笑着谈起自己的身后事，我大概也就能理解了。

不是不痛，而是因为就像龙应台说的，"所谓父女母子一场，只不过意味着，你和他的缘分就是今生今世不断地在目送他的背影渐行渐远"。因为知道结局，所以每个人都在尽力以最好的姿态去送她最后一程。壮士迟暮悲做甚，来世犹为好儿郎。

我大概是做不到的，所以死亡的肃穆，混杂在压抑感里，让人喘不过气。记得上大学时，妈妈透过电话告诉我姥姥去世的消息，那话语里藏不住的悲切，以及接我回家奔丧时那尽量压抑着抽动的肩膀，都在提醒自己有些人，没了就是没了，猝不及防却又理所当然。

去年的清明，自己还是很抗拒，好像不去坟头，姥姥也依旧是鲜活的。但终究抵不过思念，只能跟着父母沉重地去进行一场活人的祭奠。坐在车上，看着街上来往的路人，这个仪式感浓厚的节日里，情绪大概是相似的，颇有同病相怜之感。

手里的鲜花鲜艳欲滴，自己仿佛还能回忆起姥姥的样子，那只记忆里的手，带着粗糙的质感搭在我的手上，不太好看，却也很温暖。口中轻声嘟囔着让我多吃饭、好好学习的点滴，都渐渐从回忆的深处翻涌出来，一击即中，让我无力招架。

褪去青涩的面庞，走入社会也不过三两年光景，可内心的荒芜却在无数个黑夜里悄然而至。时常幻想姥姥如果还在世，看着自幼带大的孩子变成独当一面的大人，那该是多么欣喜。可惜天不遂人愿。唯一庆幸的是姥姥去时很安详，没受太多痛苦，这个在我出生后慈祥了我往昔十几载年月的老太太，也算有个圆满的结局。

清明的绝情也就在于它的多情，这份情让多少人肝肠寸断。如今这一年的清明又要来了，我想我也会收拾收拾思绪，学会坦荡点，去姥姥宿在的那块地方，和她聊聊天，排解几分寂寞，告知平安，让她放心。

作者简介：

营士田，安徽省作家协会会员、安徽省中青年作家研修班学员、合肥双百计划优秀青年文艺工作者，作品散见于《安徽作家》《辽河》《大西北诗人》《小品文选刊》《青年诗人》等期刊。曾多次荣获省市级征文比赛奖项。

轻轨至我家

余　韵

一

每晚饭后，我和爱人都要出去散步，沿着北京西路一直向前就到了滨江，出现在眼前的是一个"大贝壳"状的建筑——芜湖大剧院。整片的玻璃幕墙，气势宏伟，稳重大气，是滨江公园处最亮点，最气派的建筑，登之可以远眺长江风光。芜湖大剧院的建立，旨在活跃芜湖市民的文化生活，提升城市艺术品位，倡导高雅文化，打造演艺精品，做芜湖人爱看的优秀节目。芜湖大剧院是一座现代化的建筑，不仅可做剧院，还可以做会议中心，听说很多的座椅下面都按了表决器。

芜湖大剧院的前身，其实就是原来的 8 号客运码头。在没有长江大桥之前，江对面的二坝人到芜湖吉和市场卖菜，都要坐船轮渡过来，他们肩挑背扛的很是吃力和不方便。江北人要到江南芜湖来，走个亲访个友，那时还不时兴旅游之说，也要坐火车到裕溪口北站下车，然后再买船票，坐船轮渡过来，都是在 8 号码头下船。那时的 8 号码头附近，整天人声鼎沸，各种贩夫走卒，引车卖浆，吆喝叫卖声充盈于耳，热闹得像农贸交易市场。一个坐船渡江而来的外地人，想要轻松走脱身，还是要很费一番口舌功夫的。

二

没有了码头和渡船，江边也并不显得冷清，近年来倒被打造成了如诗如画的滨江公园。滨江公园北起芜湖造船厂，南至澛港大桥，全长9.5公里。近年来在市政府的倾力打造下，十里江湾已今非昔比，不仅成了芜湖人的又一个观光旅游，休闲娱乐之地，也是外地人到芜湖旅游必去之地，用时下的一个时髦语说，是又一个必去的网红打卡之地。设计师匠心独运的运筹规划，突显出欧式风格，引江入城，推城入江，将芜湖固若金汤的防洪大堤不露痕迹地阴藏在绿色风景中。不仅保护、修复、整合了原有的老海关、太古码头、天主教堂和中江塔等具有深厚文化底蕴的古建筑，还新建了一座临江塔，与古老的中江塔像一对双子塔，遥相呼应，默默相守。它那"鱼"形的身姿高高屹立在青弋江岸边，像那巫峡神女峰一样，每天殷勤地迎来灿烂的朝霞，又依依地送走绚丽的晚霞。

沿着十里江湾一路向南，那里有一个松鼠小镇，对于年轻人来说是一点也不陌生的，它是近年来的又一个网红打卡之地，是安徽省第二批省级特色小镇。松鼠小镇颠覆了传统的商业模式，充分融合森林元素及三只松鼠IP，以数字化推动主人游乐体验升级，以IP化绽放品牌文化势能，致力于为主人创造一个松鼠王国，是集产业、文化、旅游为一体的跨界型主题娱乐综合体。一个集住宿、餐饮、娱乐、健康等吃住玩，游养娱为一体的小镇，是芜湖人以及周边城市居民，假期休闲的又一个绝好去处。假期里，一家人一张门票就可以开开心心地入园游玩。

十里江湾绿意浓，生态景观美如画，这是央视新闻频道美丽中国——我的家，对芜湖十里江湾的赞美，并进行空中、地面、水上等多种视角和多机位的全国直播。芜湖，已不仅是芜湖的芜湖，而是中国的芜湖，未来也可能会成为世界的芜湖，它将大方地敞开怀抱拥抱八方的来客。

三

芜湖是一座江南城市，自古以来，人们对于江南，总是有着太多的热爱和留恋，而对于江北，人们似乎天生缺少喜爱和热情。

当然，那都是久远的过去，如今芜湖大龙湾的开发，成了芜湖人又一个新的关注焦点和热搜词。大龙湾位于江南主城滨江核心区正对面，长江大拐弯处，颇似上海的陆家嘴，这就是大龙湾的机会。滚滚长江东流至安徽芜湖段时，突然神奇地九十度大拐弯，奋不顾身地向北折身奔流而去，将这里形成了一个黄金港湾，蜿蜒曲折，气势恢宏如飞龙，大龙湾也因此而得名。跨江发展是芜湖长期发展的重大战略，从一片阡陌中竖起一座现代化的滨江生态新城，是芜湖大发展的豪迈之举，也是芜湖未来的又一个主城中心。

刚搬家到东郊路时，感觉自己住得很远，我们的心里始终还围于城中心那一隅，觉得离开主城区哪儿都是天边，始终摆脱不了那种唯城中心才住家的旧观念、陈思维、小格局。当然，那时的东郊路还没有左岸高档生活小区，周边也没有华庭阳光和白金湾，北京中路还没有打通，狭窄而又坎坷不平的东郊路，只通一辆25路公交，城东更是一片无边的阡陌。

曾几何时，当我们还嫌城东遥远不可及时，那里已经拔地而起了一座座高档住宅小区，市政府、博物馆、一中新校区、第一人民医院、市公安局、方特游乐园等单位，纷纷入驻城东，已将城东打造成政务的中心，宜居游玩的新城东。中江公园更是像一条绿色绸丝带一样，温柔地披在城东坚实的臂膀上，让城东多了一份婉约，多了一份妩媚，更让人多了一份向往。未来的城东必将还会有大规划，大发展，呈现给我们的将会是一片不同凡响的新天地。

长期以来，我们城市的主要公共交通工具，都是依赖公交车，公交车给我们的出行提供了太多的方便和快捷。我们何曾想到，有一天新的更快捷的公共交通工具，会出现在我们的生活出行中，它就是轻轨。当我看到轻轨2号线，在我家门口埋下第一根柱子，到今天它已高高架起穿城而过，确已不是梦。我见证了它日新月异的变化，就像一个刚刚落地的孩子，眼看着一天天茁壮长大成人，双肩担起生活的重任。

与2号线相交会的是1号线，一东一西，一南一北，将我们这座城无阻贯通，紧紧相连。2号线未来还将穿江而过，直达江北新城大龙湾，江南江北连成一体，携手并进，共同发展。那时，我们的出行之便，将飞跃上一个大大的新台阶。未来，一个大气发展创新的芜湖，正大踏步向我们走来。

作者简介：

余韵，肥东人，现居芜湖，安徽省作协会员，芜湖市作协理事，已发表出版作品三十多万字，出版长篇小说《路漫漫》。

一城桂香一城秋

袁曙霞

　　风过了，雨也过了，太阳露面了，一个明亮的秋天出现了。似乎某天夜里，不知道是谁发出一道号令，一夜之间，一城的桂花全开了，就如一世界的小精灵，之前捂着嘴巴躲着藏着，不想笑出声，突然谁憋不住了笑出声来了，一下子一世界的桂花都张开口，哈哈大笑起来，嘴巴一张，一身的香气喷薄而出。形成缕，形成块，形成堆。那甜丝丝、暖和和的香气，一层层叠加，一浪赶着一浪，厚厚实实的，似乎要把一个杭州城漂浮起来。

　　本来以为杭州今年的桂花无望了，已经过了以往盛开日许多天，仍然没有一点消息。因为杭州的夏天一直恋着杭州，不肯离去，一直到十月中旬，太阳还热辣辣的；但紧接着几天又风风雨雨，或雨大风大，或淅淅沥沥，杭州的冬天似乎又以奔跑的速度挤将过来，插队加塞了？杭州的秋天都不知道被挤到哪里去了呢，哪里还有桂花的消息？不曾想，秋天藏在桂花里，桂花躲在秋天里。风雨一停，她俩同时一下子从桂树下跑出来，站在杭州大地舞台的中央，亮丽登场。从未见过这么夸张的秋天，从未见过如此张扬的桂花。

　　天空是淡蓝色的，干干净净；云是白色的，带着毛茸茸的边；阳光不太强烈，但清清爽爽，太阳是从海水里刚沐浴出来的样子。藏在桂花里的杭州，秋空洁净而柔和，大地则是绚烂多彩的。丹桂最耀眼，大红里掺着一丝丝橘黄，艳里带着娇。金桂呢，金黄色里掺着一点白，高贵冷艳中又显明亮。银桂是本白里撒几点淡黄，冷艳中透着温暖。这些小小的花假如是一朵两朵，不，应该是一粒两粒在绿叶间，你只能闻香不见面，太小了。但是她们却是集体出现，一簇簇，一攒攒的，成千上万地立在枝头，玉树琼枝，只见花不见叶，丹红一树，金黄一树，银白一树。红色的香气，黄色的香气，白色的香气，汹涌而蓬勃，涌出来，眼见着的是树，而你已被桂香包围，你沉浸在香气中，感觉自己在厚厚实实的桂香中遨游沉浮。

西湖的游船在水彩画中行。红色的香气，金色的香气，银色的香气，还有点缀其间的绿色香气，一股脑儿的泼向湖面。本来蓝色的湖面就成了一面色彩斑斓的水粉画。船在画中穿行，装载着一船满满当当的香气，远看是画面上一个动的点，船上的游客裹着一身香气，成了香喷喷的一个点。远处有山，湖边有塔，一丝丝秋风，它们全都在这彩色的桂香里或漂或浮。

虎跑公园的桂香是凉丝丝的，带着浓浓的禅味。唐高僧性空的梦，已经醒了一千二百多年了，二虎累成了一座石雕，当年在大慧山的岩石间奋力地奔跑，用力地刨泉，泉水叮咚一千多年了，至今仍淙淙潺潺，汲水的人们排着长长的队伍。水在石上流，树在水中立，树影倒在溪水里，阳光只在树梢徘徊，难入地面，桂香湿漉漉的，济公殿掩映在桂花树中，浓香里没有酒味肉味，只有一丝一丝禅味。

走在满陇桂雨公园，微微的秋风一吹，那桂花如夏日里的暴雨般，沙沙沙的落得你满头满身，虽落而枝头不减，让人沐"雨"披香。满陇，又称满觉陇，处于杭州西湖以南，南高峰与白鹤峰夹峙下的自然村落中，是一条山谷。五代后晋天福年间建有圆兴院，北宋改为满觉院，满觉意为"圆满的觉悟"，地因寺而得名，园因桂而流芳。这里聚集了杭州城桂花中最年老的长者，枝干遒劲，充满古意。她们从古代走来，吴越钱氏间的，李唐赵宋时的，阅尽人间冷暖，修炼觉悟，慈祥而智慧，是大觉悟者。因而散发出来的香味醇厚而浓郁。又因她们列立于山谷间，桂香里又掺有几分山野之气。最先栽种她们的和尚，早就圆寂了，而她们则蓬蓬勃勃，该开的时候开，该谢的时候谢。她们带领着一代代的后来者，成就了融金桂、银桂、丹桂、四季桂七千多株于一园的大家族，在这道山谷里，把香气发散到山外，引来一批批欣赏客。

附近还有烟霞三洞，水乐洞、石屋洞和烟霞洞。这里环境清幽，

新绿

老树，怪石，泉水，此外洞内还有罗汉观音浮雕，这里老桂醇香，除了具有满觉陇桂香的特点外，还有一丝书卷气，和粉红的光晕，当年胡适曾在此养病读书，也曾携表妹来此对弈，并给她讲莫泊桑小说。还曾经在此载酒看花，感觉山静日长，几有斯世何世之感。

杭州植物园和杭州花圃的桂香带有草木香；杭州城大街小巷居民小区内的桂香稍有一丝烟火气息；但南宋御街上的桂香却是淡淡的；吴山的桂香甜丝丝的，访伍公庙，拜东岳庙、药王庙，一路走来，总想大大地吸一口，憋住，不再呼出；六和塔的桂香是绿色的，这里环境清雅，桂香如绸缎，柔和细腻。难怪当年那几对电影明星来此举行集体婚礼仪式，风流至今。"桂子月中落，天香云外飘。"说的是灵隐寺的桂花。这千年古刹是大众景点，赞美他的诗文太多太美，我有自知之明，不再置喙。

不一一列举了，杭州城的秋日，哪儿哪儿都是桂花，哪儿哪儿都香气袭人，一个香喷喷的秋！可惜的是，这个美好的秋天太短暂，这种花期也太短暂。

美好的事物消逝得快，也许因为消逝快而美好。天道有轮回，自然有四季，好歹杭州的下一个秋天尚可期待，过了冬天是春天，过了春天是夏天，紧接着，秋天就来了，那时桂花就又开啦！

作者简介：

袁曙霞，退休教师，1982 年毕业于安徽师范大学中文系。作品在《安徽日报》《安徽工人日报》上发表。在微刊《同步阅读》上发表 40 多篇散文小说。

隐贤之地静悄悄

袁振华

地处寿县西南边陲的隐贤镇，古称百炉镇，因曹操曾在此安营扎寨，架数百火炉炼制兵器而得名。后又因唐代一位大儒董邵南隐居于此，又更名为隐贤镇，并一直沿用至今。

说起曹操，可谓妇孺皆知，但在隐贤镇，他的风头却最终被董邵南盖住，可见董邵南也是个顶厉害的人物。

然而说来汗颜，作为一个土生土长如假包换的寿州人，我对董邵南这个人的全部了解，仅限于我年少时读的唐代大文豪韩愈的那篇流传千古的《送董邵南序》。我当时只惊叹于韩愈委婉曲折、意在言外的手笔，哪里能想到韩愈笔下这位"怀抱利器"的董生，竟也是咱们寿州人！

大到一个民族，小到一个个体，漠视历史都是可怕的，那是我们的根，标识着生命最初的走向。

可能就是怀着这样一种愧疚心理，我才不顾炎夏酷暑的烈日，积极参加了这次寿县作协组织的采风活动。希望用双脚，用眼睛，用心灵，抚摸一遍先贤故里，以补上这堂落了很久很久的课。

一路上欢声笑语，可是一到目的地，我们这行人个个敛声屏息，连脚步都放得很轻很轻，这个依着淠水的千年古镇，像一个躺在母亲臂弯里熟睡的婴儿，我们生怕稍微的响动都会惊醒她。

静，是我对这个古镇最深的印象。仲夏的太阳热烈得有些过分，似乎要炙烤出每个人心里的焦躁。可是镇上遇到每个当地居民，脸上都是一副气定神闲、安之若素的神情。是清凉的淠河水，已流淌到他们心里了，所以才能击溃这阳光热烈的攻势吗？我不得不做出这样的猜想。

隐贤镇素有"三十六座庙，七十二口井"的说法，这个数字未必确切，但至少说明，佛教在当地曾盛极一时。我们今天去参观的第一个景点便是泰山古庵。进得庵门，便听得梵音袅袅，院内绿树掩映。我没有随文友去庵内采访住持，而是伫立在绿荫下，静静聆听这神秘的梵音。听着听着，渐渐感到神清气爽，平日里心中积累的那些欲念，也慢慢清空了。

隐贤老街是我此行最向往的地方。从之前做过的攻略中，我已充分领略了它的古朴意趣，但是当我双脚真实的踏在一块块青石板上时，我还是产生了一种"不知今世何世"的恍惚感。青砖黑瓦，飞檐峭壁，雕梁画栋……隐贤老街，像一颗遗落在岁月烟尘中的明珠，虽古旧，却没有丝毫的破败气象，在钢筋水泥的丛林中，静静地散发着不刺眼的温润光芒。

隐贤因董邵南而得名，除了已无据可考的"董子读书台"遗址，政府又新建了"董子文化广场"。

孔孟之道与老庄哲学，这两种看似对立的哲学体系，却相安无事地存在于我国古文人的精神世界里。也因此，在"兼济""独善"，入世出世的两难选择中，他们却总能做到自由切换。从韩愈的《送董邵南序》中，我们可以看到一个郁郁不得志，却满怀抱负欲有所为的董邵南。可是当他屡试不第，满腹才华不能得以施展的时候，他却又华丽地一转身，来到当时的百炉镇隐居耕读。

我一直很敬仰我国古文人的隐士情怀，他们并非自私地只顾过好自己的小日子而不问世事，而是在无力顾及太多的情况下，在力所能及的范围内，静静地释放自己的光与热，温暖着影响着周遭的人。董邵南也不例外。

他隐居百炉镇后，在刻苦攻读的同时，行侠仗义，慈爱乡里，道德品行，有口皆碑。于是当地百姓决定把"百炉镇"更名为"隐贤镇"。我并不把此次的更名事件视为偶然。金戈铁马的英雄最终输给了青衫布衣的书生，其实这背后反映了普通民众的价值取向：能让他们臣服的，永远都不是武力与权力，而是德行。同时也深刻诠释了"上善若水""柔能克刚""德行天下"这些朴素的中式哲学。

我们从中看到的是——安静的力量。

此行的最后一站是益丰生态农业园。这里没有隆隆的机器轰鸣，没有滚滚浓烟，有的是瓜果飘香，有的是鱼虾欢跃。农业园园主张先生，他的奋斗经历与千千万万的创业者如出一辙：早年间赤手空拳走他乡，在建筑行业掘取了人生的第一桶金。不同的是，他没有像其他老板一样，把资金投向更稳妥、收益更快的领域，而是返回故里，斥2000万巨资发展起了高风险的种植养殖业。简易的铁皮棚，在盛夏酷暑，显得尤其闷热。无法想象，一个千万富翁竟就是栖居于此。他为什么会做出这样令人费解的选择？突然，我在路边矗立的一个标牌上找到了答案。那是一份益丰生态园带动贫困户的花名册。从那串长长的名单中，我看见了先贤精神的传承。一个真正有济世情怀的人，永远不会满足于"独善"，他总是会力所能及地去帮助他人。隐贤之地，隐藏的贤者又岂止董子一人！

午后暑气正盛，我们结束了半天的行程。临上车时，我又回眸望了一眼这个千年古镇。此刻居民都在午休，小镇显得越发静谧。可是，这一次，我看到了，在安静的背后，那不动声色、蓄势待发的力量。

作者简介：

袁振华，笔名由缰，安徽省作家协会会员，新媒体写手，作品散见全国各地报刊及"洞见""十点读书""樊登读书"等新媒体平台。

陶辛，拔节在夏日的荷韵里

张承斌

久闻江南陶辛之名，以荷著称于世。言天下荷花之美、之众，尽止于此。不由起了探访之意，恰逢市作协组织一干人马去湾沚区陶辛镇采风，我有幸忝列其中，于是成行。

那日，天公甚是作美。路上阴雨，到时天清气朗。满目尽是碧绿的荷叶，覆盖住这片广袤的水域和农田，浩如烟海，极目难尽。道路、村庄掩映在其中，似乎只成了它的陪衬和点缀。荷叶与荷花是陶辛当仁不让的主角。目力所及之处，无不姹紫嫣红，或亭亭玉立，或摇曳多姿，或簇拥环绕，或浓香扑鼻……村边，路旁，屋舍，田畴，无不长满了荷叶。有的甚至穿过田埂或院墙，进入农家庭院内，叫人看了啧啧称奇，只有那句"接天莲叶无穷碧，映日荷花别样红"当得起对眼前之景的描绘。

陶辛荷花之美，不仅在于数量之众，更在于品种之繁多。据相关资料介绍，陶辛全镇种植荷花面积多达两万亩，品种500余，已形成很大的规模。整个陶辛就是个荷村，荷叶、荷花、荷香。荷香铺天盖地，密密麻麻，弥漫在雨后洁净、湿润的空气中，钻入你的鼻孔，叫人格外神清气爽。放眼远视，它们似乎手挽着手，肩并着肩，或搔首弄姿，或脉脉含情，或羞涩沉思……既各自独立，又相互依存，连成一片，声势浩大，仿佛这个季节成了它们的天下，由它们来展示陶辛的人间大美。陶辛的风情万种，尽在它们的曼妙妖娆之中了。

得青弋、青安二江滋养着陶辛，滋养着陶辛之荷。我们乘坐农家小木船，沿水路向香湖岛进发。虽是盛夏时节，但天阴不雨，微风拂面，清波荡漾。河边长满了各种植物，有芦苇，菖蒲，水竹，还有些我并不知名的花花草草，更多的就是荷叶荷花了。它们缘水而生，傍水而居，绵密且旺。虽蓬蓬勃勃，郁郁葱葱，一路飘摇，但绝无人工雕琢之痕，自然随意，落落大方，不惊不扰，不卑不亢，平添了夏日陶辛更为浓厚的荷韵，弹拨着梦里水乡的清扬婉转的曲调。游客常常会沉醉其中，不知归路，忘却今夕何夕。

弃舟登渡，渡叫"胭脂渡"，挺诗意的一个名字。据说，三国时期，周瑜英年早逝，其妻小乔归隐于此。小乔每日临水梳妆，脂粉散落湖中，因此得名"胭脂渡"。小乔每每思念夫君周郎，眼泪滴入湖中便化作朵朵白莲。佳人终乘白莲而去与周郎相会。佳人踩莲去，碧湖存香影。所以，此岛得名香湖岛。古典与现代，在陶辛时时处处不谋而合，将今日陶辛的荷韵渲染得亦真亦幻，惝恍迷离。

出胭脂渡，我们走进一条绿色长廊，左右两旁长满高大的水杉，浓荫蔽日，凉气袭人。这些杉树相当粗壮，为合抱之木，想必有些年头了。不少游客纷纷在此摆拍，合影留念。他们可能不知道，接下来的香湖岛之荷，会让他们美得尖叫，美得想把每一个角度的风景都拍进去。

那是一片荷的海！一片碧绿接天连地，万杆荷花迎风摇。有含苞的，有怒放的，摇曳多姿，妩媚动人。有些顾盼生辉，还有些歪着脑袋，似乎在挑逗游客……所有的荷花，尽在我眼前活起来，动起来，奔放洒脱起来，不遮不掩，无拘无束，展现出生命的光彩和蓬勃向上的原始力量。我压制不住内心的激动，蓦然间，觉得自己也化作了一朵荷花混迹其中，与满池满地荷花荷叶融为一体，密不可分了。我在荷池中用心观察着每一位由此经过的游客的眼，收集着他们的万般喜悦与兴奋，酿一季绝世无双的甜蜜，馈赠予远方的亲朋好友。

滴滴清露，在阔大圆润的荷叶来回摇晃，似调皮的孩子荡着摇篮，享受着游戏的乐趣。千万片绿叶，千万颗水珠，一起晃动着天光。大珠小珠落玉盘的美丽景致，在这里随处可见，仿佛是陶辛应季节之意回馈给游客的礼物。

在人迹鲜至的一僻静处，无意间觅得一枝荷花，竟然开放在泥

新绿

土坚实的田埂上。俯身细望，这荷，高挑健硕的身材之上，顶着一团正在燃烧的火焰，着实夺人眼目。它应该是由水中迁徙而来，历经千辛万苦，突破重重阻碍，拱破泥土，然后一株独秀。想必它太害怕孤单寂寞，担心自己的一世美好，被人与季节忽略和遗忘。

凝望这一朵独特的荷，我陷入了沉思：这多么像踏实、能干的陶辛人啊，凭着自己的智慧和勤劳、大胆与创新，硬是在原本茅草丛生的水乡泽国开拓出一片新天地来。在令人神往的烟雨江南，描绘着五彩缤纷的美丽画卷。

水陆草木之花，可爱者甚蕃。然，古往今来，文人墨客大多爱荷，且留下了不少动人心魄、流传千古的诗文。莲是花中君子，品性高洁，不容玷污。这一点，我想，自然暗合了陶辛深厚的历史文化底蕴，和文明、雅致深入骨髓的淳朴乡风。

今天，在地方政府大力扶持，发展经济、改善民生的同时，陶辛人种的不仅是荷是莲这样的农业产品，更是在向世人宣誓：他们种的是新时代的品性、精神、风采和情怀。

目睹熙熙攘攘来往不绝的人群，此刻，我又一次沉醉在陶辛的荷天荷地中了。立于烟雨江南，脑际浮现这样的诗句：此生思无憾，恨不生江南。

作者简介：

张承斌，安徽芜湖人，教师，系中国散文学会、安徽省作家协会会员。作品散见于国内外百余家报刊，有文章获奖并入编选集。

天桥有棵老槐树

张春生

引子

天桥是蚌埠的地标性建筑，一旁老槐树是天桥的守护者，我和它之间，有说不尽的故事。

一

二十世纪八十年代初，还在上初中时，曾多次听母亲说过：六十年代末的一年春季，大约是五月上旬，母亲和父亲从凤阳县的卫前村经蚌埠回怀远老家。为了省点钱，快到中午时，他们才走到蚌埠。经过淮河路上的天桥时，发现在天桥西北角的桥爪子上，有棵碗口般粗的槐树，槐花开得正旺。他们还没到天桥最高点就能闻到那槐树上散发出来槐花的芳香。

父亲心中一震，对母亲说，我们摘些槐花带回家，给孩子们做槐花饼子吃，让孩子们尝尝鲜。母亲欣然答应。

父亲那时正年轻，朝左手心里吐口唾沫，两手搓了搓，纵身就攀上槐树杆中部，兴奋地采摘起槐花来。父亲摘一串，就向树下的母亲喊一声：注意了，我摘了一串大的，撂下去，你得接住啊！看着呀，接好啊！

哎！好，我看着呢！你慢点，撂下来吧！母亲站在槐树底下，仰头看着父亲。一边答应，一边接着父亲撂下来的槐花。

父亲摘一串，喊一声，撂下来。母亲答应着，接一串，放入自己的大花包袱里。一串、两串、三串，不多会儿，几十串洁白的槐

新绿

花，就静静地躺进了母亲的大花包袱。

父亲兴趣正浓，还想多摘些槐花。母亲却笑着对父亲说，我们不能贪多，还有很多过路人家里的日子也不好过，我们就多留一些槐花给他们摘吧，人家的孩子也需要补补营养！下来吧，慢一点！

父亲明白了母亲的意思，慢慢地从槐树上下来。母亲拿出手帕递给父亲擦汗。父亲边擦汗，边对母亲说，要不是你提醒，我还想多摘几串带回家给孩子们做槐花饼呢！嘿嘿，嘿嘿……

母亲收拾好装满槐花的大花包袱，站在槐树底下的阴凉处，抬头看了看并不高大的槐树，又看了看满头是汗的父亲，会心地笑着……

二

2006 年，从部队转业待分配，在天桥东边租住近一年，心里总觉得特别空得慌。

盛夏，一次回家看父母。晚饭后，母亲从我的话语里，知道我对蚌埠很陌生。接着，母亲对我说：春生，要说城里熟人是不多，我知道天桥边有棵老槐树，这二十几年我都没到市里去了，也不知那棵槐树还在不在？你回去后，帮我看看，那槐树对我们一家是有恩的，你们也不能忘了它呀。

回到城里，坐在公交车上，刚好路过天桥。在天桥的西北桥爪子中间，像母亲讲的那样，真有一棵大槐树！公交车上桥时，开得很慢，正好给我留下和槐树打招呼的时间。

只见那棵大槐树高有二十余米，主杆粗有一米有余。可能是生长在城里，因修剪所至，树冠并不大。粗壮的主杆上再生出一支次主杆，向东南面伸出三米余，后又生出三支分枝，分别向天桥的东南方向、正上方和东北方向极力伸展。槐花早已落去，满树的叶子很浓很密，碧绿碧绿的，把枝杈遮挡得都快看不清了。

坐在公交车上，看到天桥西北桥爪子上的这棵大槐树，想一想母亲讲的那段故事，好像在这陌生的城市里又多找到一位久别的亲人，心里对这座城市的陌生感猛地就减弱了许多，顿时增强了在这里生活、工作的信心和决心。

三

去年初冬，一天晚上，强冷空气以不可一世的态势，强劲地侵袭过整座城市，听说省城和沿江江南部分地区下起中到大雪。

寒风中，穿上厚厚的保暖服，拉上爱人，忧心如焚地朝天桥上走去。

刚出家门，爱人带着怨气说，这么大的西北风，你哪里不好去？非要到天桥上？非要到那棵老槐树下去？我就不相信，你还能看到什么风景？！

是的，风这么大，天这么冷，我们一定要到天桥来看看老槐树，它的风景四季如画，它的伟岸始终镌刻在我的心头。边朝天桥走着，我边对爱人说。

转过两道弯，就见寒冷的灯光，撒在宽敞的淮河路上。街道上，行驶的车辆陡然间减少了很多。槐树的叶子，被风刮得满街都是。一辆红色的小轿车，加足了油门正奋力朝天桥上急匆匆地爬去。桥面，在路灯的照射下，泛起道道寒冷的光。

天桥上，寒风凛冽。西北桥爪子上的老槐树，在寒风里极其不舍地把满身泛黄的树叶，一阵一阵，一片一片，抛到空中，随呼啸的北风飞舞而去，任由它们飘落到城市街道的角落。

在寒风里，抬头仰望老槐树，真切地感触到那俨然挺立的气势，在它的内心沉积的是难以割舍的情愫和眷恋，眼睁睁看着浑身的叶子，在一片无限的悲凄中离散而去。老槐树啊，你竟然没有一丝哀叹！没有一丝自责！也没有一丝憾意！

尾声

轻轻地伸出温暖的双手，触摸在老槐树那浑身深刻的裂纹上。老槐树通体粗糙至极，实如冰冻一般，没有一点暖意。然而，我却能在这寒冷的冬夜，感触到老槐树依旧透射出一股强大的生命的力量，每日向经过它脚下的人们，昭示着又一个崭新的春天的气息……

临回时，在心里，我悄悄地问：老槐树啊，你可知道你现在已生活在新时代？绿水青山就是金山银山的发展理念已在人们心里深深地扎下了根，你一定要以无比坚定的信念和信心，永远与这座天桥共生！老槐树啊，你一定要以无比宽厚的仁慈和情怀，永远与这座年轻美丽的城市共生！

作者简介：

张春生，安徽怀远人，安徽省作家协会会员。1998年开始在报刊上发表文学作品，以散文见长，已在各类报刊上发表各类文学作品70余篇。

穿行在春天的油画里

张春霞

打春了，2023年的春天如约而至。尽管经历了一场倒春寒，但春气还是催开了万物。庄子大道两旁柳树的发丝在风中甩呀甩呀，颜色由羞羞答答的新绿一点一点变浓。没几天，绿油油的发丝就在风中甩得有模有样，簌簌有声了。

一

行驶在上班途中，路两旁新绿点点，轻描淡抹，似在一幅画作中穿行，又似穿行在一段岁月里。在这条通往春天的道路上，一点一点沉入历史，看到远古的影子。路上的行人、车辆、道路两旁林立的楼房，提示着现代生活的韵律。感官，在红绿灯闪烁明灭的变换中，于历史和现实之间来回切换。

城市古老的遗迹循着大地的脉络蔓延进城市的角角落落，化为一种涌动的灵魂，寄寓在一草一木，一湖一景上。岁月浮尘掠影，把历史的点点墨痕洒在一条条道路上，融进一个个路标里。于是，城市的文化就矗立在岁月的风雨里，经风沐雪，浸泡发酵，丝丝缕缕的馨香在城市的上空盘回旋，氤氲着行色匆匆的身影。站牌立在岁月的路口，把一座城的过往，一座城的历史，以路名做标记，刻在城市的交通要道上，在公交车一声声温软的报站声里绵延传递下去。

北冥大道、庄子大道、逍遥路、鲲鹏路、濮水路、刘海路、涡河路、嵇康路、南华路、周元路……这些镌刻着历史印记的名字，以文化为经，以纪念为纬，用箭头、用指示牌清晰标注着一座城的历史。城市的触角在向前延伸，历史，被刻在现代文明的鞋印上，于是，古老的足迹就遍布在城市的大街小巷。

二

早行，路上车辆不多。庄子大道两旁，柳树已葱郁得成了气候。枝条柔弱无骨，随风婀娜，长长的柳条撩拨着行人的衣衫，提醒着一个关于庄周梦蝶的故事。枝条缠绕，蝴蝶在春天的气息里轻舒羽翼。"梦里不知身是客"，一个老者，就这样陶醉在蝴蝶的韵律里，千年不愿醒来。化孤傲于无为，寄快乐于游鱼，在太极推手般的从容游动中推动着文明滚滚向前。

"南华门到了"。一声温软的报站，思绪就蹀到了南华门下。到老街信步悠闲吧，找寻商贾云集的旧忆；转至梦蝶湖畔，看湖水荡漾，蜂蝶嬉戏；去"鲲之大，不知其几千里也"的鲲鹏湖畔吧，那里盛得下所有的梦想和壮志。脚步辗转，看一座城如何把庄子，把文化融进湖畔，融进广场，融进一花一草的魂魄里，让你生生世世都走不出庄子悠长深邃的目光。

庄子大道两旁的柳枝，就这么轻舒臂膀，就那么长袖一甩，眉眼里就描画上历史的风情，舞姿里就揉进了千年不解的韵味。

左转，三阳路。冬去春来，阴消阳长，道路两旁，已呈吉祥之象。蛰伏了一个漫长的冬季，梧桐树吐出点点娇羞的鹅黄，点燃一树的希望。

刚刚过去的这个冬天，道路静默，行人稀少，城市处在半梦半醒之中。整个冬天，梧桐树收敛着光秃秃的枝枒，像迟暮的老人，枯槁而呆滞。春风吹拂，春雨滋润，这个反应有点迟钝但坚强挺立的汉子苏醒过来了。他睁开眼睛，喉头里发出"呼呼噜噜"的声响。他想呐喊，他的血管奔突，从大地深处的神经末梢开始，"骨碌骨碌"自下而上泛着血气。血气运行到每个枝枝枒枒，运行到伸向天空的末梢。枯槁了一个冬天的树皮滋润起来了。他感觉体内有一种向上冲撞的力量，这种力量撞得他周身发痒，他想伸手挠挠。关于

"茂盛"的记忆复苏，他要伸展，要爆发。终于，他冲破禁锢，一片，两片，三片……连成一片。他强壮的体魄充盈起来了。他摇动绿色的嫩芽，宣告着抵达的欣喜。

这是个被黄色占领的季节。路两旁这里一簇，那里一块，金黄的油菜花在大地上铺展着，张扬着昂扬的旋律。政通路中间的花圃里，各色的花开放了，红白粉相宜相衬，高低俯仰抒情，各有各的韵味。

三

这个春天是祥和而欣喜的。欣喜得让人想呐喊，想迈开脚步到处走走看看。肆虐了三年的疫情，随着春雷的擂动，如饮化骨汤，已粉身碎骨，化为无形。这个春天，中华大地繁花似锦，大街上人来人往，景区里游人如织，美好的一幕随着和暖的春风又回到了人间。

春风最先得到了消息。"吹面不寒杨柳风"，风大，在夜里欢叫着，穿过树梢，穿过楼道，捎带着胜利的讯息，传递着抵达的喜悦。早晨，空气依然是凉的，小区里的桃树、紫薇、杏树已经薄施粉黛。满目的柳绿花红，鼻孔里吸入的是一种昂扬的气息，人是微醺的，像喝了桃花酒，走着走着就醉了。

走吧，来一场说走就走的旅行。或者，背上背包，把梦想放进包里，去外面寻找另一种生活的样子。

我向学校驶去，一路向东，迎着朝阳。路上高中的学生很多，他们穿着红色的校服，骑着电动车沐浴在朝阳里，在人行道形成一道红色的车流，跟随春天的脚步一路向前。

太阳升上来，越过地平线，红红的，大大的，带着早春的清凉。鼻翼里吸到的是春天的气息，满眼都是春天的色彩。脑海里很空，没有任何杂念，身体很放松。

十五分钟的路程，一路不紧不慢。车轮碾过路面，发出细碎的、快乐的声响，像吟哦着一首诗，哼唱着一首歌。春天这位伟大的画师，正在大地上自由泼墨，肆意挥洒着才情。一幅鸿篇巨制正在描绘中。

乘着微醺的东风，我穿过安置小区新建的楼房，穿过路两边林立的商铺，穿过春天的繁花似锦，向着热烈的夏天奔去。

作者简介：

张春霞，蒙城职教中心老师，蒙城作协副主席。所写散文发表在《亳州晚报》《亳州文艺》等杂志上。部分作品在各征文中获奖。

送你一朵小红花

张惠质

女儿终于入职了。她五岁进小学,二十七岁博士研究生毕业,接着进入中国人民解放军总医院的博士后站。直到去年年底,才正式成为中国人民解放军总医院的一名军队文职医生。

其实,女儿小时候并不优秀,不是别人口中的"别人家的孩子"。小时候的她长相平平,资质平平,学习成绩也平平。在别人眼里还是个爱哭、闹人的孩子。那会儿她已上大学了,我的老朋友们见到她,还会打趣她:丫头,现在不闹人了吧。

因为孩子小时候没人帮带,她两岁半就被送去幼儿园,四岁就上了小学的学前班。因为年龄小,老师不怎么管她;也因为年龄小,胆子小,我也不怎么管她。整个小学阶段,她学习成绩很一般,数学和语文成绩常常游走在及格线边缘。

初中,她就读于我任教的吴山初级中学。那一年,正好我轮转到带初一,我带她们班语文。由于小学的放养式教育,等到她进了我的课堂,我才发现她的语文基础很不扎实。班里像她这样基础不扎实的学生很多。于是,我充分利用课堂四十五分钟,创造更适合他们的学习模式。譬如,课前五分钟说话训练。譬如,要求学生课前充分预习,课堂上由学生自主提问、自主解答,自由辩论,而我只是个把控全局的主持人角色,不时地给他们鼓励、肯定,然后再做归纳总结、重点讲解。孩子们都喜欢这样自由、活泼、充满智慧的课堂。三年下来,她和同学们的语文成绩都取得了明显进步。

中考时,因差了几分,志愿又冲突,只能降级投档,被当时还是市级重点中学的合肥市第五中学录取。上五中也没什么不好,我反倒觉得五中更适合她，如果真上了省重点，以她的成绩很可能垫底，那样她很容易会在学习中丧失信心。我觉得不管上哪所学校，适合才是最好的。我没有攀比心，倒是有些阿Q精神。

高中三年也不尽如人意，高一下学期还一度跌入谷底，成绩在班里倒数。开家长会时，我瞒着她爸偷偷地去，女儿也不回家待在学校等我。按学生分数排座位，我坐在最后一排。虽然有些不适，还好我和其他家长也不熟，不需说话，低着头听就是了。开完家长会出来，我对她说，没事，慢慢来。我俩把老师发的成绩排名单收起来，在外面小吃铺吃了东西，然后回家告诉她爸说我们去书店买书去了。

谎言薄如蝉翼，一戳就破。她爸有个同学的孩子和她同班。有一次，她爸去他同学家做客，他同学拿出孩子的班级考试成绩排名单给他看。看到女儿倒数的名次和他同学脸上略带自豪的笑容，他自然是一脸的尴尬。他回来后闷闷不乐地问了情况，也没有斥责女儿，而是对她说了些鼓励的话。

高一将结束时，面临文理分科。她说以后想学医，可她的理科成绩堪忧。为此我去学校找她的班主任咨询。班主任是位和蔼可亲的女教师，微笑着和我说话，谈话间，恰巧她数学老师过来了。班主任对我说，这是她数学老师，你再问问数学老师情况吧。我刚一说女儿想选理科，数学老师就笑了起来，说，她呀，她思维混乱，怎么能学理科呢！我怔在那里，一脸讨好的笑容，顿时便冻在嘴唇上，喏喏地说不出话来。也不记得我当是怎么从他们办公室出来的。

为了迎接高二开学前的分班考试，暑假我俩积极备战，她学习，我陪在旁边看书。暑假一晃过去了，8月底进行了分班考试。9月1日，我俩去学校看分班榜，真有古时候科举考试看放榜的感觉。我们挤在一堆看榜的学生和学生家长中，先从理科次重点班名单里找，没有。我心里顿时凉了一下，有说不出的失落感。我们只好在普通班名单里找，一个一个名字推下去，也没有。心想是不是漏了呢？我俩不抱任何希望的同时去看两个重点班名单。看到了，看到了！女儿激动得跳起来，"妈妈，我进重点班啦。"

进了重点班，她一直处于中下游。新的班主任对她考本不抱希望，高考前还力劝她报考来校招考的空姐专业。她回家后愤愤不平，说班主任看不起她。班主任也许是觉得她既然考本无望，不如另寻出路。我当然是尊重女儿的选择。很快合肥市三模考试分数下来，她考得很不好，没达到三本线。那时距离高考仅剩一个月的时间。我没有责怪她，而是安慰她说，你基础又不差，最后一个月只要努力努力，还是有希望的。其实说这话，我心里也没底。我虽然没抱多大希望，可我要给她满满的希望，让她相信自己。

十六岁那年，她考上了大学。高考成绩比我们预想的要好得多，比她的三模分数竟高出了一百多分。"妈妈，我就是在你鼓励下稀里糊涂考上的"，女儿不无开心地说。

填报志愿，我们也是尊重她自己的选择。四个平行志愿她全报了医学院，第一专业志愿全是临床医学。

兴趣是最好的老师。实验课上，第一次动手解剖小白鼠，他们小组的几个男生缩手缩脚不敢上前，倒是她第一个走上前拿起手术刀。她对我说起时，我竟不敢相信。她小时候胆子特别小，这会儿胆子怎么这么大呢？看来她对医学是真爱，不是叶公好龙。

学医苦，不是一般的苦。不说那让人望而生畏的一本本厚厚的蓝色大书，也不说那背不完的内容、刷不完的题，单是秋学期期末考试前为抢占图书馆的一席之地，就得天不亮背着书包拎着热水瓶站在图书馆门口瑟瑟发抖地排队，就足以使人望而却步，何况还是天寒地冻，怎不叫人心疼。心疼放心里，我告诉她，既然是自己选择的路，再苦也要走下去。

后来的考硕考博也是她自己的决定，对于她的发展，我们只是宏观把控，并给予最大的支持。

做父母的谁不望子成龙，望女成凤。愿望是美好的，但不能把自己的意愿强加给孩子，给孩子施压。相反，对孩子更应多鼓励。鼓励是前进的动力，被别人肯定是幸福的，就像幼儿园的孩子得到老师奖励的一朵小红花，也会回家炫耀一样。

亲爱的小孩，继续加油，送你一朵小红花。

作者简介：
　　张惠质，安徽省作家协会会员，中学语文高级教师。作品散见于《鸭绿江》《三角洲》《人生与伴侣》《长丰文艺》等刊。

最美不过夕阳红

张继炳

  老王躺在医院的病床上，从麻醉中醒来，透过窗帘窄窄的缝隙，看到了太阳的光亮。老王叫王显才，是无为市十里墩镇关心下一代工作委员会的"当家人"。他前些日子也来过这家医院，那是孩子们带他来检查。老王本不愿意来，快 80 岁的人了，哪能一点不疼不痒的，而且这个疼也不是一天两天的了。拗不过孩子们的好心，只好到医院进行了一次检查，结果查出是左肾坏死。这次是前几天住进的，目的就是切除左肾。现在，肾切除了，据说还要化验查查有没有癌细胞。

  老王并不怕死，年龄这么大了，见过太多的生死。但是老王现在有点怕，会是癌症吗？如果是癌症，孩子们是绝对不会再让他出来工作的了。

  老王是在乡人大主席的位置上退休的，准确地说，是退居二线。他是个一贯工作起来就是个拼命三郎的人，一时歇下来，还真有点不适应。好在老王是个很想得开的人，他做家务，弥补这么多年对老伴的亏欠。他带孙辈，接送他们上学放学，几十年的当兵和工作，没有好好地关心孩子们，现在在孙辈身上来找找补。但自从做了"关爱下一代"事业后，他又闲不住了。

  老王是个工作狂，数字是枯燥的。10 多年来，老王的电瓶车轮胎总共换了 11 条，骑坏了一辆，第二辆也要坏了。老王住在县城，家离乡政府 7 公里，每月最少到镇上工作四五天，有时天天下乡，每次都要跑两三个村，每月最少要骑行 100 多公里，十年间已经骑了一万多公里。

现在，全乡所有村组和学校的关工委组织都已成立，老模范、老党员、老干部、老战士、老教师都被动员起来从事关爱下一代的工作。对孩子们的各项教育也都开展起来；特别是助学，资助贫困家庭的孩子上学，老王最上心，恨不得用尽全身力气来帮助贫困的他们。

　　老王并不富裕，儿子的生活还要老两口不时地用退休金来接济。他带头捐款，但他知道那是杯水车薪。他努力地想办法向本乡企业家和一些单位募捐。那年 5 月，他去北京向本乡在京的企业老总介绍家乡贫困家庭的情况，宣传助学的意义，成功地募集了助学资金 20 多万元。十多年来，他所在的乡关工委共筹集助学资金 183.46 万元，资助贫困学生 889 人次。

　　睡着病床上，老王现在最不放心的还是那个镇河村的赵山品。这个人有点智障，老婆离家出走了，老母亲身体又那么差。两个孩子，大女儿都 13 岁了，小儿子 9 岁，姐弟俩都瘦巴巴的，一看就营养不良。住的是两间茅草棚，泥巴墙，从屋里向上望，几处能看到天空。一家四口，还睡在一张床上。老王那次去落实了孩子们的上学问题，争取了两个孩子每月每人 600 元的生活费。现在放不下心的是他家的住房，老王向组织汇报，争取了危房改造资金，但配套资金是自己的，赵山品哪有呢？老王又找到自己做企业的朋友，领着老总到现场观看，老总感受到了震撼，当场表示支持。现在建筑材料正在进场，打基础，是节骨眼上。

　　放不下心的还有陈璨，这孩子 13 岁，父亲患尿毒症，换肾以后不到半年去世了，家中债台高筑，面临辍学。老王利用自己的"关系"，找了一家爱心企业给他帮助，每年资助都在万元以上，帮他解了燃眉之急。老王担心的是这孩子的思想，他要给这孩子鼓劲，要长志气。还要联系孩子的班主任，给小陈璨开点小灶，将他的学习抓上去。

　　还有，芜湖发电厂团委的青年朋友们结对资助贫困学生的事要抓紧落实。爱心组织芜湖阳光协会确定的资助名单要一家一家的走访。助学也不能每次都靠"化缘"，要建立长效机制，要募集更多的基金。

新绿

好在第二天，化验结果就出来了，不是癌症。一周以后，老王就出院回家了。

回家以后，老王的心还是系在赵家，仍然挂念着赵家那两个又黑又瘦的孩子，那个房子是谁在帮他家把好质量关？老伴看着消瘦疲惫的老王，又心疼又气恼地问：你现在这个样还能骑车去上班吗？离开你就什么事都干不成了吗？孩子们也来劝老王：爸爸，你现在见好就收不好吗，你就不能多活几年陪陪我们吗？

老王知道老伴和孩子们都是好心，但他实在是放不下手里那么多的工作。他将全家人领到门外，指向那西边。只见那一轮夕阳，就要慢慢地消退在天际，就在将要失去耀眼光芒的时候，突然变得通红通红的，将大地照得一片金黄，天边出现了飞扬的无数彩霞，十分的美丽而温馨。老王深情地说：我虽然年纪大了，但头脑很清晰；身体有点弱，但行动自如；我只要看到这美好的夕阳，就浑身充满了力量！虽然它很快就要落下去了，但不应该让他的光芒点燃更多的希望吗！

老王现在依然战斗在关心下一代的战线上。组织上给了老王很多荣誉。他先后多次被评为省市"最美五老"、道德模范，2018 年 5 月入选了中国好人榜。80 多岁的老王继续用他那辆同样也不年轻的电瓶车骑行在乡间的小道上，远远地驶过来，夕阳从他身后照耀着，连同路边的庄稼和小树，一起披上了一层金色的光芒，就像一幅美丽的图画。

作者简介：

张继炳，退休干部，现任无为市关工委副主任。

西淝河，亲亲的故乡

张　力

千百年来，西淝河一直温柔地流过皖北，流过我的故乡利辛。它汇聚着灿烂的地域文化，承载着许多的美好梦想，也捎带给游子一丝丝乡愁。

故乡在西淝河右岸，它是我和村里小伙伴们的乐园。我的整个童年几乎都在那里度过，一段段美好的记忆时常在脑海里浮现。

春天来了，西淝河堤坝上的垂柳绿了，一条条细长的柳丝随风摆动。我和小伙伴们爬树折柳，吹响柳笛。堤坝上一排排仪仗队似的白杨也陆续从冬日的睡梦中苏醒，长长的枝条柔软了，细小的嫩叶从芽孢里悄悄顶出。鸟儿的嗓子润起来了，它们引来了春雨，绽开了河滩上那片茂盛的桃林，一朵朵粉雕玉琢，妖娆烂漫，犹如花海。蝶舞蜂飞，人头攒动，很是热闹。

西淝河是一条流淌着快乐的河。小到了夏天，我和小伙们常常到河边玩耍，有时捕蝉，有时游泳，有时捉鱼，最有趣的要数掏螃蟹。西淝河的螃蟹特别多，且又肥又大，是上好的美味。

西淝河，九曲十八弯的西淝河，是一条利辛人生于斯、长于斯且深深依恋着的母亲河。在历史的旅途中，无论经历多少岁月沧桑，无论经受多少风霜雪雨，她依然那么温婉和美丽，这是大自然的恩赐，更是后世人的努力。特别是近年来，在新发展理念的指引下，利辛人深入践行"绿水青山就是金山银山"的生态文明思想，以西淝河生态旅游景观带建设为主线，积极推进水系治理和沿河景观改造，西淝河国家级湿地公园、白鹭洲水利风景区等一批景点，以及美徽、柳西等美丽乡村示范点相继点缀在西淝河畔，将西淝河畔装

新绿

扮得分外靓丽。同时，围绕生态文明建设，实施清水廊道、湿地治理、森林长廊等重点工程，加强河道整治和生态修复，努力为子孙后代守护好这一河清水。

在历史的长河中，美丽的西淝河不仅默默地养育着两岸人民，还蕴含着灿烂的地域文化。利辛县就有着深厚的文化底蕴，这里曾是春秋时期吴楚争雄的战略要地，境内有伍奢冢、禅阳寺、阴阳城等古遗址，还有清音戏、淮北大鼓、九曲黄河灯阵等省级非物质文化遗产，以及淝河鱼蟹、巩店香椿、阚疃板鸡等具有地方特色的饮食文化品牌。据历史记载，坐怀不乱的柳下惠就是利辛县展沟镇人，因此这里也是"和"文化的发源地。受地域文化影响，西淝河畔人才辈出，例如春秋时期吴国重臣伍子胥，元朝明经科状元李黼，明朝生物进化思想的杰出代表和突变学说的先驱夏之臣，以及当代的水墨画大师李奇茂、著名病理学家、医学教育家侯宝璋和奥运冠军邓琳琳等都是利辛人。一直以来，西淝河始终像母亲一样用甘甜的乳汁哺育着这里的人们，用宽广的胸怀呵护着这一方水土。

在美丽的春天里，西淝河处处洋溢着春日的气息，站在高高的堤坝上，放眼望去，能看到一排排高大伟岸的白杨渐渐披上绿装，一片片喷芳吐艳的桃花、杏花、梨花、白玉兰、紫叶李……用各自独有的彩笔细心地描绘着西淝河畔这幅长长的画卷，一棵棵婀娜多姿的堤柳在微风中对着明净的河面悠闲地梳理着自己美丽的秀发，还有一群群白鹭在水面上盘旋翻飞，时而有鱼儿跃出水面激起朵朵浪花，整条河到处都充满着生机。作为生活在这里的利辛人，谁能感觉不到西淝河的可亲、可爱、可敬呢？

清晨，一抹火红的朝霞将静静的河面映照得像珍珠一样灿烂，一群鸟儿迎着霞光在空中翱翔，几叶扁舟顶着薄纱似的晨雾向着远方奋力划动，一切都是那么美好、那么和谐、那么富有朝气。新时代，在党的二十大精神的感召下，西淝河畔的利辛人民也显得格外精神，正以"做好样的利辛人"为行动自觉，向着现代化建设的美好梦想笃定前行。

此时，我想借用家乡民歌《亲亲的故乡》的内容改一段歌词，即"喊一声西淝河，我亲亲的故乡，喊出泪花、泪花两眼；喊一声西淝河，我亲亲的故乡，喊出彩霞满天、彩霞满天"，来表达对西淝河矢志不渝的热爱和眷恋。我坚信，我亲亲的故乡——西淝河这个美丽的地方，在人们的辛勤努力下，一定能彩霞满天、满天彩霞！

作者简介：

张力，亳州市利辛县人，1976 年 11 月出生，大学本科文化，安徽省作家协会会员，从事散文、小说、诗歌写作，先后在《亳州晚报》《江淮时报》《亳州文艺》等报刊上发表文学作品数篇。

嬗变与希望

张勤丰

十多年前，合马路兴建，老家房子要拆迁的消息砸得弟弟弟媳一个大大的趔趄，差点摔倒。父母辛苦大半辈子建了三间两层楼房，2004 年他们结婚那年，房子重新进行了一番精装修，俨然成了一栋美观实用的乡村别墅，住起来安逸自在。站在二楼铝合金窗户前，可看到村东头圩心里开阔的土地，那里原来是一大片良田沃野，后来变成了一块块鱼塘，在阳光照耀下，水面变得一片光亮，像乡下人蒸蒸日上的好日子。

可拆迁后他们在镇上回迁小区可以分到两套房，有朝一日住进小区里，无论夫妻俩外出打工还是孩子上学都会变得更加便利。想到未来的生活前景，尽管心中对老家的房子有万般的不舍，弟弟弟媳还是在拆迁分房协议上签了字。然后，他们马不停蹄地在镇上租下人家的两间房子，把全部的家当搬到那里。

我上师范时弟弟才出生，我们年龄差距达到十四岁。在我离开家乡到外县上学之后，重男轻女的父母把全部的爱倾注在弟弟身上，宠溺是在所难免的，可深知"惯子不孝，肥田收瘪稻"道理的父母，仍吩咐弟弟家里家外做一些力所能及的事情。对田间地头的农活弟弟是深恶痛绝的，一次扛水车到田间抽水，因不堪重负，他一气之下将水车扔在田塍上，自己跑回了家。

弟弟初中毕业时已经十八周岁了。初中毕业后没有考上高中，下一步该怎么办呢？全家人都很茫然。父母先让他去学油漆工，可他受不了油漆刺鼻的味道，几天就放弃了。学木工，村里似乎找不到技术高超的木匠师傅带他，于是父母打消了这个念头。最后弟弟跟一些亲戚到建筑工地上干活，从当小工做起，搬砖、拎灰盆、拌砂浆，以后再学砌砖墙。后来又到部队当几年兵，从部队回来后，工作仍然毫无着落。父母便让妹婿教他开车，结果弟弟两年都没有出师。弟弟愤然离开，自己到一些企业找活干，跳槽频繁，难以坚持，直到成家后才变得稳重了一些。

拆迁那年，弟弟全家搬到街上租房住，两年后就在安置小区分到两套房。他们将自住的那套80多平方米的住房进行了一番用心的捯饬，然后隆重地搬了进去。两室一厅一厨一卫，夫妻俩带一个孩子住起来是宽敞的。厨房、洗手间都在套房里，比老家房住起来更舒适。另一套租给了别人。

弟媳在家照顾孩子与料理生活，弟弟仍然在企业打工。随着合肥循环经济工业园在家乡附近建成，弟弟找工作变得容易多了。他现在在一个生产光伏产品的企业打工，每天工资两三百元，按月结算。弟弟经过这么多年打工生涯的锤炼，干活踏实，不惜力气，受到老板的青睐。

住到镇上，生活的便捷远超他们的想象。小镇是本县一个经济重镇，毗邻省城与县城，位置优越，交通发达，商贾云集，市声若潮，至夕不休。

日常生活中的米面油盐鱼肉蔬菜等可以到超市与菜市场购买，小镇光大中型超市就有十多家，私人小超市更是比比皆是。想去省城、县城，两元钱公交车可以直达。生病了有镇医院、县医院、省城大医院，小病小恙想买点药，街上有好几家品牌药店。傍晚时分，华灯初上，中老年妇女们自发地聚集到小区广场上跳起广场舞。想唱歌、看电影，镇上有歌厅与影剧院。现在，物质极大丰富，加上政府的合理规划，市场的有力引导，人们生活中享有更多的自由，他们都希望生命时光过得慢一些，再慢一些，好尽可能多地享受如今富足安康的好日子。

弟弟对儿子的学习非常重视，小学时上语数外各种辅导班，初中时不惜重金请人辅导数学、物理、英语等课程，可2021年中考，儿子成绩仍然没有达到普通高中录取分数线。弟弟对儿子失望至极。他想到自己早年没有考取高中后的曲折坎坷的人生，对儿子的未来忧心忡忡。

这时，我及时建议他让儿子上安徽汽车职业技术学院新能源汽车专业。学校位于省城，作为一所公办的高职院校，文化课学习与技能培训并举，每年的学费仅收 1000 多元，公益性显而易见。三年中专毕业后可接着读两年大专，五年专科毕业后可以被安排到大众、江淮或蔚来等知名汽车生产公司当蓝领技术工人。

他的儿子目前在这所学校已读了近两年时间，很适应学校的学习节奏，学习成绩优秀。弟弟对儿子目前的状态很满意，对他的未来满怀希望。儿子有了好的将来，夫妻俩干起活来自然劲头十足。

儿子上学后，弟媳开始与弟弟一同到厂里干活，做一些略微轻松一点的事情，每月也能挣四五千元。

离开乡村来到镇上，改变的不仅仅是人们的生活、生存方式，还有他们看待生活的思维模式，未来美好的生活像季节的春天一样正一步步仪态万千地向他们款款走来。

作者简介：

张勤丰，安徽省肥东第一中学英语高级教师，文学学士，安徽省作家协会会员，安徽省散文随笔学会会员。近年来在报刊及知名微信文学平台上发表二百篇（首）散文与诗歌作品，出版散文集《风从乡野吹来》一部。

鸟 鸣 间

张　昕

居闹市，久不闻鸟鸣，愈觉得清幽可贵。

幼年曾居校园内，深梦常被晨鸟啼破。那清脆、圆润而婉转的啼鸣，宛如一颗颗滴落水面的珍珠。倚窗而望，香樟巨大的浓荫里，有鸟三五只，上下跳跃，啼出声声珠玉。不觉中天已大明。

鸟鸣声中，我早起晨读，经历了高考和招聘考试，来到一座江南的小城工作。一个人站在宿舍的阳台上，看着窗外的菜畦和樟树，偶尔也有几只灰喜鹊光临，欢声跳动，愈显得幽静安逸。读书或备课，往返于教室与宿舍，日月在天空往来如梭，就过去了好几个春秋了。有时，捧一本书，在光线的缓慢移动里，仿佛就能看到时间的脚步；而有时，拿着饭勺望着厨房窗外的浓荫，柴米油盐的忙碌在生活的烟火中满足。

夜幕降临，常常听得布谷悠长的叫声，从遥远的空旷处缓缓而来，盘旋在耳边没多久，又慢慢消失在远方。幼时在乡村学校读书，也时常听到"布谷布谷"的叫声，伴随着松涛，在山林的幽深处回荡。每当布谷的鸣叫开始在寂静的夜空回响，心中总有淡淡的忧伤，似乎与时光、记忆相关，又似乎与之无关。布谷声，把无论处于何时何地的我，很快带到松涛阵阵的山林边，而长满松树的山林，风拨动松针的呼呼声，让我忆起往昔。也许小时候，外婆在山林里一块不大的地里忙碌，我坐在松树下玩弄着松果时，林深处的风会把"布谷布谷"的叫声传得很远。也许就是那所乡村学校，我坐在教室里或者爸爸的教师宿舍里，声声鸣叫从校外的山林里传来，被风拉远又拉近。少年的我，从内心深处害怕这悠长凄凉的声音，它像孤独寂寞、无穷尽没来由的烦恼，在心里深藏，只是没有人懂。每当布谷声不经意间从远处幽幽而来时，所有的心理建设开始瓦解，而我又立刻回到某个山林前，听晚风把布谷声送到耳边。

曾何时，我喜欢抬头望天。天空深邃如海，飞鸟是空中自由的鱼。云似浪从天边涌起，山威严而立。冬日落尽了叶子的树，肆意地横亘着枝丫。树上的鸟巢，像书法大字上遒劲的一点。寒风拉扯着光秃的树干，鸟们全都不知去向，似乎冬日的幽静必透着些肃穆庄严，方与这寒冷相关。冬日的天空，常常灰蒙蒙的，使人倍感压抑。无雪无雨，灰云遮盖天空，似乎山水画中被渲染的淡淡墨色。偶尔几只鸟，无声地飞来飞去，一切都是安静的。天地广袤，只等一场雪的来临。晴日，晨光红透了半边天空，草地上的霜白如雪。所有的叶子和草，都被镶上了晶莹的边，阳光下闪着浅浅的光晕。一大群鸟在白杨树上聚拢又散开，大群的鸟，似散落天空的黑色棋子。

秋日高远的天空，远远传来雁鸣，抬头，就能看见一排大雁慢慢飞过。它们从视野内缓缓出现，又缓缓消失在天边。我所居住的小城，是候鸟的栖息地和中转站。远道而来的珍禽，在大小湖泊河流中休养生息，有的继续远行，去往更温暖的南方；有的就此停留，在江南的温婉中度过一冬。在爱鸟者的照片中，数不清的大雁和天鹅，在河水或者湖水里嬉戏游泳，享受着无人打扰的安宁。而我眼前的雁群，从未就此停留。一个平常的早晨，沉沉睡眠中，似乎从梦里传来悠长的鸣叫，是雁群来了。待我坐到窗前望天，大雁已带着回声，从我的眼前掠过一个"一"字，匆匆远去了。怅立良久，仿佛错失了一个告别的机会。

小时候，爸爸教我学对联，其中有一联"燕来雁往，相逢路上话春秋"，他竟始终记不得上联。燕来雁往，彼此话春秋，是多么形象的一副对联啊。仔细品读，颇觉有味。有形有声的一句好联，究竟有一句怎样的上联呢。待到上了大学，在图书馆借得一本对联书，才找到了上联"鸦啼鹊噪，并立枝头谈祸福"。赶紧打电话告诉爸爸，都觉得上联没有下联好，鸦鹊为何谈祸福呢，不甚合理，差强人意而已。等渐渐步入中年，爸爸已经离去，才发现世间所谈的不过就是祸福二字。庆幸因祸得福，希望福气常伴，却不知"祸兮，福之所倚；福兮，祸之所伏"，福祸之间，一生了然。

元旦放假，带孩子们出门散散步，爱人提议去对面的博物馆后面走走。穿过马路，走进一条小道，喧闹声似乎被消减了不少。两边高大的梧桐落光了叶子，光秃秃的树干上，几只鸟欢快地跳来跳去，啄食着秋天残留的果子。博物馆红色的城墙内，香樟和水杉随风摆动，落叶悠然飘落。翘起的屋檐和红色的琉璃瓦上，也有几只鸟们追逐嬉戏。车声人语似乎远在千里之外，只有风托起落叶，灰喜鹊欢快的鸣叫声在安静的空气里回旋。石径上落满了野果，果子的浆汁肆意地涂抹在草地的石块上，似乎此地鲜有人迹。小径的尽头有一截古城墙，斑驳的墙壁上是倾圮的墙砖。砖缝处的草已经枯黄了，微风中低着头，静静思索余下的时光。孩子们欢快地跑上城墙，我们紧紧跟在后面。我竟然不知道，闹市中有这样的安静之处，好像安逸的世外桃源。连城墙边居住的人家，都颇让我羡慕，似乎世外高人大隐于市一般。

年关将近，阴雨已纠缠多日了。下了一夜的雪子，雪花还是在中午时飘起。单位外低矮的玉兰树上，挂满了红灯笼，把明艳艳的喜悦传给每个路过的人。香樟树的树冠随风翻动，像鼓起的巨大风帆。黝黑的树干上，几只鸟张开翅膀，又不知去向了。雪落，鸟不惊，无人在意一声鸟鸣。

作者简介：

张昕，安徽桐城人，现居池州。安徽省作家协会会员。近年来，散文、小说、诗歌散见于《散文百家》《江淮》《大观·东京文学》《莫愁·小作家》《安徽群众文化》《散文诗》等报刊。出版长篇传记《杜甫传：诗中圣哲，笔底波澜》。

清风包河

赵俊超

一

1987 年临近毕业分配，系里征求学生意见，问我去上海还是回合肥。我毫不犹豫地选择后者，很大程度上与包河有关。

单位在大钟楼南的青年路上，离包河大约五百米，对面正是合肥的地标——大钟楼！初见正是夏日雷雨时，大钟楼的避雷针都戳进了乌云，而此时的包河，可称是"雨亦奇"了。

满河碎玉，望之烟然，泼云千里，竟比宋人画卷更为烟雨漫滋。一河雨点万点烟，正自弥漫，忽有风来，吹云忽然开。晴光乍现的包河，若淋漓画笔之作。夹岸的柳树，干粗合抱，柔条低垂伸向水面，婀娜多姿；南岸步道外侧，有成片的水杉，仪仗般的整齐排列，高耸入云；北岸是旧日城墙的护坡，密密生长着洋槐、乌桕等一些杂树，郁郁森森，树的间隙，或是茵茵绿草，或是芬芳蔷薇，还有一大片正在开放的鸢尾花，似蝴蝶追逐。

不由得走上凫水曲桥，蜻蜓紧一阵松一阵地回翔，夏蝉高一波低一波地鸣唱。芙蓉浦里，荷叶上珠玑滚动，菡萏朵朵艳妆，水面风来，衣袖染香。抬眼东边，包公祠在绿树翠竹掩映之间、清水莲花印照之上，使人神骨俱清。

第一次遇见包河，竟是一派柳暗花明、日丽清风的气象，超越了少年时期的极致想象，那时候，我只知道合肥有包河，包河来自乡贤包拯，而对于包拯的知晓，却来自地方"小倒戏"《秦香莲》。

二

包河现是 4A 级景区，免费向市民和游人开放。我经常在包河行走，常听到市民对包公的评论：一根筋。不过是带着褒义的。一个竭忠死义的人，怎么可能是唯唯诺诺、左右逢源的人？怎么可能对百姓疾苦漠不关心？又怎么能不直谏？

赵祯虽无雄才大略，但宽简仁厚。包拯幸亏处在这个时代。《宋史》记载："贵戚宦官为之敛手，闻者皆惮之（包拯）。"王安石在包拯的家乡也曾发出感慨：助力非无补，论心岂有求。何尝不是内心对包拯的认同和敬佩。

包拯比赵祯先一年去世。一个在位 42 年，一个在他手下为官 35 年。一个念其功德，要封赏巢湖归养，一个固守清廉，只取一段护城河。一天，仁宗问：包爱卿，何以养老？

包拯说：万岁，臣有俸禄。

仁宗说：你这辈子不贪不占、尽忠尽孝，唯一的儿子也早逝了。你不考虑自己，朕要为你考虑啊。朕赐你巢湖作为归养之地吧。

包拯说：谢皇上。臣生于草茅，清贫惯了。巢湖富庶，于国有用，若能赐臣合肥城护城河上的香花墩，足矣。那里是臣少时读书之处，难以忘怀。

没有仁宗赵祯，或许就没有包拯的千秋英名，也就没有包河。

这么多年过去，作为同乡和少年梦，没有拜谒近在咫尺的包公祠，有点说不过去。

三

最早拜谒包公祠，是一个初夏。

出发的那天，和风拂过田野的时候，我脑海里忽然生出这样一幅画面：十二三岁的包拯，离开家乡小包村，走的也是这条官道，前往合肥城兴化寺的塾馆读书。也是在这个季节，也是这般景色，他是否和我一样，心怀憧憬？

兴化寺在庐州府（合肥）南薰门城郭处的香花墩上，正是现在的包河。"生于草茅"的青年包拯，在那里遇到当时的文坛领袖、为官正直的刘筠，成为忘年之交，在青春热血里种下执节守义、刚正不阿的种子。想到这些，我不由痴了，仿佛一脚踏在历史和现实之间，恍惚间就进城了，立即被城里车水马龙惊到了，出于对陌生环境的胆怯，没敢乱跑乱动，失去了和向往已久包河相见的机会。

再次郑重拜访包公祠，是多年之后了。

包公祠位于香花墩上，是包河的"心"。慕名而来的外地人络绎不绝，先直奔包公祠，心怀虔诚瞻仰"包青天"。在诗词鼎盛、星光灿烂的仁宗时期，苏东坡、王安石、欧阳修等，倍受后世文人的瞩目和推崇，而爱民如子、为民请命的包拯，则更受百姓的爱戴和传颂。"清心为治本，直道是身谋"的君子风范，跨越时空、超越阶层，注定会成为君主时代历史夜空中最亮的星。

祠西有一口六角龙井，传说井水会使贪官污吏显行，名曰"廉泉"。西南角是流芳亭，青少年包拯的读书处。正厅便是包公亭，高悬"色正芒寒"，大字夺目。包拯塑像端坐亭中，双目炯炯，直视人心。龙头铡、虎头铡、狗头铡摆在面前，摄人魂魄。

包公祠陈列的展品并不十分丰富，尤其是文物方面的。包拯一生清廉，连一方端砚都不接受馈赠，怎么会有那些可以传家的珍宝、物件？想想也就释然了，倒是传奇故事丰富生动。

眼前的三口铜铡，是极具智慧、大胆创新的古代司法实践。在"刑不上大夫"的封建时代，如何减少阻力，让"贵戚宦官"伏法，或者说如何震慑"贵戚宦官"，分设龙头铡、虎头铡、狗头铡，显得别有深意。

如果陈世美向包拯讨价还价，问：包黑子，你想用哪个铡刀铡我？

包拯回答：龙头铡伺候。

陈世美便会觉得，自己死在龙头铡上，体现的是皇亲国戚的体面和尊严，就不那么抗拒了。而其他"贵戚宦官"一看，龙头铡真的铡人，也多一份敬畏。

专家研究称，三口铜铡只是传说。我却认为，它是世世代代的黎民百姓对公平正义的渴望和期待，这比原物还要真。

包河，不是一条河，是传统文化的精髓所在，是海晏河清的千年梦。

作者简介：

赵俊超，男，现居合肥。安徽省作协会员，合肥市文联党组书记、常务副主席。爱好诗词和散文创作，作品散见《中华辞赋》《清明》《诗潮》等杂志及报纸。

母校如画

周　品

　　我的初中是在一所偏远的乡村中学上的，印象里它是破落不堪的。几排低矮的瓦房，几条砖头铺就的走道，还有一片零散的树木，形成了校园的主要风景。光阴似箭，不知不觉我从那里毕业已经有三十个春秋了。

　　不久前，由于工作的原因，我又跨进了它的大门。母校的校貌与我读书时相比简直是天壤之别：花多，草绿，树木森森，师生衣着鲜丽，意气风发。

　　踏入大门，映入眼帘的是一排排鳞次栉比的公寓楼，坚固的楼体矗立在蓝天白云下，显得异常的挺拔巍峨，碧绿色的屋瓦与粉黄色的墙面相映衬，和谐美好。楼下绿草成茵，花团锦簇，小道互通，干净整洁，幼童嬉闹其间，笑声咯咯清脆。

　　公寓楼的西面是开阔的操场和篮球场，无论课前还是课后，那里都是最热闹的地方。一个个矫健的身影像草原上的羚羊一样敏捷，铿锵的脚步声伴随着此起彼伏的呐喊声是那么的高亢激昂，各种球体从空中不同的角度划着美丽的弧线。让你不禁感叹：好一片活力四射、朝气蓬勃的画面！

　　紧邻公寓楼北面的是一片草地，它如一张绿毯伸展在教学楼前方，草地上一棵棵桃李争奇斗艳，一束束月季、杜鹃竞吐芬芳，一阵阵清风沁人心脾，一群群蜜蜂和彩蝶翩翩起舞。两条鹅卵石铺成的曲径在草地上交错相通，显得绵延悠长，把你引向深远的梦幻中。曲径正中是一座长亭，名曰"智慧亭"，红瓦与青柱搭配，长凳与石砖组合，无论从哪个角度欣赏都是一种和谐统一的美。另有一些学生点缀其间，或捧书静读，或呢喃小语，或闭目小憩，你也许会忘记这里是校园的一角，仿佛置身于公园的美景中，你的身心会感到无比的惬意。草地的中心是一口古井，名曰"映月泉"，它虽没有济南趵突泉那么有名，但它古色古香的外观和冬暖夏凉的实用性是师生们的最爱。草地四周，树木掩映，枝繁叶茂，绿波荡漾，把你带入四季如春春常在的幻境中。

草地不远处是一方碧池，名曰"华清池"，波澜不惊的池水仿佛一颗明珠镶嵌在校园的东侧，为整个校园增色三分。池中水草青青，迎风招摇。鱼群阵阵，随波嬉戏。池堤上花坛座座，吸引着你的目光；石桌石凳有序配置，静待着你的小坐，苍松翠柏，郁郁青青，为你送来阵阵清凉。伴着朦胧的月光，你漫步在小池边或静坐在石凳上细观位移草动、月弄花影，不一会，学习一天的紧张感就会全然消释，还你一个轻松愉快的身心。

一所学校容貌的改进如果仅仅体现在光彩夺目的自然景色和人文建筑上，那是不完备的。母校的领导班子是深懂这个道理的，所以近年来母校在进行美化校园环境建设的同时更注重文化艺术底蕴的积淀。如今，无论漫步在校园的哪一个角落，你都会受到深厚文化的熏陶。

教学楼走廊上挂着古今中外文化名人的水彩画像和简介，楼梯内的墙上张贴着世界各国的名言警句，楼前的宣传栏里展示着优秀学生的书画作品。校园的四面围墙上也很丰富多彩，刻画着一幅幅有关奥林匹克的运动图案，彰显着该校的体育特色；粘贴着一幅幅巨大的宣传画，陶冶着每一个师生的情操；刻绘着有关"二十四孝"的水彩画和简介，警示着师生，尽孝乃我中华民族之传统美德。

每天上午的大课间，全体师生都积极参与，每个人随着优美的旋律尽情张扬着自己的青春活力，太极拳与健美操是学校继承传统文化中的两张王牌，受到各级领导的多次肯定。每天中午，校广播站定时向师生播报校内外重要新闻，使师生们能够紧跟时代的脉搏前进。

一圈下来，我深深地感到，母校的发展变化不仅符合教育的规律，而且顺应了时代的发展要求，同时，它也颠覆了乡村中学的校容校貌不能与城里中学相提并论的认知。事实证明，每一所乡村学校都是一块玉，只要我们把这块玉放在时代的大潮中精雕细琢，我相信每一所学校都能成为教育阵地的精品，每一所学校都可能变得如画般的美丽，每一所学校都是美好安徽的重要体现。

作者简介：

　　周品，长丰县城关中学教师，长丰县作协理事，安徽省作协会员。热爱教育，喜欢文学，工作之余常进行文学创作，目前已在国内各级报刊上发表诗歌、散文200篇左右。

同学老贺

周　勇

　　老贺自称，其实不老，六十不到。在小镇摆一水果摊，档号：老贺桔子。

　　他是我高中同学，大名俊章，我们同在一个小镇。只是我常年在外，极少见面。当微信兴起，有同学组群，多年失散的同学陆续集结，其中就有老贺。

　　和大家有所不同，老贺一来，就一通语音：本人在姚李大帝国海澜之家店口摆地摊，混得不好，接着就发来一堆照片。

　　他这种独特的亮相，一吆喝，让我很难将现在的老贺和当年那个多才多艺的俊俏小伙联系起来。当年的小贺，一直是班上文艺活跃分子，长得五官端正，拉得一手二胡，学习声乐，正在准备报考音乐学院。

　　群里同学有的混到厅级了，其中还有几位教授，却怎么也想不到老贺摆起地摊来。心里多少有点为他叫屈。得知他目前的境况，突然想到自己在高中有段时间也曾摆过地摊，但论境界，老贺甩我八条街。

　　记得当年上中学的时候，父亲身体一直不好，为了添补家用和有钱买药，就需要站街，卖自家磨的豆腐。我这人死要面子，每次一站到那里，感觉就像做贼，生怕碰到熟人，最怕碰到同学，特别是女同学。如果不幸碰到了，恨不得把头夹到裤裆里。今天看到老贺这么勇敢，这么坦诚，一对比，感觉自己特别虚伪。

　　于是，就加了他的微信，就了解到他更多的不为人知的经历。

　　1984 年考音乐学院就差几分，因家穷，没办法，只能放弃声乐，

新绿

和老乡去了河南一所小煤窑，挖煤，一干就是十年。家里张罗给老贺介绍对象，老贺不干，说在井下，脑袋别在裤腰上，说不定哪天就瓦斯了，别害了人家姑娘。

就这样，一晃三十多了，错过了婚配最佳年龄。贺家单传，父辈亲朋决不允许老贺单着，老贺不得不告别小煤窑，直下广东。那时，同村里有两家条件不太好的，都从广东带回了媳妇，老贺相信自己一定能。

九十年代的广东说是遍地黄金，但其实找工作非常难，难到什么程度，就连一个清洁工都有好多人在争。老贺心里十分清楚，老家的女孩，僧多粥少，自己又30多了，如果回去，注定可能要打一辈子光棍。他必须留下来。

一天，一家电影院正在招广告海报设计，老贺硬是凭着一手好书法，磨破嘴皮，过五关斩六将，生生地抢到这个职位。

工作有了，老贺就把找老婆的事提上了议事日程。别看30多了，老贺穿上正装，风采依旧。特别是进入老贺视线的女孩，他都会特别卖力地挥舞画笔，用浑厚的男高音亮几嗓子，时不时在月下拉几把二胡。

看老贺画的，听老贺唱的，听老贺拉的，还真不少。

世事经历多了，老贺这人挺现实，生活虽然有诗和远方，但柴米油盐是生活最现实的苟且。于是，在众多的爱慕者中，老贺挑了一位肯吃苦又会过日子的江西小表妹。小表妹到手，老贺不再恋栈广东的花花世界，卷起铺盖，老贺就回到家乡，摆起地摊，一干就是20多年。

这就是老贺摆摊的经历。在小镇摆了这么多年的地摊，疫情口罩这三年，老贺时不时在群中抱怨说现在的钱难赚。有时还会说卖水果是感知经济的晴雨表，知道老百姓口袋里有钱没钱，一年的光影咋样。前段时间，赶上乡镇并区，所有的地摊进入水果市场，因感觉去新市场不太方便，生意一下子冷静了不少。

忙是忙碌人的生活常态，如果不忙了，可能还会憋出病来，老贺就属这类人。这几年抖音一直很火，老贺也开始玩抖音，时不时高歌一曲，不仅吸了不少粉，而且抖音带货生意一下子好了几倍。

有钱的感觉自然好，当有了钱能带动别人致富那当然更好。二十大后，各级政府加大了鼓励各行各业能人大显神通，让更多的人带头惠民致富，老贺凭着自己几十年经营水果地摊积攒的人脉，不但一人组了两群，而且每个群都有好几百人。老贺一边热心帮人解惑，时不时发布国家一些惠民政策；一边推销自己的水果，带动身边的一些人利用抖音直播带货。同时，热心人老贺，还不忘也把我拉进了群里。这样，我虽远在千里之外，对家乡小镇每天发生的变化，一清二楚。

前段时间回家，专门抽空到老贺水果摊前一叙。晚上小聚，30多年未见，岁月虽在他脸上刻了不少皱纹，每天风里来雨里去，老贺依然精神十足，酒量也是好生了得。3个人，一瓶酒，烟了，酒了，一会风卷残云，接着啤酒，不一会，我和另外一位兄弟被老贺整得人仰马翻。

这就是老贺，在同学面前从不藏着掖着，想什么就说什么，不像我常戴着面具假面的生活。他说，他从不感到摆地摊丢人，生意好时一年挣个二十来万，比蹲机关打工自由。闲来三五狗友斗酒，酒醉纵横人生，替人办点事情，成全了别人，也成全了自己。同时，人不求人一般高，十个手指伸出还有长短。我羡慕你们有权，你也羡慕我想干就干，不想干可以大白天睡觉。人的一生很短，赚也一天，不赚也是一天，开心就好……

老贺的故事很多，精味很长。

每天我都在关注老贺在群内指点江山，大到政府又出台了什么好政策，小至家长里短，看群内那么多人对老贺这么崇拜，就感觉这么多年咱是白活了，还是老贺活得明白，活得通透，活得比我等更有滋味……

作者简介：

周勇，笔名：秋客。男，安徽六安人。有作品刊发于《人民日报》《星星》《南方都市报》《安徽日报》等报刊，有多首诗歌、散文获奖。

归乡老兵

周玉春

小时候，看见一位老奶奶，常常站在村口的香樟树下。她望着远方，嘴里喃喃自语："我儿什么时候回来？什么时候回来哦？晓得是这样，千不该万不该拦你呀……"过不了几天，她又来到那棵树下，再次呼喊。

那是很多年前的事了。1948 年，老人的大儿子从中学毕业回家，与村子里一个童养媳相爱，遭到家里父母坚决反对。他负气出走参军，几十年里杳无音讯。一直到老人去世，儿子还没能回家。

二十世纪八十年代中期，那个老兵回来了。时隔近四十年，走的时候青春年少，风华正茂，归来已是两鬓斑白，满脸皱纹。老屋已不复存在，取而代之的是弟弟重建的房屋。他用手比画着，哪儿是厨房，哪儿是他的卧室，哪儿是母亲牵他出门的地方。他说着说着，扑倒在地，放声痛哭。

听说老兵回家了，老乡都过来问讯。老兵不住地向他们挥手致意。走进弟弟的堂屋，看着墙上挂着父母的遗像，他数度哽咽，泪水一滴一滴滚落下来。跟在弟弟身后，他来到父母的坟前，扑通跪倒，再也无力站起。昔我往矣，杨柳依依。今我来思，雨雪霏霏。他的心里大雪纷飞。

老兵回家时候，西装革履，发润面光。他几乎拜访了村里所有人家，送些钱物给族中的老人。有时，人家的饭熟了，他掀开锅盖，见到锅里的红薯，便拿出一根来，说："这个好吃，多少年没吃过。"然后，坐下来，一边吃，一边忍不住流泪。那些日子，他常常走进发小家里，一起开心回忆几十年前的往事，一起感叹时光无情。有时候，他也说说台北那边的生活。

当年相爱的人还在，她也早就做了奶奶，他来到她家，眼前的她，额上刻上了皱纹，青丝染成了白发。他不由心潮起伏，百感交集，热泪滚出。他想补偿，他却严词拒绝了。他怅然若失，消失在她的视线里。

在老家住着的那些日子，他每天天刚亮就起床，到村门口的机耕路上慢跑，接着去田埂、地头走走，有时候，他来到村前的小河边，找一处光滑的石头坐下来，静静地看河水流淌。有时候，他来到屋后竹林里，思绪回到从前，那里，有过他们的初吻，有过甜蜜的悄悄话……时光隔着几十年，往事想起来还是那样清晰。

那些年，他几乎年年回老家，有一年，竟在老家过起了春节。记得那个大年三十的下午，他来到我那远房的伯母家，送给了我伯母两百块钱，伯母的孙子一时不知道说什么，激动地喊他"台湾伯"，他笑笑纠正："不是这样叫的。"傍晚时分，他跟村子里的男丁一起来到祖堂，虔诚地跪在地上，面对祖先的牌位，一个劲地磕头。随后，跟村子里的小伙子一起，在祖堂门口兴奋地放起了烟花爆竹。

那几年，有时候，他一个人回来；有时候带着爱人回来，有一次带着儿子回来了。儿子回来那次，他又带着儿子去了祖先的坟前，让儿子跪下给祖先磕头。他深情地跟儿子说："今后，不论你在哪里，不要忘了你的根就在这里。"他儿子来到这个陌生的祖居的老家，话不多，兴奋地打量眼前的一切。听到他们父子回来的消息，家里的主要亲戚都来了。老兵——跟儿子介绍："这两位是你姑妈、姑爷，那边的是你姐姐、姐夫。"儿子浅浅一笑，有些拘谨地招呼这些远在大陆的亲人。

老兵回到台北，经常给这边的亲属以及家族的人写信，询问情况。有人识字不多，叫我读读老兵的来信。我记得老兵的信里是繁体字，开始时是竖着写的，后来也横着写。里面没有什么重要内容，在信里，他叙述了自己的退休生活。信里有问候，另外，是些养生之类的话题。譬如，牛奶怎样喝，荤菜、蔬菜怎样吃才有营养。我读的时候，有时边读边笑出声来。那时，改革开放还刚刚开始，山村里尚不富裕，哪有什么可喝的牛奶？

又一年，春暖花开的时节，老兵又一次回到故乡，他精力充沛，满怀信心，打听到政策许可，他频频打车去县城，跟人合伙在县城办起了一所私立高中，并把中学起名为"太台高中"。到了秋季，学校如期开学，按计划招满了学生。他特地赶了回来，参加开学典礼。在城里将许多事情办妥，回到村子里，他笑容满面地跟村子里大人小孩打招呼，逢人散烟，他跟老乡许诺，今后，如果村子里有孩子在那里念书，学费肯定会有优惠。他笑着说："当然，还是希望孩子能考到县城一中去。不去我们那所学校念就最好了。"县城一中那是本地最好的一所高中。

又是许多年过去了，老兵在台北去世。老家这边的人听到消息，唏嘘不已。后来许多年，老人的儿子与老家、与学校还有书信上的往来，书信中表达了对和平统一的向往。因为，他们记得，他们的根在老家，根在大陆；他们明白，和平统一，是台湾人民最好的选项。

作者简介：

　　周玉春，男，安徽省太湖县人，乡村小学教师。工作之余爱好文字，曾有多篇散文及小小说发《羊城晚报》《新安晚报》等副刊。

春天的香荠菜

朱明阳

过罢年，雪融，河开，风柔，雨润。褐色的土地、枯黄的干草下，隐隐约约地闪现一撮撮嫩芽，露出星星点点的绿色，那是春天里的香荠菜，殷勤传递春天的讯息。

每年春天，春荠初绿时，便有往事离离，烟一般弥散。

抗战军兴的那年春天，一个大门上悬着"耕读传家"门匾的乡村院落，院子的新房里，红烛流泪，默默无言，一对新人辗转反侧，相对而泣，一夜难眠。新媳妇起个大早，急着要为投笔从戎的先生做一顿饯行的热乎饭，但巧妇难为无米之炊。她便挎着竹篮，匆匆出门来到麦田里，俯首弯腰，在麦苗间采摘春荠。她蹲下身子，一手轻轻地拢起香荠菜，生怕碰掉一枝半叶，一手挥动小铲，小心翼翼连根铲起，白润润的荠菜根带着泥土，散发着清香。那香是甜丝丝的，清淡淡的，像月下的荷莲，袅袅娜娜；像林下的幽兰，清新淡雅，暗香袭人。

露水打湿她的裤脚，泥土粘上她尖尖的鞋，她不在意。她急急回到院里，择去枯叶，洗净，白白的根，翠翠的叶，更加鲜亮、水灵、可人，沥掉水分，与猪肉一起剁碎，五香大料拌馅，和了麦面，揉软面团，擀好面皮，左手托着饺皮，右手拿筷掭馅，把两边对折压紧，叠捏出花边的褶子，一个元宝似的饺子，飞快地包好。饺子里包进了难分难舍，包进了牵肠挂肚，包进了祈祷祝愿。一会儿工夫，秫秸拍子上摆满一行行一溜溜圆鼓鼓的荠菜饺子，急躁的火头舔着锅底蹿出，大火烧开沸水，饺子在锅中翻滚，她捞起一碗端给先生，先生咬开第一个饺子，满嘴喷香，回味无穷，连连说："真香，好吃。"先生说完，已眼角含泪。

先生拜别爹娘，惜别妻子，辞别家乡，义无反顾地奔向枪林弹雨的抗日战场。

那一年，打日本的队伍来到村里招兵买马。一个后面跟着背盒子枪的八路军当官的，进院就操着"蛮腔"喊起嫂子，原来是先生的同学沙风，领着队伍在这里拉游击。家里来了客，她好想给当兵的做顿好吃的，可是羞怯地拿不出好东西来，又逢青黄不接，很难为情地让他们吃顿红芋面窝头蘸辣椒。临走时，她捐出了看家护院的两条长枪和百十发子弹。

抗战胜利的第一个春天，香荠菜开花的季节，在湖南郴州任警政长官的先生，获悉家乡妻儿的音信，他好想吃家乡的香荠菜饺子，归心似箭，多日不眠，战争结束，铸剑为犁，做一教书先生足矣，他遂向长官部和省政府提请辞呈，挂印还乡。归途漫漫，途经长沙。他悄然进城，再去看一看，再去摸一摸。得知挥刀斩杀日寇的英雄归来，长沙的百姓蜂拥而来，齐刷刷地陪着他跪下，哀思如潮，哭声一片。这是胜利者的哭声，蕴含了多么沉重的悲怆。

第二天，百姓自发聚集，一部分去省政府请愿，一部分把守交通路口，不让他离开，欲挽留他留任在长沙。

郊外的大道两边，香荠菜已出梗顶着谷粒大小不起眼的白花，争相绽放，迎风而舞，一片片的，白茫茫的。

经历文夕大火、四次会战的长沙，烽火连天，烧杀掳掠，百姓倍受战争之苦难，他望着父老兄妹渴望平安，祈求庇护的目光，依依不舍道："抗战8年，离家8年，父亲战死沙场，马革裹尸，孝子未能祭奠；白发亲娘、苦妻幼子盼我回家团圆。"

他喝下最后一碗饯行的米酒，下马给胡须飘然的老伯、满头堆雪的大娘重重地磕了头，已是泪水涟涟。他的鲜血染红过这片土地，他留恋这里美丽的山水，深爱纯朴热情的百姓，长沙的百姓眼巴巴地送了一程又一程。

1989年，古稀之年的他，在会见黄埔同学时，老泪纵横，饱蘸心血，执起回忆峥嵘岁月之笔写下：

卢沟月冷铁蹄狂

相约报国辞故乡

埋骨何须桑梓地

同入黄埔易戎装

毕业带兵迭征战

秉衡壮烈卧沙场

劫后重逢忆亡友

忠魂何处飘茫茫

　　小时候，家住华东基建局工人村，四处是农田、荒野、沟壑和山岗。每到春天，她挎着竹篮，我扯着她的衣角，她嫌我走得慢，让我坐在篮子边守着，她颠着小脚进农田、下沟渠、上山岗，剜香荠菜，挖野小蒜，收获满满一篮子的劳累和快乐。野小蒜有细丝丝的绿蒜叶，长长的蒜白，结着豆粒般的蒜枣子，白白的，圆圆的，犹如珍珠，洗净拌面蒸熟，没有了冲人的蒜味，洒上油盐辣椒面，别有一番风味，也是独有的美味。她告诉我，"能吃的野菜，都吃遍过，灰灰菜和蒌蒌芽最不好吃。"

　　2010年的春天，香荠菜开花的季节，已近百岁的她寿终正寝，老去了。

　　她就是我的祖母，她的先生就是我的祖父。

　　春天里，百花香，惠风和煦，天气清朗，祖母挂杖挪开小脚，我轻轻地搀扶，徜徉在田间地头、蜿蜒小路，沐浴春光，拥抱温暖，心旷神怡，满眼新绿，处处芬芳，鸟雀鸣唱，生机盎然。我在路边连根挖起一株香荠菜，大声呼喊着祖母，"好大、好大的香荠菜。"

　　蓦然回眸看见祖母的笑，美美的，她心中早已装满了香荠菜。

　　我从梦中醒来，泪水湿润双眼。

作者简介：

　　朱明阳，安徽省淮北市政府机关处级公务员，省作家协会会员。曾在《人民日报》《大众日报》《延河》《都市》等国家、省市报纸文学刊物，发表诗歌、散文、小说及文学评论数十万字。荣获2016年度安徽省报纸副刊一等奖和安徽省新闻三等奖。

遗落人间的天使

朱小梅

1979 年的 8 月 19 日，这是我们家永远忘记的一天。这是个噩梦般的日子，我的二妹被一个加工房用铁片组装的电风扇绞断了右臂。当时医疗水平的落后，加上扇叶上的锈粉和灰尘，导致二妹伤口迟迟不能愈合，不断有脓血渗出，常常高烧不退。短短的半年时间里，二妹跟着父母辗转去了安医、上海中山医院，先后经过了三次大手术，下了三次病危通知书。也许上天太可怜幼小的二妹，二妹在和死神博弈多次后，终于顽强地活了下来。

我们家是 1981 年买的电扇，有次父亲盯着电扇喃喃自语道：小燕子要是早见过电扇，知道它的厉害，就不会把手伸进网里了，爸爸应该多带你们出去走走，多增长见识。我想的更多的是，时光能倒流的话，那天我绝不让二妹去！

那几年，我们一家人的心情是无比沉重的，二妹却没有闹过一天的情绪，每天还是乐呵呵的，她很快学会了左手穿衣、吃饭、洗衣服，学会了左手写字，并且练得一手好字。那时候，写完作业的二妹，总是喜欢用信纸蒙在小人书上描绣像，并且把她的绣像用蜡笔涂成各种颜色贴在墙上，再长大一些之后，二妹无师自通地开始练习素描，她手中的笔似乎有着某种魔力，三笔两笔就能将村庄、树木、河流、山川跃然纸上。

二妹初中毕业的时候，为了减轻家庭的负担，没有选择读高中，而是读了中专，她活泼开朗的性格，积极乐观的生活态度，得到老师和同学们的喜欢和赞许。二妹很快加入了校学生会，成为校学生会的文艺部部长，由于二妹从小酷爱读书，喜爱文学，二妹被校长钦定为他们学校校刊的副主编。从小学到初中再到中专，二妹在学校举办的歌咏比赛中，总是年年第一，在各种演讲比赛中常常更是名列前茅。

中专毕业后，二妹分配到长丰县工商局工作，当时她的月工资只有 100 多元，但当她听说孔店中学一个被火烧成残疾的男孩因家境贫寒面临辍学时，二妹毫不犹豫地捐助了 50 元，这一捐就是 3 年，直到男孩不再上学。之后，二妹又资助了长丰县杜集镇大李村一个无父无母的女孩，从小学三年级开始一直到女孩大学毕业。二妹是个爱美的人，也特别懂女孩子的心，所以每年寒暑假，二妹都会把女孩接到家里，给她买各类书具和漂亮的衣服，女孩也亲热地喊她"朱妈妈"。二妹的事迹在女孩读高三那年被媒体发现了，媒体立即对二妹进行了采访，同时也采访了女孩，当采访人员问起女孩亲生父母时，女孩忍不住哭了……二妹突然意识到什么，后来又有几家媒体要采访她，二妹全都拒绝了，她说："我的资助是单纯的，我只想孩子快乐成长。"二妹用自己的方式呵护着女孩敏感又脆弱的心灵。如今女孩早已大学毕业，在合肥扎下根，并迈入了婚姻的殿堂，开启了自己的幸福人生。

几年的精准扶贫，二妹和帮扶对象之间也建立了深厚的情谊。记得有一次，我陪二妹去造甲乡马塘村扶贫，当二妹的帮扶对象董大爷看到二妹时，脸上立刻乐开了花，紧紧地握住了二妹的手，家长里短地攀谈了很久。临走的时候，董大爷依依不舍地说："丫头啊，我家没女儿，你就做我的女儿吧!"二妹笑道："我就是您的女儿呀!"望着这一幕，我的眼眶湿润了……

许多年来，二妹在家里一直担任着好母亲、好妻子、好女儿、好媳妇的角色。她的女儿李翘楚懂事又上进，2016 年在长丰县举办的长丰县旅游形象大使、草莓仙子选拔赛中荣获首届长丰县旅游形象大使冠军并获得终身荣誉奖，之后在世界旅游文化小姐安徽省赛事中从容斩获冠军，并在 2016 年世界旅游文化小姐全国总决赛中喜获亚军，为我县争得了光彩和荣誉。我的二妹婿开了一家旅游公司——旅游百事通，三年疫情期间，公司生意惨淡，连房租和水电都保不住，妹婿急得经常失眠，二妹劝慰妹婿说："都会过去的，比起国家的灾难，我们这点小损失算什么呢"。在武汉疫情最严重的时候，妹婿公司率先向社会一些基层单位捐赠了 N95 口罩和酒精。

现如今，我的父母已到耄耋之年，二妹几乎每个周末都回去陪他们，平时经常从网上给父母买这买那，让他们不用下楼就能吃到新鲜的蔬菜和水果。这次回家，母亲笑着对我说："别看老二平日里大大咧咧，心细着呢！"说罢，母亲把我拉到卫生间，我一看，原来二妹又给父母的卫生间里安装了防滑把手并买了洗澡专用防滑椅。二妹对公婆也极为孝顺，前几年，二妹考虑公婆家的房子是老式平房，厨房和卫生间都在院子里，遇到雨雪天气，老人家的生活非常不便，二妹把多年辛苦在北城买的房子精心装修了一番，自己没有住上一天，就把公婆接到了新房里。每每傍晚的时候，她的公婆总是喜欢在小区散步，两人走着聊着，发自内心的笑声撒了一路。小区里经常有人夸两位老人好福气，生了个好儿子，她的公婆真诚又开心地说：儿子好都不管用，媳妇好才是真好，人家是父母给儿子买房子，我家是媳妇给我们买房子，这辈子满足喽！

爱，是这个世界上最生动、最有力量的暖流，循环在你我之间，生命因此而弥足珍贵。2019 年 2 月 26 日，二妹向中国器官移植发展基金会申请，成为施与受器官捐献志愿登记的全国第 802573 位志愿者。二妹还是安徽新华女性公益发展中心的志愿者。她说自己一路走来，得到过无数人的帮助，传播爱是她的责任和使命！她相信善良是一颗种子，无论种到哪里，都会生根破土、苗壮成长。

世界上有一种爱，很真，是给亲人的；世界上还有一种爱，很暖，是给他人的。我的二妹朱晓燕，她就像一个遗落在人间的折翼天使，全身散发着宝贵的光芒，她用朴素的行动践行着自己的初心。祝福她和如她一样不屈服命运的天使们沐浴着时代的光辉，一生幸福平安！

作者简介：

朱小梅，安徽省作家协会会员，合肥市摄影家协会会员。

左倚水墨　右临丹青

朱迎兵

俗语云，"狡兔三窟"。我非狡兔，却也有三处寓所。

我的第一个家，位于巢湖岸边一个普通的村庄邱家巷。今年暑假，一场暴雨后，乡下表姐电话告诉我，老宅进水了。我匆匆赶回去，请人疏通了排水沟。看那院落里的水渐渐流去，被水淹没的物什逐渐袒露出来，就像记忆被慢慢打开。我兄弟姐妹四人，都在市区或镇上有了家。2011 年父亲过世后，母亲与弟弟生活，这房子便成了空宅。可是，她屡屡闯入我思乡的残梦，成为主角，驱之不散，挥之不去……有我在，她便不会坍塌。

我 1974 年来到这个世界，出生在三间极为简陋的土坯房里，那是姑妈和父亲为迎娶母亲起早贪黑挑泥抟土建的。房盖小瓦，易碎，每逢大雨，屋内便滴滴答答，很多次梦里便被冰冷的雨水惊醒，为了被子不被淋湿，便与父母拿盆接雨。家中的泥土地被雨水冲击出许多小坑，年幼的我扫地总是扫不干净，经常被父母责备。

1984 年秋天，父亲将家中的积蓄全部拿出，还借了 1000 元，在村南盖起了四间红砖青瓦房。新房上梁那天，青色的鞭炮烟雾散后，泥瓦匠们从屋梁撒下一把把糖果，孩子大人们哄抢着，热闹非凡。母亲站在一旁，不断用手拭去眼角的泪水。

新房当时还算气派，宽敞的院里有一口压水井，姐姐种植了柿子、石榴等果树。每当夏日的月圆之夜，我们四个孩子喜欢在院子里做游戏，爸妈坐在院里的凉床上，聊着天，看着我们从树丛里钻进钻出。每个人的内心，都希望有一块属于自己的屋顶，离星星很近，让人在凡俗的日子里，能偶尔仰望天空，忘记烦恼。新房就有

新绿

这样的一个去处，那是平顶走廊，可以在上面晒一些谷子和干菜，我喜欢顺着梯子攀爬上去，仰视白云苍狗、浩渺银河，遥望南边巢湖里的点点白帆和西边天际处的巍峨群山……也是从那时起我有了自己的卧室，在那里我与弟弟可以彻夜读书，也可以无人打扰安安静静地休息。我的学习成绩从那时进步飞速，初中毕业后，考上了师范，远离了农村和稼穑，成为村里首个考上中专的孩子。

可是，新房欠下债务似一块巨硕的生铁，压得父母腰杆都直不起来，姐姐因此哭着告别校园，早早与父母撑起家，捻爆竹芯子挣钱还债。

我的第二个家，位于烔炀镇中街。1992 年我师范毕业，被分配到镇中心小学任教。1996 年与妻相识、相爱，妻是独生女，我欲买房结婚，岳父母说家中有房，离校很近，我就把她家闲置的两间侧房装修了一下作为婚房。

这两间房子面东朝西，夏热冬凉，儿子出生后，妻子便张罗着买房子，我说岳父母年龄大了，需要照顾，不能与我们分开。妻子提议在院子的西边的空地上盖房，姐姐辍学的阴影盘桓脑际，我问妻子建房的钱可够了，她微笑着拿出一张张存折。我们随岳父母生活，生活费不用掏腰包，甚至孩子的奶粉钱都由岳父承担了，妻子善于理财，我的工资、她的劳动所得基本都存下来。

妻子忙了小半年，花了十几万，四间楼房盖起来了，框架结构，高大挺立，很有气派。我们一家搬了进去。住进新房是在一个周末，第二天我睡到自然醒，看那阳光从淡黄的窗帘边投射进来，落到光洁的木地板上，又反射到洁白的天花板上。世界明亮，我心宽敞。

日子像一只青灰的鸟影闪过，2015 年暑假，看着比我还高过一头的儿子，心中惶惶。房价持续上涨，购房热让许多同事们都在城市买了房子，儿子以后如果在城市工作，的确需有一套房子。我与妻子商议，想在合肥按揭一套房子。平时精打细算的妻子爱子心切，竟答应得很干脆。

我到合肥转了两天，看中了信地城市广场的一套房子，这里交通便捷，购物方便，适合居住。我与卖家签订了购房合同，交了 45 万首付，利用住房公积金按揭 20 年。

只要努力向前，生活的湍流里，自会漂浮芬芳的花瓣。买了房之后，不到半年的时间，那里的房价由每平方 9000 元，蹭蹭涨到了16000 元，亲人朋友都说我有一双慧眼，让我颇为自得。

第二年，房子的钥匙就拿到了手，带着妻子、儿子去看房。虽然只有 93 平方，但房型合理，三室一厅，一个小家庭住着应也不显局促。这样，我在省城有了第三个家。

2022 年的暑假，儿子大学毕业在合肥上班，我将合肥的房子进行了装修。房子装修了两个多月，10 月 16 日，在二十大开幕那天，房子恰好装修竣工。我们一家去验收，对工程质量非常满意。站在阳台上，听着电视机里总书记铿锵有力的讲话"我们深入贯彻以人民为中心的发展思想，在幼有所育、学有所教、劳有所得、病有所医、老有所养、住有所居、弱有所扶上持续用力，人民生活全方位改善……"看着窗外车水马龙，高楼林立，城市的繁华尽收眼底。

三处家，让我左倚水墨，右临丹青。邱家巷的家是我灵魂根须生长的地方，是我与家乡难以割舍的纽带；烔炀小镇像一幅水墨画，恬静淡远、安逸祥和，这里有淡淡的烟雨、朦胧的初恋，还有我生命中至真至纯的牵挂。省城合肥的居所，似一幅晕染的美妙丹青，让我体验到绚丽多姿的都市生活。

像我这样的家庭，中国数以亿计，都在时代的浪潮里发生了巨变。历史告诉现在，也告诉未来，"高举中国特色社会主义伟大旗帜，全面贯彻新时代中国特色社会主义思想，弘扬伟大建党精神，自信自强、守正创新、踔厉奋发、勇毅前行，"必将拥有花团锦簇的明天。

作者简介：

朱迎兵，安徽省作家协会会员，安徽省散文家协会会员，《读者》《格言》《特别关注》等杂志签约作家，有 100 余万字的教学类文章和文学作品散见于各类报刊，并有小说在全国获奖。出版了《不妨做晚成熟的果子》等三部书稿。

诗 歌

——安徽省作协 2022 年新入会会员作品选

太阳，玩具和故乡

曹　韵

只花了二十年
我在窗前
发呆的焦点，村溪
已变作城郊的山

落日挤在高楼的缝隙中
再也不是一粒，圆滚滚的珠子
从故乡的远山，滚下来
滚过故乡的河水
滚过田野，再滚到我的脚边
被我小小的年纪，被童年
一脚踩扁

一想到太阳曾是我的玩具
太阳，竟再也不是我的玩具

我的祖先，一切在变
城市建立在村庄之上
文明始于蛮荒
我的故土，高山依旧在
河流依然流
现代文明什么都改

唯独不改乡音

在乡愁的背面，我的孩子
我是我，你是你
在这片红色的土地上
父亲坐在他父亲的肩膀
而父亲的肩膀上，我将你高高举起
你将拥有更好的太阳，玩具和故乡

作者简介：

　　曹韵，1991 年生，诗人，作词人，安徽安庆人，现居青岛。从事写作、音乐与策划工作。安徽省作家协会会员，出版有诗集《偷诗歌的人》，作品见《青春》等。

春　分

陈具慧

杨树梢头接住从山坡上
返回的东风
父亲坐在石碾上
使劲地掐灭手中的烟蒂

一束阳光打进老屋，照在
靠墙根的犁头和铁耙上
暗红色的锈迹和灰尘
闪着饥饿的光

闲了一冬的老牛吃着枯草
反复咀嚼的嘴边挂满白色泡沫
父亲牵着它去河里饮水
他们的影子在水里重叠
那时，大雁在空中鸣叫
排着队形，为天空留下好看的空白

作者简介：

　　陈果儿，原名陈具慧，安徽省六安市人。安徽省作家协会会员，中国诗歌学会会员，有诗歌发表于省内外各大文学刊物，报刊200余首，著有诗集《新雪落在旧雪上》。参加首届《诗刊》社"安徽青年诗人改稿会"。有作品入选《中国新诗排行榜》《中国诗歌年选》等多种选本。

崭新的薛家洼生态园

陈晓莉

它被谁的金手指皴染成一幅水墨丹青？没有渔人，在网中打捞着无常的饥饱。只见快艇穿梭着一匹匹花边锦缎。

看不见了，凌乱的危房和排污废水，曾是淤堵心头的伤疤。我把许愿的渔火放入江上，期待着崭新的旅程。

清理后的伤口重新长出林木花草，咳嗽声随雷霆远去，我听见大地清新的深呼吸。

一对情侣踩着霞光的红地毯，以青山为证，绿水为媒，游鱼蹿动甜蜜的水涡，婚纱缀满浪花的热吻。

飞檐亭将功勋章盖在一张新名片上。

一架古琴横贯水面，我奔走在春江花月夜的韵律中……

作者简介：

陈晓莉，中华诗词学会会员，安徽省作家协会会员。诗词、诗歌刊登在《中华诗词》《星星·诗词》《星星·散文诗》《散文诗》《散文诗世界》《山东文学》《作家天地》《天津诗人》《安徽文学》等杂志，并入选各种诗歌年选。作品荣获第五届马鞍山李白诗歌奖优秀奖；"筑梦者：致敬农民工"全国征文大赛二等奖。参加第二十届全国散文诗笔会。

梦 魇 马

方　姣

重复测量的记忆已生不出更多的触角
我受困于躯体的结界
短暂休止一段呼吸，等到作为元素
部分的我的碳氧浓度上升
此刻，我拥有比往常更加清晰的知觉意识
抽离出眉心的针对感
一些模糊轮廓跑进第三视野
"我看见一只马，一只马蹄，踩进胸口"
无限靠近的唇语
读不出疼痛，也不能感知轻重
我逐渐被揉碎，揉进炙热的马蹄中冲出界域
躯体又一次唤醒，关节恢复灵活度
神经元不止一次再生，复刻，编织一首大梦的曲子
通往觉醒之门
那里有许多消失的细小事件，反复提醒的遗忘
只剩下脑影像中
逐渐暗淡的突触与神经节

作者简介：

　　方姣，笔名池南，诗歌爱好者，医学博士在读，安徽池州人，现居安徽合肥。

片刻之美

邓 琍

云舒云缓，这是一天最后的时光
城郊的湖水和群山，在夕阳的余晖里
安静下来。拂面而来的风
为了挽留，正在形成清凉之意

我漫无目的徜徉，给河莲拍照
再选择适宜的角度，给云朵安放在特定的位置
成片的晚霞在西山上，形成火烧云样的光
像一种盛装，飞起、沉落

这是值得赞美的时刻，明亮的、炫彩的
变幻多姿的。我试着用手指触摸
一朵云的软，在水里完成着同样的色彩
我是多么需要这种缤纷，让水面荡漾起来

作者简介：

　　邓琍，有作品发表《诗歌月刊》《安徽文学》《安徽作家》《作家天地》等纸刊。入选《2018 年中国新诗日历》《2020 天天诗历》《中国诗人生日大典》2023 年卷等诗歌选集。

安徽人物小记一组（组诗）

董思宇

老子

骑一头青牛
出了趟远门
未持头盔和驾驶证
只留五千言日月星辉

庄子

打开《庄子》
十只蝴蝶翩然飞来
我不懂逍遥
只会在断崖的文字上跳舞

华佗

种下一地苗圃
打开炎黄子孙的筋脉
那满脸众生相的药材生意人
哪个不是您的肉身

作者简介：

董思宇，笔名丑石，80后，安徽亳州人，安徽省作协会员、安徽省硬笔书法家协会会员。诗歌散见于《亳州晚报》《渤海风》《诗歌月刊》《鸭绿江》《山东诗歌》《安徽文学》《中国教师》等报刊。

在午后读一畈翠绿的诗，
佐以燥热的蝉鸣（组诗选三）

范方来

一

农历孵化的虫鸟，陆续驮回了节令
种子湿漉漉地爬上池塘
用古老的方法催开春天
山与山之间，翠绿映照翠绿
香风叠加香风，诗篇中的词句
碰撞着词句，意象和意义得以延伸与拓宽

二

卧龙盘踞的家园
被日月星辰摩擦得四季分明
丘陵怀抱的金黄
从热情奔放到低首向心
不同的形态，内核相同
像每一个善良的汉字，都通向美好
大地如母，敞开胸怀的田野
总是用一茬又一茬禾秆，及根须
回报锋快的镰刀

三

梅雨天一过，风就舔开天空

上苍恩赐的蓝落进满畈翠绿的意境里
白鹭是灵动的诗眼，无论被白描，或被抒情
其喻体柔美而修长
田字格里，有梳理绿色字符的耕种者
他们随节令出发，随节令安营扎寨
一顶草帽，能把炎炎烈日
顶下西山

作者简介：

剑方，实名范方来，安徽太湖县人，诗歌爱好者，中国诗歌学会会员，安徽省作协会员。诗歌发表于《诗刊》《安徽文学》《创作评谭》《星火》《散文诗世界》等刊，有作品入选《新时期中国诗歌地理》（安徽卷）、《浙江作家网文学论坛作品选》等读本。现为太湖县作协副主席。

我 喜 欢

谷万华

我喜欢——
你低低把我看。
细致而温柔，
怜惜而欣赏，
默默无语，
深深喜欢。
如水一般澄澈，
似花一般芬芳。

我喜欢——
你脉脉把我牵。
在小径、在山林、
在清晨、在傍晚，
草色离离，
溪水潺潺。
像风一般自由，
如鸟一样飞扬！

我喜欢——
你轻轻把我揽。
寂寞与欢欣、
快乐与忧伤，

清清岁月，
冉冉时光。
天地一般辽阔，
江河一般绵长。

我喜欢你——
你落在我的眼底，
我住进你的心房。
山高水远，风轻云淡，
人间四月，如水时光！

作者简介：

谷万华，安徽省马鞍山人，笔名山谷那边，系安徽省作协会员，中国小说学会会员。

秋浦河之夜

官春强

我如桂树摇曳窗前
秋浦河水依然澹澹
冲不动的弦月金钩
不经意划破河床封印
帧帧往昔　陡然波光粼粼

袅袅思绪化作桂花清香
融入淡淡月光
在天地之间如雾弥漫
浸润　升华　凝结
凝结成满天繁星
这是我的心啊
在不停地跳动

你看　那颗最亮
最亮的那颗
便是我深情凝望你的眼睛
在静静地　静静地
注视着你

掬一捧倒映河水的桂香
将甘洌星月一饮而尽

清晨　你看到的露珠
那是我滴落的眼泪啊

作者简介：

　　官春强，男，山东省莱州人，现定居合肥。中国诗歌学会会员、安徽省作家协会会员、安徽省散文家协会会员、合肥市作家协会会员等。有诗歌和散文在国内多家刊物发表或获奖。

雪鬃

何 伟

笛鸣唤走远山牵养的活马。
铁蹄溅起雪花。
屋顶延山开满马厩
圈中乌骓分饮寒食。

乌骓变的卢。
寒山的幕布仍在瓦解
要把骨头里的字写进
马背。伏往江边。

仿佛可融化的是明月。
是屋顶的炊烟，灌入长空。

马头墙刘海整齐，像大雪
在人间刻下篆书。
我们重建的人字坡，黑瓦正白
像你当年挥刀剪断的长发。

作者简介：

何伟，作品见于《诗刊》《星星》《诗歌月刊》《诗选刊》《中国诗歌》《天涯》《山东文学》等刊物，《中国诗歌》首届"新发现"诗歌夏令营成员，入选第四届长三角青年诗人改稿会，已出版诗集《口哨》《哪有羊群是白色的》。

开 山 者（散文诗）

——献给老一代铜陵有色建设者

黄国智

挣脱贫瘠荒芜的桎梏，将绵延千万年的沉重扔进山峦起伏，崛起的生命踩着历史的飞白，腾飞在巍巍铜官苍茫的天空，留下一行行悠长而深远的弧线……

从熙熙攘攘的人群中分裂，孤独地钻入这片古老的大山，野风和荆棘把它描绘呈现得蛮荒无比。

是蒸汽火车与机帆船牵引着你和这条路。

走进大山和地球的心脏，这条路遍布了荒芜与寂寞，没人与你同行。

躺在满山铜草花开的山坡上，你聆听到赧郎明月夜和嘤嘤的鸣啼，从此你坚信在这荒蛮的巨石里，有无数颗被压抑埋藏的生命。

在红旗下，你举起了飞旋的钎杆、大锤、铁镐、三角扒、歪歪车……

轰轰隆隆的噪音被空旷的黑暗吞没，回敬你是冰冷潮湿的岩壁。

然而，这繁杂噪音成就出你人生最美的旋律，因为你唱出了铜都明亮的歌声……

汗水在掌心里磨砺出一块块肉茧，龟裂的皮肤渗出岁月钻心的疼痛。

所有的鸟儿都飞来了，盘旋于蔚蓝空中，倾听你编制的动人歌谣，肩扛凿岩机的你成了刚毅的风景，炯炯的目光照亮着城市奔涌前行——

岁月流逝，这永恒的歌变得越来越清晰嘹亮和年轻了。

你却老了。

新绿

有一天，你和大山一起，轰然倒下。

林立的高楼和夜晚的霓虹吐露着五彩的光华，天井湖茂密的树林下，许多生命冒出了温暖的嫩芽。

是你赋予了钢筋混凝土新的生命，没有你的城市不再冷漠，另一座山，依旧轰轰烈烈地活着……

作者简介:

黄国智，作品散见于各类报纸、杂志及平台，偶有获奖。聚智文艺杂志签约作家，清江诗刊签约诗人，华夏精短文学学会签约作家，青年文学家杂志社签约诗人；系华夏精短文学学会会员，中国诗歌学会会员，铜陵市作协会员，安徽省作协会员，《湖北诗歌》微刊编辑。

在未名路　想起你们

黄海清

在未名路

风　托起香樟树青色的云朵

石楠的叶子

泅开理想主义的红色　越来越浓

我想起你们　四位先生

明强小学围墙边青苔燃起的涟漪

未名社清隽的灯火

指引着你们　和更多的人

深深鞠躬　对着未名路

对你们所有的过往

对信仰　气节

这些被淡忘的词语

对未知的　幸福和忧伤的每一天

纸质的漩涡里

《罪与罚》《黄花集》《不幸的一群》

掷地有声

风吹着未名路

香樟树的叶子籁籁作响

像我们爱过的生活
又重新掀起波澜

作者简介：

　　黄海清，笔名冰尘，女，特级教师，中国诗歌学会会员，安徽省作协会员。作品见于《中国校园文学》《大地文学》《诗歌月刊》《桃花源》《中国教师报》《安徽青年报》等，曾参加《中国校园文学》第二届全国教师笔会，中国作协《中国校园文学》签约作家。

王影怀烈士姓名考

黄宏宇

你有四个名字：
王立德、王影怀、王荫槐、王映淮。
徐向前将军题写的墓碑上用的是"王影怀"。
这也是你入党申请书上的名字。
仿佛谶言——
播下薪火影，留于后人怀。
一个年轻的唯物主义者求仁得仁，
为共产党员精神做了一次生动的注脚。

会中医的老父亲在乡间布施恩泽。
"立德"就是你血脉里那颗扎了根的种子，
我们现在把她称为"初心"。
"男儿立志出乡关，学不成名誓不还。"
你把赤焰般的种子从凤阳城带回来，
一路播撒在寿县、蚌埠、南京、芜湖、安庆。
从淮河到长江。
你真应该看看，你也肯定能看到，
如今的引江济淮工程正穿过家乡宽广的湖面。
东津渡大桥也已经在七月一日这一天正式通车。
一百年后，你的族人
用日新月异的簇簇烽火回应你当初的铮铮誓言。

新绿

村头的老槐树，族人世代以为荫庇，
没想到如今却是你荫庇了族人。
青山巍峨，楚水仰止，
草木已把家乡的忠魂牢牢埋进根里，长进叶里。
如今，老槐树只能染出鲜艳的红，
这是游子忠魂的血啊！
脚上露出白骨的血，颈项上冲天一呼的血。

那时还叫民国，民国十七年冬，
门里公推出一位德高望重的叔祖去安庆营救。
在安庆饮马塘监狱，王凤栖老先生失声痛哭。
脚上只剩几根白骨了啊！
"孩儿啊，咱们自首出狱，回去慢慢将养。"
你劝老人回去：
"与其求生而害义，宁抛头颅以殉节。"
那年你才 26 岁，
烈士倒下的地方，如今早有丰碑高高矗立。

星斗从银河坠入了大地，
陨石般的火种就这样映遍了江淮。
墓里的那件血衣，
就是不熄的陨铁一块。

作者简介：

　　黄宏宇，1983 年生，中国诗歌学会会员、安徽省作协会员。诗文发于《作家天地》《星火》《科尔沁文学》《诗歌月刊》等。参加首届《诗刊》社"安徽青年诗人改稿会"。有作品入选第十届"中国好诗榜"和《年度诗人 300 家》等选本。现居合肥。

春风浩荡

季　敏

春风浩荡，
鸟鸣林中，云影浮动菜花黄；
柳垂岸畔，烟霞摇曳花枝宕。
到处都在蓬勃地生长。
思绪融入城市的幽香……
双墩的微笑隐有光芒，
汤和墓动情诉说着尘封的过往，
禹王宫的松柏见证为民造福的铁骨柔肠，
垓下楚歌传诵的真情依旧芬芳……
安庆天柱擎日月，
新安旖旎闲舟漾。
牯牛峻峭多迷蒙，
琅琊蔚然诸峰挺。
黄山雄秀纳风云，
平畴一统连宇风。
巢湖汤汤鱼鸟翔，
滨湖漾漾碧万顷。
屯溪老街，鳞次栉比；
歙县牌坊，默然屹立。
美哉皖国，
壮哉皖土！
廿次盛会共举，皖地崛起绘绮梦；

百年宏图同构，骏马扬蹄百代祥。
津浦铁路让码头古渡春心荡漾，
璀璨的阳光照耀着巨变的家乡，
河蚌吐珠，花鼓铿锵，
高铁飞翔在明媚的田野上歌声芬芳，
勤劳的人们务实开拓笑声甜如糖。
山河秀美，乡村振兴户户尽脱贫。
千秋伟业，国强家旺人人精神爽。
小区广场祥和安康，
古玩字画满目琳琅，
花鼓灯热烈张狂，
黄梅戏土调土腔，
文峰塔灯火辉煌，
白乳泉甘冽淳良，
这片热土
处处发散出迷人的光芒……
春风浩荡，
面向朝阳，
勇立潮头，
国运盛昌。
此情此景，不由得高歌引吭——
愿鱼米满仓，山河无恙，
八皖之乡的儿女，
战天斗地，同怀共计，
牢记使命再踏万里新征程。
长淮大地，
气贯长虹谱写又一曲崭新的华章！

作者简介：

季敏，有多篇随笔散文获得市级、省级、国家级奖项，作品多次被刊发在《教师博览》《散文百家》等各类报纸杂志上。曾担任《南京晨报》特约编辑、《蚌埠民革》特约编辑等。

启　航

蒋炳峰

南湖的潮水汹涌，一艘红船起锚，
带着共产党人的初心
和如璧的光芒。
这起于时代动荡扎根百姓心中的红色曙光
将开天辟地的惊雷奏响。

井冈山上，烽火如星辰如大海。
火种燎原，这是镰刀和锤头的铿锵颂歌。
共产国际融合东方思想的实践，
是风帆，更是烈烈旗语。

改革者有绿色的手掌，
他们将和春天握手。
开放的号角，唤醒沉睡的东方巨龙。
春风如帜，吹遍人间。

小岗村的红色手印，是对淮河最高的礼赞。
红土地上新苗如簇，
追梦人跋涉的勇气
奏响希望原野上动人的华章。

这是一曲新时代激昂的赞歌，

新绿

如春泥般，自带暗香。
我们守着绿水青山的民生
和共和国的无上荣光。

作者简介：

蒋炳峰，笔名讲理，安徽淮南人，安徽省作协会员，作品见《安徽日报》《淮南日报》《华中文学》《齐鲁文学》《当代诗歌地理》《安徽诗歌》《山东诗歌》《青春诗刊》等。

三河古镇遐想

王大伟

以一盏星光醒酒。在微醺间
在窒息的根须里，为折返之水把脉

鹊渚廊桥下有患病的霓裳
跛脚的风，以半截孤弦的震颤
抽取残夏遗留的悲悯

而尸骨无存的季节，总有些言语
不便直说。入夏的折页，才懂其言亦善
才有边缘处灰烬般的假象

回到风里，乌桕是自下而上的信香
行人与包裹，皆是烟尘
而落叶，操佛陀传教的言语

风把积雨云，裹入无法超度的亡魂
擦拭铜镜的污秽，和旧庙宇里
戒不去杀戮的虎斑猫

青砖城楼，古炮以朱砂撰写铭文
铜的余温，把酒热到微醺
酒未尽，归客的遐思便无处盛放

新
绿

作者简介：

进勤，原名王大伟，安徽肥西人，安徽省作协会员，中国诗歌学会会员。作品散见《诗歌月刊》《安徽文学》《牡丹》《延河》《作家天地》《神州》《安徽日报》等百余种刊物，著有诗集《大酣集》，多次获省市级奖项。

梅　山

李园园

我要做梅山上的一根草

在清晨，我收集露水、雾气和鸟鸣

在暮晚，我送走心中的悲戚

在松树下学会哲学

在石崖边放弃智慧

我没有名字，从不与人称兄道弟

也不互为敌人

这多好啊

在夜空下，有一颗流星落进梅山水库

我并不惊诧

也不发表意见

作者简介：

　　李园园，90 后，生于安徽宣城，现居合肥。诗歌散见于《诗刊》《诗潮》《散文诗》《中国诗歌》等。

春天的依恋

梁春波

鹅卵石道，紫荆花，粉红色的裙
我久久伫立于河对岸
在高清的镜头里赏你
如一弯溪水清明的美貌
向你挥手，向春天敬礼

坐在石凳上，翻开诗集
蝴蝶飞入唐诗
我把诗情当成玫瑰
粉红的香气流入我清明的心间
无声无息

三月的桃花
三月的歌声
三月的爱情
一同绽放
我把对春天的依恋深埋在
我深爱的这片土地

作者简介：

梁春波，笔名春坡，安徽省作家协会会员。

巢湖，月光散落的故乡（组诗）

廖　江

1

怕来不及去问，秋叶就打在光线之上
来来回回在斑马线上跳跃，像极了回归故土的孩子
他们有着明亮的眸子，在秋天里万物都开始沉寂
巢湖一往如昨的起伏，和跳动的心开始重合
在昨日他们赶过湖水，把月光打落一半
一半种进土地里，等着生根发芽，只是时光啊
它们是一群路过的孩子，它们喜欢明媚的湖水
和那一汪干净的眼睛，在春天里
他们学会了退耕还林，打造一个个永不沉落的月亮
在巢湖，月亮守候的岛屿在我们心中
我们有着明亮的眸子，像极了月光散落的样子

2

一汪清泉和一眸情深都是我所需要的
我们迎来了绿色盎然的日子，在万物复苏的时候
我把日光扫进湖水里，看着绿波渐渐长大
从日子里翻新，在巢湖我们有着一方净土
把渴望的雨水还有满目的起伏都收入囊中
他们是我们的，我摆弄着绿色的湖水
将山峦沉浮，将向北的斑马线沉浮

新
绿

还有南淝河，将会想起红色的季节里
万物都那么纯净美好，只要我想
笑脸和幸福都跃入水中，相捕着今天的喜悦
那湖水灌溉着月光，那是我不可分割的梦想

作者简介：

廖江，90 后，现居安徽合肥，有诗发于《绿风》《诗歌月刊》
《大观》《散文诗世界》等。主持民刊《风满楼》，偶有获奖。

出　发

刘　飞

车厢里，我是一个被拉去表演的小动物
身后，灰白条纹的长蛇刚冬眠醒来，张着嘴
不遗余力地捕猎
田野，白云是看客
无需门票，换了一批又一批
村舍，山林，是他们发出的惊叹
就像惊叹于当初遇山开路，遇海架桥的勇气与魄力

曾习惯于去欣赏周围风景的我
现在却是被检阅
虚无，陌生，逃离，爬满身体
带来失重感般心悸
思绪在高速闪现，阳光也无法熨平
姑且来个痛快吧，将群山开肠破肚
填进那长蛇饥饿的孕肚
过段时间，是否会生出一个春天

作者简介：

刘飞，安徽省作家协会会员，肥东县作家协会副秘书长兼办公室主任。曾在《诗歌月刊》《百花洲》《安徽文学》等省级期刊发表作品若干，获得第七届"中国散文之乡"校园散文大赛教师组二等奖等荣誉。

春天，在煤壁上写诗

刘怀彬

春天带来了令人激动的好消息
在地心的波涛声里轰鸣
呈雷霆万钧之势
在坚硬潮湿中扬起割煤的手臂
打造出新时代崭新的乐章

负一千米工作面
一朵朵黑色的玫瑰
绽放在春天的煤壁上
倾听它们花开的语言，像是辽阔地心
最雄厚的美学构造

矿工兄弟们
手挽手，肩并肩抒写春天的故事
工作面上，他们挥动手镐、电钻，钢铁
黝黑、健硕的身体
散发出雄浑的气息

在这辽阔、稠密的世界里
在煤壁上，我写下春天的诗篇
十万里的晴空
十万条河流的涛声

十万座大山的青翠

我写下劳动的光芒
让青春的岁月，像头顶上的矿灯一样明亮
在一粒粒滚烫的煤里
我看见一个龙腾虎跃的祖国
一个灯火通明的祖国

作者简介：

　　刘怀彬，男，安徽省作协会员，有作品发表于《诗歌月刊》《阳光》《作家天地》《淮南日报》等纸刊。现居淮南。

新村庄写意（组诗选二）

刘楚人

一

衔着阳光，循着清晨轻吟的风
苏醒的云，村庄之外悠游的脚步
青绿着山环水抱的僻静
整片村落，缥缈在山峦失落的缓冲地带
如画笔皴擦的色块相互映衬
烟火气缭绕古韵新妆
几行牛羊鸡豚追逐留下的痕迹
书写俗话或者俚语里的故事
一步步蜿蜒出容颜不老的腰肢
我试图走进那个羞涩的黄昏
用一壶茶或一碗酒点燃一窗暮雨
重温那个听雨不眠的夜晚

二

眼睛挂在窗户上
窗户挂在缥缈的楼台上
所有关于夜的故事
都挂在了村庄的时尚部分
今夜没有月亮，但很清晰
街巷灯火撩拨夜色透明

平静如水
村庄便休闲得自在淡雅
时间与距离都虚化了
像躺在诗歌里的一款笑靥

作者简介:

刘敬楚,笔名刘楚人,现定居安徽马鞍山和县。中国诗歌学会
会员,安徽省作家协会会员,安徽省散文家协会会员,马鞍山市作
家协会会员。

此身如一

刘雪风

初春，我们看梨花，那些久违的
千朵，万朵。舞台影像中

白焰爬满暗黑的幕布，顺着
阶梯延展。傍晚，水流紧密而动人

街巷、隧道，我们一同穿行的曲径
寂静之处生长。晚来，雨打水杉

鸟羽碎落。若往昔，远景被窗帘
遮拂，能用烟灰描摹的事物减少

层楼，远山，于杯中交叠，你我
不遗余力的登山者，隐身泡沫

观黄叶落，柳条青。少女岸边端坐
迟来的他者如孤灯，深林无需悬月

我们脚踩枫叶，相对无言。中间
似是相隔多年，很多年的枯寂和

伤痛都不曾淹没你我。在繁星架

设的桥梁坡面，长论醒与醉的技艺

语言如同摄影术里脱困而出的蝴蝶
在无法避让的暴雨之下，扇动他们

无名的薄翼，扇动山底泛酸的屋子
巨石，也扇动我们体内、黑池坝前

轻卷众人黑发的白雪。当命运
以其万变来馈赠你我。那曾于眼里

久久闪耀的，依旧不会有所磨灭
山内，山外，其实并无不同

暖灯渐熄，仍有人影逆风摇晃
不论身垂细枝或下陷软土，梨花的

炽热永难消退。你知道，纵是残破
不堪的容器，也足以容纳两个人

作者简介：

　　刘雪风，1998 年生于安徽宿州，诗作散见于《诗刊》《诗歌月刊》《诗林》等，曾获樱花诗歌奖、光华诗歌奖、野草文学奖等。

月　亮（组诗选三）

欧阳健子

1

早春之夜
月亮，挂在天空
芙蓉出水一般
它的脸庞像极我的母亲

她洁白如玉的身体
照亮黑夜和大地
照亮人间所有的银器

2

月亮挂在天井之上
我临窗看书或写诗
月色如雪
染白了我的头发

3

一只小狗和一个小女孩
蹲在门口地上
静静地看着月亮
月光之下

所有的影子和事物
都变得鲜活起来

作者简介：

欧阳健子，中国诗歌学会会员。20世纪80年代中学时代开始发表作品。曾停笔十多年，近年来回归文学，诗意前行。著有诗集《家园》。作品获《星星》《诗歌月刊》《文学港》等省级以上诗歌奖十余项，入选书籍若干。

远　方

裴文兵

豆角架是豆角秧苗的远方
从泥土之中出发
嫩芽在风中生长
伸出藤蔓　攀登向上
一粒低处的豆
要在高高的豆角架上
蔓延青春
需要怀抱多大的梦想

更多的事物
从春天开始
踏上生命的旅程
山岗之上　节节高的芝麻
蕴藏在山谷里的山芋
和滞留在菜园里的一角
不声不响的生姜

成熟是它们的远方
水稻也是这样
从大片大片细微的稻花
到满眼沉甸甸的稻穗
它们终于抵达了饱满

日月星辰

风霜雨雪

过往　如今　及至未来

生命注定是一场远足

作者简介：

　　裴文兵，安徽省作家协会会员。曾在《故事会》《上海故事》《民间文学》等二十余家杂志发表故事作品约一百五十万字。曾在《散文选刊》《骏马》《三角洲》《雪莲》等报刊发表散文作品。曾在《莲池周刊·文学读本》发表中篇小说。

汛情雨声

裘新江

有一种噪声叫作雨声
来到这个世上没完没了
午夜时分絮絮叨叨
不是为了唤醒
而是为了抚慰
有一种雨声叫作歌声
急促步伐行走灵魂旷野
黎明时分电闪雷鸣
不是为了节奏
而是为了沐浴
汛情雨声
不眠之夜飘忽不定
像敲打键盘敲打防洪大堤
像不倒青松站立不倒身影

作者简介：

　　裘新江，滁州市作协副主席，安徽省作协会员，中国红楼梦学会理事，中国欧阳修研究会副会长，滁州市诗词楹联学会会长，滁州市地情人文研究会副会长，出版专著3部，发表论文、作品百余篇。

青草和钥匙（外一首）

陈国荣

第一朵雪花密谋将秋送走
体内的泥土正孕育着一场风暴

遥遥地望着，一条归心绕不开的红旗南路
每踏近一步，就能听到那一把钥匙转动一次

当母亲喊一声我的乳名传入耳中
向着无限，在想象之外

一转身，"一匹马在我长长的影子里吃草"

夜之光

灵动的天宇，像极了一张铺开的宣纸
起落，提按，乏力，一道闪电
瞬间破译了一滴墨香铜臭的密码

平等使灵魂摆渡，舍弃佩戴有色眼镜
普度众生，承载于每一个独自夜行者的心头

此生和彼生，终将"打破时间与停留的规则"

新绿

作者简介：

　　荣儿，本名陈国荣，安徽淮南人。安徽省作家协会会员，安徽省散文家协会会员。文字曾发于《诗歌月刊》《诗选刊》《诗潮》《绿风》《星星》《天津文学》《延河·诗歌专号》《鸭绿江·华夏诗歌》《散文诗世界》《三角洲》《辽河》《作家天地》等文学期刊。

今夜，我披着月光回到故乡的一座村庄

（组诗选三）

摸　黑

1

点燃一盏油灯
把失传多年的狗吠
从记忆深处找回。让我再次
重温故乡的况味

2

带着一抹酸涩的乡愁
在母亲牵盼的远望里漂泊一程
如今，我又回到故乡久别的村庄
清辉的月光，孩子般
扒在落满旧尘的窗台，仿佛
在倾心打探我流浪的身世

3

村里最长寿的老张二死了
我们是听着他抗美援朝的故事长大的
村庄也因他而硬朗
那条青石板铺就的小路
沿着叠满雁影的足迹伸向岁月
一些看家狗变成了宠物

与年轻的主人一同进了城
仅留下铁锁，铁青着脸
守在老屋疏寂的柴门

作者简介：

摸黑，本名沙晗，安徽霍邱人，新闻记者。20世纪80年代开始从事诗歌、散文、小说等文学创作，在报纸、杂志和网络上发表文学作品千余篇（首）。有多篇（首）作品在各类文学大赛中获奖并入编作品集。

盛世沃土桃花开

王 锋

萧瑟秋风中你挺立着，
冰天雪地里你缄默着。
土灰的本色，粗糙的外表，
你坚持着，酝酿着，等待着。
终于有一天，你开口笑了——

你开口一笑，
笑来了东风，笑绿了柳条
笑开了河床，笑暖了日照
笑落了欢跃的雷声，
欢跳的雨点，还有那呱呱的蛙鸣
和清脆的鸽哨……
你这一笑，
笑醒了大地，笑欢了奔腾的铁牛；
笑活了世界，笑出了无限美好……

大地暖气袅袅，神经之弦稍松
燕子就飞满了东边的天空
而空出的三面
都交由你全权打理
山野，堂前屋后
旧木门边

新绿

人面在，春风正好

你是那么普通，随栽随活
你是那么青春，腮红口俏
你为什么笑得那么烂漫，因为——
你是老百姓汗水浇灌的硕果，
更是伟大时代美好的写照。

作者简介：

　　王铎，男，安徽颍上人，颍上县职业技术学校高级教师，安徽省作协会员，颍上县政协文史馆馆员。

傍晚，风过稻堆

夏元璋

打草上走过，从不辜负风的相邀
太阳逐渐向西的过程，我们说起
炉火、红薯和戛然而止的生命
一条田埂只通往一个方向，周边
围起的水田从不阻拦迷路的行人
只是没过脚踝的泥土不愿放弃每一次
翻新的机会，雪或者水的覆盖在季节
更迭的时候生长
那些随风飘荡的稻谷同我的头发一样
都是一个个脚踝里生长的孩子
又在某一刻静静地回到土中

作者简介：

夏元璋，笔名：只缄默。安徽怀宁人，现居合肥。安徽省作家协会会员、合肥市作协会员、海子诗歌研究会成员、逍遥文艺沙龙副秘书长、逍遥文艺编委、江淮新诗潮编委。作品散见于《诗歌月刊》《延河》《金山》《诗林》等。

一辈子，在长江上走了个来回

肖雪涛

跨过 17 岁门槛，扛起行囊
像一只雏燕，煽动细嫩的翅膀
向南——
我的人生，第一次跨过长江

江南月，冷清地凝视
坐在山涧边的少年
思乡的泪
宛如叮咚流淌的溪水
这一坐就是 34 年

铜陵，成为我的第二故乡
如今，道别北上。每棵铜草花
还有杜鹃，开遍山山岭岭
点燃过我激情岁月

那个早晨。对空跪拜遥远的双亲
向北——
我的人生，第二次跨过长江
像个流浪者，含着眼泪
别离我不忍别离的
亲人。还有我的第二故乡

命运，折叠砸碎的玻璃心
挪动脚步，或许有一块扛得住
压力的落脚平台
破茧重生。貌似大雁迁徙

作者简介：

肖雪涛，安徽无为人，现定居北京。中国诗歌学会会员。职业经理人。《中华文学》签约作家。作品散见《人民日报·海外版》《扬子晚报》《诗歌月刊》《鸭绿江》《黄河》《奔流》《黄河文学》《辽河》《长江丛刊》《中华文学》《江河文学》《青春·汉风》《特区文学》《三角洲》《青年文学家》等70多家报刊。有作品入选《中国年度优秀诗歌2022卷》及其他选集。

试描述一种紧张

闫 今

脑袋里的什么被煮沸顶起，像小而密的蘑菇在滚水中。筷子悬在脑后

试探（它本没有试探的意思，但它使我的头微微/频频地缩）。小时候，

理发师用电推子修过你耳后头发吗？"嗡嗡"——我的紧张，发展成惧

和怒（极少），怎样从内收/浑浊/向后撤的谨慎变成攻击性的唬人的

拳头？我脸上总有繁忙的表情，"惊醒"使用得最多，往往是片头——"他"

把我从水里捞起来，松手-待我下沉，换个人再捞，跟洗什么菜似的。

作者简介:

闫今，九〇后，安徽宿州人，现居合肥。参加《诗刊》社第 37 届青春诗会。有作品发表于《诗刊》《人民文学》《星星》《汉诗》等，出版诗集《暖沙》。

故乡，请让我温柔以待（组诗选三）

音　岚

1. 七月，去乡下

七月，去乡下。不问归途。
待心绪饱满，再横笛吹箫
一个人，一轮月
就是一阕乡音。

我把自己约到院子里
一些旧事，斑驳如酒水
一饮就醉。
只是，遥遥的星河
隐匿了一片蝉声。

坐久了，月光金贵。
草丛里的两只夜猫
又在抑扬顿挫地叫着。

2. 五月

我的五月，锋芒毕露，依山傍水。

旷野上的虫吟，湿漉漉地飞
好多心绪拥挤着，如麦芒

顺着野花行走的小径
一个踉跄，五月就老了。
拉肠草的藤蔓，牵牵挂挂的
月光，便缠绵悱恻起来。
远方的灯火，被蛙声来回咀嚼着
紧一程，慢一程，细如麦芒。
小阿妹窗前的一声浅叹
如一截没写完的诗

月色，就顺理成章地
在五月，瘦成一弯新镰。

3. 看麦

我把自己融进一片麦地里
让麦芒，让草籽，让熟稔的乡音
洗去风尘。

我的思绪，如一只蚂蚱
汗津津地从麦野上飞过
被一声蛙鼓揉碎
桑椹子，愁肠的样子
勾起了母亲那一串亲亲的呼唤
三子……
只一声，就让我泪流满面

我的母亲，就在这片麦地里
与麦穗为邻。
我时常来后山坡看看麦子
也就是来看看母亲
当我的眼帘瞬间湿润时
就抬头看看天空

把某种思念从眼角收回
一株熟透了的麦穗
就沿着我的裤筒
贴着我的肌肤往上爬

作者简介：

老鹰，姓名音岚，安徽肥东人。作品散见《新华日报》《黄河诗报》《中国诗人》《散文诗世界》《当代人》《诗歌月刊》《中国散文诗研究中心》《作家天地》《散文诗月刊》《新安晚报》等报刊，有作品收录《中国诗歌年选 2019》《中国散文诗年选 2020》《中国诗人生日大典 2020》《安徽散文诗年选 2021》等选本，偶有获奖。著有诗集两部。系中国诗歌学会会员、安徽省作家协会会员、安徽省散文随笔学会会员、合肥市作家协会会员。

鱼

余雨声

我在等一群会飞的鱼
随着迅猛的雷雨
在黑暗之中涌现

千万条银色的鱼
在海面等待
闪电拉亮的时候
很多事物都被迫交出自己的秘密
它们深知其中的奥秘
顷刻化身海洋的箭矢

月亮沦陷
夜是墨色的荒原
风面向山林叫喊，被土地召唤
不知道是来自长江还是大西洋

在蜂拥而至的惆怅中沉默
隐匿在变幻无穷的睡梦中
落在路边、草坪，还有湖畔
这是它们旅途的终点

作者简介：

余雨声，硕士研究生毕业。中共党员。安徽省作协会员，中国自然资源作家协会会员。现供职于广西壮族自治区自然资源遥感院。有作品散见于《特区文学·诗》《诗歌月刊》《红豆》等省内外报刊及网络平台。

冬日暖阳

张传兵

阳光投进来的时候
心房是暖和的

几片依旧垂挂的黄叶
似乎有了呼吸

墙角的那根风化的藤条
迎着光用力攀爬

像极了我生命里的
那双熟悉的手臂

一只流浪猫盘卧在光圈里
眼睛里散发出一丝忧伤

作者简介：

张传兵，在《解放军报》《读者文摘》等刊物发表诗歌、散文
20多篇，诗集《路过》由读书文化出版社出版。

春游植物园

周锦玉

种子撑破宣纸
鸟鸣落下，嫩芽飞起来
花朵开满瞳孔
每一棵草，都有了自己的名字
流水在寻找
那个久违的身影

我相信，这是冬的旨意
每一株植物，都有心灵密码
虬松，留恋往日的风骨
映山红，诠释了
我对所有植物的热爱

每一片叶，每一条茎
都本能地撞击着自己的灵魂
杜仲遥望淠河的船帆
茱萸回到那个特殊的场景
踏春人，走出典故
立于园中

作者简介：

周锦玉，安徽六安人，中华诗词学会会员，安徽省诗词学会会员，六安市诗词楹联学会副会长，六安市作家协会会员。